まほろばトリップ

時のむこう、飛鳥

倉本由布

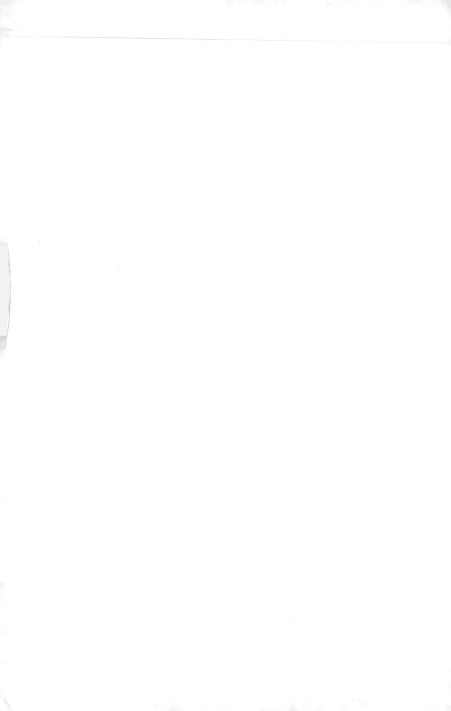

箱の中に、翡翠《ひすい》があった。

すっかり忘れ去られ、しまいこまれていた箱だ。

そこに収められている三つの翡翠が、ぼんやりと輪郭《りんかく》をなくし始めていた。ゆっくりと、ゆっくりと時間をかけて、翡翠の輪郭は溶《と》け、やがてその姿を消した。

もくじ

まほろばトリップ

時のむこう、飛鳥

倉本由布

プロローグ

中学二年生になる前の春休み。真秀《まほ》は明日香村《あすかむら》に遊びに来ていた。

奈良県高市郡《ならけんたかいちぐん》明日香村――まわりを山々に囲まれた小さな盆地《ぼんち》にある、のどかな村だ。真秀のおじいちゃんの一族は、いつからなのかを誰《だれ》も覚えていないほど長い間、この村に住んでいる。

真秀の家は、東京の、新宿から電車で十五分の住宅街にある。奈良県まではとても遠いのもあって、今まで、こちらには両親と一緒《いっしょ》にしか来たことがなかった。でも、もう中二になるのだし大丈夫《だいじょうぶ》と、今回はひとりでやって来たのだ。

明日香村には、大昔の都が置かれていたという。どれくらいの昔かというと、

『千五百年くらい前になるかな。飛鳥時代というんだ』

おじいちゃんが教えてくれた。

『千五百年！』

そのとき声を上げて興味を示したのは、真秀の、ふたつ年上のお兄ちゃん。

真秀はまだ幼かったので、千五百という数字も飛鳥時代という言葉も、実際には後になって覚えたものだ。でも、千五百年前という想像もつかないほどの大昔の話に目を輝《かがや》かせていたお兄ちゃんの姿は、今でも記憶《きおく》に残っている。

おじいちゃんは日本史にくわしくて、たくさん本を読んでいる。そのおじいちゃんに似たのか、お兄ちゃんも、歴史だけでなくいろんなことに興味を持ち、本を読むのが好きな子だった。

真秀はお兄ちゃんが大好きで、毎日、お兄ちゃんのあとをついて回っていた。邪魔《じゃま》に思うときもあったろうに、お兄ちゃんはいつだって、やさしく真秀の面倒《めんどう》をみてくれた。

でも七年前、八歳《さい》だったお兄ちゃんは、明日香村で行方不明《ゆくえふめい》になった——。

この春、真秀は、どうしてもやりたいことがあって、ここにやって来たのだ。それは、お兄ちゃんのゆくえにつながる新しい手がかりがないか、さがしてみたい、ということ。

この丘《おか》は、お兄ちゃんがいなくなった現場かもしれないと言われている場所なのだ。

当時、大勢で捜索《そうさく》されても何もわからなかったのだから、真秀《まほ》のような子どもに何が出来るわけもない――両親にはそう言われるけれど、真秀はなぜか、前からずっとこの丘《おか》が気になって仕方なかった。

ここからは、村の景色が広く遠く、見渡《みわた》せる。

眼下は畑。その中に、ぽつぽつと近所の家々の瓦屋根《かわらやね》。真正面に見える、こんもりとした緑のかたまりは、古代の権力者・蘇我《そが》氏《し》の住まいがあった甘樫丘《あまかしのおか》。すぐそばを県道が通っていて、車の走ってゆく様子もなんだか、のんびりとのどかに見える。

真秀は今日、はじめてこの丘にのぼった。

今まで来られなかったのは、ここが私有地で、勝手に入りこむわけにはいかなかったからというのが一番の理由だ。でも中学に上がって少し大人に近づいた真秀は、思いついたのだ。おじいちゃんに頼《たの》んで、所有者の人にお願いしてもらえばいい。

そして無事、許可をもらえて、期待と緊張《きんちょう》で胸がいっぱいになりながら、のぼって来たのだった。

＊

真秀はひとり、雑草だらけの斜面《しゃめん》を踏《ふ》みしめ、一番高い場所を目指す。

ふと、辺りがあまりにも静かなことに気がついた。

耳を澄《す》ませながら周囲を見まわそうとしたときだ。足もとで何かが光った気がして、真秀はそちらへ目を向けた。

草むらの中に、緑色の石が落ちている。光ったのは、その石だ。

「わあ、きれい!」

歓声《かんせい》をあげ、拾い上げる。

半透明《はんとうめい》の、ミルク色がかった緑の石。ところどころにピンクも混じる、不思議な色合い。左のてのひらにのせると、ちょうど真ん中のくぼみにおさまるくらいの大きさだった。

しっぽの上がったおたまじゃくしのような形の石。おたまじゃくしの頭の部分に、ちいさな穴が開いている。

てのひらに乗せてすぐ、真秀は、

「あれ?」

とつぶやいた。不思議なことに、石は、みずから光を放っているようなのだ。

最初はふんわりした輝《かがや》きだった。ところが、あっという間に勢いが増し、石の真ん中から噴《ふ》き出してくるほどになった。

「なに、これ……」

真秀《まほ》を取り巻く空気が、ぴりっとふるえた。

静寂《せいじゃく》が深まってゆく。ふわりと意識が浮《う》き上がる。

やがて、ふうっと足もとが頼《たよ》りなくなった。それと共に、石からあふれる光が一本の柱となり、天へと真っすぐに伸《の》びてゆく。

真秀は、ぼうぜんと柱を見上げた。

これは何？　いったい何が起こっているのだろう。

気づけば真秀の周りはミルク色がかった緑のもやに取り巻かれ、他には何も見えなくなっている。

すると、天から声が降ってきた。女の人の声だ。

——タケル、戻《もど》って来るのよ、戻って来なさい。

それは真秀自身の体の中から出てくる声でもあった。

——丈瑠《たける》お兄ちゃん、戻って来て。どこにいるの、戻って来て。

ふたつの声はからみ合い、溶《と》け合って、やがて言葉の形をなくしてゆく。そして、せわしなく鳴る鐘《かね》の音のように耳の中で暴れはじめた。

緑のもやからなんとか抜《ぬ》け出そうと、手足をバタつかせて暴れてみてもどうにもならない。

女の人の声は今ではただの騒音《そうおん》になってしまい、もやに溶け、真秀の体を完全に取りこんでゆく——。

第一章　飛鳥の都の真秀《まほ》

1

耳の中の騒音《そうおん》がやんだ。緑のもやも、ゆっくりと晴れてゆく。

真秀はなぜか、石を強く握《にぎ》りしめたまま乾《かわ》いた土の上に座りこんでいた。雑草だらけの丘《おか》に立っていたはずなのに。

「ここ……どこ?」

辺りをうかがうため、首をまわそうとしたところ、すぐそばで男の子が、食い入るように真秀を見ているのに気がついた。

あまりにも近くに顔があり、驚《おどろ》きすぎて声も出ない。大きく見開いた目で、真秀もその子を見つめ返した。

十三歳《さい》の真秀より、少し年上だろう。痩《や》せて、ひょろりと背が高い。ぼさぼさで長

めの髪《かみ》を、ひとつに結んでポニーテールのようにしている。服装が奇妙《きみょう》だった。麻《あさ》の袋《ふくろ》に首と手を通す穴を開けただけのような上着と、汚《よご》れたズボン。

「おまえ」

男の子が口を開いた。

「おまえ、もしかして……」

男の子は、真秀の姿かたちのすべてを食い入るように見つめている。そして、ふいに右手をこちらへ伸《の》ばしてきた。真秀は、びっくりして身を引いた。男の子は、かまわずまた手を伸ばす。真秀もまた身を引いた。

そんなやりとりが何度か続いたあと、男の子は苛立《いらだ》って、

「おい、おまえ、なんだよ」

強引《ごういん》に真秀の手をつかんでくる。

真秀は悲鳴をあげた。「ひゃっ」という小さな声のつもりだったけれど、思いのほか甲高《かんだか》く響《ひび》いてしまったらしい。男の子は、あわてて手を引っこめた。

他にも真秀の悲鳴を聞きつけた人がいたようだ。

「誰《だれ》？　誰かいるの？」

遠くから女の人の声が聞こえてきた。

男の子は顔をしかめ、舌打ちすると素早く立ち上がり、風のように軽々と走り出す。行く先には塀《へい》があり、どうするのかと思っていると、見事に飛び上がって乗り越《こ》え、消えてしまった。

「なんだったの」

真秀《まほ》は、座《すわ》りこんだままつぶやいた。

そこへまた、

「誰《だれ》なの？」

おそるおそる問う声がして、真秀はそちらを振《ふ》り向いた。

すぐそばに建物がある。腰《こし》ほどの高さのむき出しの廊下《ろうか》が周囲にめぐらされ、その向こうが部屋のようだけれど、壁《かべ》がなく、簾《すだれ》が掛《か》けられて壁の代わりになっている。

簾の前に、若い女の人が立っていた。

「あなた、誰？」

大きく見ひらかれた目で真秀を見ている。背が低く、全体的にまんまるでのんびりとした雰囲気《ふんいき》の、可愛らしい人だ。

「私……」

かろうじて声は出たものの、その先が言葉にならない。いったい何が起こっているのだろう。ただただ混乱するばかり。

またもや、妙《みょう》な服を着た人だった。ゆったりとしたチュニックのような、袖口《そでぐち》の広い上着と、足元まで隠《かく》れる長さのスカート。まるで、あれだ、おじいちゃんが見せてくれた本に載《の》っている、古代の女性が着ていた衣装《いしょう》のよう。

明日香村《あすかむら》には高松塚古墳《たかまつづかこふん》という古代のお墓があり、その墓の壁には古代の女性たちの絵が描《えが》かれていた。おじいちゃんが見せてくれたのはその絵が載っている本だ。

なぜ、こんな人が目の前にいるのだろう。

「どうした、千早《ちはや》?」

若い男の人も出てきた。やはり、古代の服を着ている。

「知らない女の子がいるのよ、有間《ありま》さま」

女の人――千早という名前らしい――が、困り顔で振り返った。

「なんだか奇妙《きみょう》な子よ」

「へええ。どれどれ」

有間と呼ばれた男の人が、廊下の端《はじ》までやって来た。かと思うと、ひょいと地に飛び降りる。真秀のそばまでやって来て腰を落とし、にっと笑った。

「おまえは誰だ?」

ふたりの言葉はとても聞き取りにくい。言葉ひとつひとつの発音が、今までに聞いたことがない感じなのだ。戸惑《とまど》う真秀《まほ》の様子が伝わったのか、有間は単語を区切るようにしながらゆっくりと訊《たず》ねてきた。

「なぜ、ここにいるの?」

迷子の子どもを見つけたときの、やさしいお兄さんみたいだ。

こちらを見る目は真っすぐであたたかくて、信頼《しんらい》していいんだよ大丈夫《だいじょうぶ》だよ、と伝えてくれているのがわかる。なんだか、おじいちゃん、お父さん、お兄ちゃん——家族のみんなを思い出してしまうような。

知らない人のはずなのに、不思議と安心してしまった。

「私、わからないんです。なぜ、こんなところにいるのか。丘《おか》をのぼっていたはずなのに」

「わからない?　丘?」

首をかしげながら、有間は真秀をじっと観察した。

「おまえ、妙《みょう》な格好をしているね」

彼《かれ》らからすると、真秀の姿のほうが奇妙《きみょう》に見えるらしい。

「もしや、おまえは」

有間はつぶやき、千早を振《ふ》り向いた。そして、なにやら頷《うなず》きあったあと、改めて真秀に目を合わせた。

「おまえは、異国から来た娘《むすめ》なのではないか？」

異国――外国？

「まさか！　違《ちが》います」

なぜ、真秀が外国から来た人に見えたりなどするのだろう。真秀の顔だちは、どこから見ても日本人でしかないのに。

有間は、首をひねりながら続ける。

「その衣装《いしょう》にしても、俺《おれ》たちは見たことのないものだ。だから、異国の娘なのではないかと思ったのだが」

「違います。私は東京からこちらへ遊びに来たんです。おじいちゃんたちが住んでいるから」

「トウキョウ？　なんだ、それは」

有間はますます首をひねり、困りきってしまっている。

真秀のほうも、いったい何が起きているのかわからなくて心細くて、泣きたくなってきた。

するとと、いつの間にか千早が有間のそばにいて、真秀《まほ》の頭にそっと手を置き、

「細かいことはどうでもいいわ」

と微笑《ほほえ》む。

「とにかく、あなたは迷子になったのね。心配しないで。大丈夫《だいじょうぶ》よ、わたくしがあなたのお世話をしてあげます。ね、有間さま」

「本当に大丈夫かな？　ちゃんとこの娘《むすめ》の世話を出来るかな」

「出来ますとも」

「千早の大丈夫は信用ならん」

「まあ、ひどい」

有間は、ふん、と笑った。

「つい先日、川原で鳥を追おうとして足を滑《すべ》らせかけたのは誰《だれ》だ？　あのときも大丈夫と言っていたぞ」

「滑らせかけただけ、でしょう。滑らなかったわ。大丈夫だった」

「うーん、それは確かにそうだったかな」

「ね、私が大丈夫と言えば、何もかも大丈夫と決まっているのよ」

「よく言うよ」

ふたりは言い合いつつも、ぴったりと寄り添《そ》っている。見るからに恋人同士《こいびと》とわかる、仲のよさ。見ているだけで、なんだか和《なご》んだ気持ちになって来て、真秀のパニックもおさまった。

「私、真秀といいます」

改めて、真秀は名乗った。

「真秀……。よい名だな」

有間が褒《ほ》めてくれた。

この名は、おじいちゃんが付けてくれたのだ。古事記にある和歌の中の『やまとは国のまほろば』という言葉から。〝まほろば〟には、素晴らしい場所という意味がある。お兄ちゃんの名も、その和歌を詠《よ》んだ古代の英雄《えいゆう》・ヤマトタケルから、おじいちゃんが付けたものだ。

「私、なぜここにいるのか本当にわからないんです。ここは、どこなんですか?」

「わたくしとお姉さまの住まいです。だから、遠慮《えんりょ》せずに泊《と》まっていいのよ」

千早は、やさしく真秀の髪《かみ》を撫《な》でた。

＊

その夜、真秀《まほ》は夢を見た。

空中に、ふわふわと男の子が浮《う》かんでいる。

いなくなったときのお兄ちゃんより少し幼く見えるくらいの子。誰《だれ》だろう、真秀の知らない子。にこにこ、人なつっこく笑っている。

真秀も宙に浮いていた。

『誰？』

訊《たず》ねると、男の子は、すうっとこちらに近づいて来て、真秀の目をのぞきこむ。

──きみこそ誰？

『私は真秀』

──なぜかな。なぜこんなことになっているのかなあ。

『なんなの、あなたは誰なの』

──僕《ぼく》は……。

答えてくれそうになった途端《とたん》、男の子の姿は、ふいに遠ざかった。

『待って！』

手を伸《の》ばしたところで、目が覚めた。

遠くから、何か話す声が聞こえている。

「お姉さま、どうなさいましたの。あらまあ、また連れていらしたのね」

「置いてはおけませんよ、あんなところに」

千早と、その姉の声らしい。

真秀は、寝床《ねどこ》の中でぼんやりしていた。辺りは真っ暗だから、まだ夜中のようだ。寝床と言っても板の床《ゆか》にゴザのようなものを敷《し》いただけで、昼間に着ていた服を体に掛《か》ける。しかも、とても広い部屋で、邸《やしき》に仕えている女の人たちと一緒《いっしょ》の雑魚寝《ざこね》なのだ。落ちつかなくて、眠《ねむ》りが浅くて、妙《みょう》な夢を見たのに違《ちが》いない。

「また、のようねえ」

近くで、ひそひそ声がする。他の人も起きたらしい。

「困ったものね」

応じる声もする。けれどそれだけで、また静まり返った。真秀も、すぐに眠ってしまった。

＊

翌朝、目覚めると真秀《まほ》はひとりだった。

大勢いた女の人たちは誰《だれ》もいない。もう、それぞれの仕事をしている時間なのだろう。

どうしたらいいのかわからず、とりあえず真秀は起き上がった。

枕元《まくらもと》には、あの石が置いてある。それを持って部屋を出た。

廊下《ろうか》を行く。どうやら、この廊下は建物の外をぐるりとめぐっているようだ。

歩いていると、なんだか手の中があたたかくなってきた。石を握《にぎ》っている右の手だ。

もしかして、また石が光っているのだろうか。

立ち止まり、てのひらを開いて確かめようとしたところへ、子どもの声が聞こえてきた。

「もう起きているよね」

「わからないわよ。無理に起こしてはだめ」

千早が、たしなめているのも聞こえてくる。そして、廊下の先の角から小さな男の子が現れた。

「待ちなさい、タケル」

千早が叫《さけ》ぶ。

「え、タケル？」

真秀はつぶやく。男の子は真秀の前で立ち止まる。ふたりは、じっと見つめ合った。

「……お兄ちゃん？」

真秀は思わずつぶやいた。この子は、丈瑠《たける》お兄ちゃんにそっくりだ。

東京の家にも、明日香村《あすかむら》のおじいちゃんの家にも、フォトフレームに入れたお兄ちゃんの写真がいくつも飾《かざ》ってある。だから、お兄ちゃんの顔は忘れていない。

八歳《さい》のときのお兄ちゃんに、この男の子は生き写し。しかも、お兄ちゃんとおなじタケルという名前であるらしい。

でも、お兄ちゃんが今も八歳の姿のままなどということはないだろうし、ただ似ているだけの子なのだろうか。

＊

七年前、お兄ちゃんが行方不明《ゆくえふめい》になったとき、真秀たち家族はおじいちゃんの家に遊びに来ていた。

そして、おじいちゃんに連れられ、古墳《こふん》の発掘《はっくつ》を担当している村の職員の話を聞きながら史跡《しせき》をめぐるというツアーに参加したのだ。

甘樫丘《あまかしのおか》に向かい、参加者みんなで歩いていたときのこと。真秀《まほ》と手をつないでいたお母さんが、ふと、お兄ちゃんの姿がないことに気がついた。

「お父さんと一緒《いっしょ》だったよね？」

お母さんがお父さんを見、

「いや、俺《おれ》は知らない。おばあちゃんが連れていたよ」

お父さんがおばあちゃんを見、

「さっきまで私と一緒だったけど、おじいちゃんのところに行くと言って走っていって」

おばあちゃんは困惑《こんわく》した様子で、首をかしげた。

おじいちゃんは、列を作って歩くツアーメンバーの先頭にいて、熱心に職員と話しこんでいる。そのそばに、お兄ちゃんはいない。

すぐに騒《さわ》ぐようなことはせず、まずはお父さんが来た道を戻《もど》ってさがしてみたのだけれど、やっぱり姿がない。

大騒ぎになり、ツアーの他の人たちも手分けして村中をさがしてくれた。警察ももちろん、熱心にさがしてくれた。それでも、お兄ちゃんは見つからなかった。

「もしかしたら、あの子かなあ」

という目撃《もくげき》証言はあり、もしもそれがお兄ちゃんであったなら、県道をひとりで歩いていたようだ。けれどもその日は、他にも村の子が迷子になる事件があり、もしかしたらその子だったかもしれないとも、目撃者は言った。

結局、今にいたるまで、お兄ちゃんのゆくえも、なぜいなくなったのかも、何ひとつわからないまま。

＊

そのお兄ちゃんが、目の前にいる……？

「お姉さんが、千早さまが言っていた〝異国から来た女の子〟なの？」

男の子――タケルは、真秀を真っすぐに見つめて言った。

「異国から来たのではないけれど、それは私のことだと思う」

真秀は答えた。

「あら真秀《まほ》、起きていたのね」

千早が追いついてきて、タケルの隣《となり》に立つ。けれど、真秀もタケルも千早に目をやることなく、ただ互《たが》いを見つめていた。タケルは特に、昨日のままの真秀の服が気になるようだ。

「ここでは誰《だれ》も着ていない服……。ねえ、お姉さんはもしかして、僕《ぼく》とおなじところから来た人なのかな」

「おなじところ?」

「うん」

どういう意味だろう。真秀が戸惑《とまど》っていると、

「タケル――、タケルはどこなの」

大きな、とても悲しげな声が聞こえてきた。

「……おばあさまだ」

タケルが眉《まゆ》をひそめ、

「宝《たから》さまだわ」

千早は、ため息をつく。

すぐに、年配の女性が現れた。

「ああ、やはりここにいたのね、よかった」

タケルに飛びつき、抱《だ》きしめる。ふくよかで背が低く、とてもあたたかそうな人だ。宝というのが、この人の名前であるらしい。

「迎《むか》えに来ましたよ。まったく額田《ぬかた》はどうして、何度も何度もわたくしからおまえを取りあげようとするの。わたくしは、おまえがそばにおらぬと寂《さび》しくて仕方がないというのに」

ぎゅうぎゅうと抱きしめられたタケルは、苦しげに声を上げた。

「おばあさま、でも額田さまは僕がおそばにいないほうが、おばあさまのためになるとおっしゃって……」

「そんなばかなことがあるものですか」

「おばあさま、痛いです」

「額田が悪いの。額田のせいですよ」

「おばあさま、はなして」

タケルが困っているのを見かねて、真秀が手を出そうかと思ったとき、

「いいえ、わたくしではなく宝さま、あなたがいつもいつもタケルをおそばから、はなさないのがいけないのです」

真秀《まほ》の知らない女性が、低い声で言いながら、威厳《いげん》たっぷりに現れた。少し冷たそうにも見えるけれども気品のある、たいそうな美人だ。切れ長の目で厳しく女性を見《み》据《す》える。

この人は誰《だれ》だろう。

戸惑《とまど》う真秀に、千早がそっと近づいて、

「わたくしの姉の、額田《ぬかた》です。昨日は宮殿《きゅうでん》に出かけていて、夜中に戻《もど》ってきたから、今日、あなたに紹介《しょうかい》しようと思っていたの」

と教えてくれた。

「でも額田、わたくしは本当に、タケルがそばにおらぬと寂《さび》しくて仕方がないのよ」

「少し我慢《がまん》なさることは出来ませんか。多くの者が、宝さまがタケルにばかりご執心《しゅうしん》なのを憂《うれ》えているというのに」

「でもね。今朝、起きたらこの子がいなくて、わたくしは泣いてしまいました。すぐに、額田がまた連れ出したのだとわかりましたけれどね」

「だからといって勝手に宮殿を抜《ぬ》け出して、おひとりでお迎《むか》えになどいらっしゃらないで。まったく……何ごともなくて本当によかった」

「だって、この子はやっと、わたくしのそばに戻って来てくれたのよ。もうどこへも行かせたくない。額田もそれはわかっているはずなのに、どうしてこんな意地悪をするの」

宝は、ますます強くタケルを抱《だ》きしめる。

「もうどこにも行かせませんよ」

タケルは困りきり、助けを求めるように額田を見た。

「さ、一緒《いっしょ》に宮殿に戻りましょうね」

宝は、タケルを抱きしめたまま歩き出す。

「お待ちください、宝さま」

額田が叫《さけ》んでも聞こえていないふりで、行ってしまう。

結局、額田は呆《あき》れ顔で、

「仕方ない、宮殿までお送りするよう、誰かに言いつけて来ましょう」

と、宝たちを追っていった。後に残されたのは、真秀と千早、ふたりきり。

「行っちゃった……」

真秀は、タケルや額田たちが消えた先を見つめ、情けない声をもらした。

＊

「私、もう一度、タケルに会いたいです」

真秀《まほ》は、有間と千早に訴《うった》えた。

「あの子は、私の弟かもしれない」

兄と言ったら信用されないだろう。だから嘘《うそ》をついた。

「突然《とつぜん》いなくなってしまって、家族はみんな心配していて。私、さがしていて、それでここに迷いこんだんです」

そこまで言うと、昨日の、なぜここにいるのかわからないという言葉のほうが嘘くさくなってしまうかもしれないとは思った。けれど、このふたりは本当に、ひとが好《よ》く、

「弟か、なるほど」

真秀の言葉をすぐに信じてくれた。

「そうではないかと思ったんだ。タケルもここの邸《やしき》に迷いこんできたとき、真秀とおなじで異国風の服を着ていたんだよ」

「あの子も最初はここに来たんですか？」

「うん。迷子になって、知らぬ間にこの邸に入りこんでしまったのだろうな」

「名前はタケル、八歳《さい》、というのがいつの間にか宝さまのお耳に入って。関心を持たれたのよ」

「そして宝さまは建皇子《たけるのみこ》が帰ってきたと思いこみ、宮殿《きゅうでん》に連れていってしまわれたんだ」

「タケルノミコ……?」

「先日、亡くなられた、宝さまが可愛がっていらした孫の皇子《みこ》だ。ちょうどそこへ、年恰好《としかっこう》の似たあのタケルが現れた」

「タケルノミコ。名前もおなじ」

「以来、おそばに置いて放そうとなさらない。日々の政《まつりごと》にもさしさわりが出るほどでね。見かねた額田《ぬかた》どのが、この邸に連れ帰るんだが、そのたび迎《むか》えが寄こされる。ついに今日は、宝さまが直々にいらっしゃった」

「困ったものねえ」

有間と千早は、同時に大きなため息をついた。

日々の政……?

マツリゴト、というのが政治を表す昔の言葉であるのを、真秀は知っている。これも、おじいちゃんの話を聞いてきたからこその知識だ。

宝さまの行動で政治にさしさわりが出る、というのはなぜなのだろう。

「あのう、宝さまというあの人は、誰《だれ》なんですか？」

訊《たず》ねると、有間が教えてくれた。

「宝さまは、大王《おおきみ》だ」

「オオキミ？」

「知らぬのか？」

「はい」

有間は呆《あき》れたような顔をする。

「あら有間さま、タケルも何も知らなかったわ。この子たちの故郷は、それくらい遠くて、都のことが子どもの耳には入らないようなところなのでしょう」

「そうか」

「でもタケルは、お姉さまのお名前は知っていたわよね」

「ああ、そうだったな。額田王《ぬかたのおおきみ》――額田どのが素晴らしい歌詠《うたよ》みであることは、タケルの耳にまで届くほどなのだろう」

「ぬかたのおおきみ！」

真秀《まほ》は思わず声を上げた。

「私も知ってる！」

額田、とだけ聞いていたから気づかなかったけれど、額田王という名ならば知っている。

これもおじいちゃんの話の中で知った。飛鳥時代の、有名なラブストーリーのヒロインだ。

素晴《すば》らしく魅力的《みりょくてき》な権力者の兄弟ふたりが額田をめぐって争い、美しく聡明《そうめい》な彼女《かのじょ》もふたりの間で想いを揺《ゆ》らす。いかにも女の子が憧《あこが》れそうな、真秀の大好きな物語なのだ。

さっきまで、すぐそこにいた〝額田〟が、その額田王？

いや、そんなはずはない。額田王は千五百年も昔に生きていた人だ。

すると何かを訴《うった》えるように、真秀の手の中でまた石があたたかくなった。てのひらを開き、見つめると、

「あら、それ」

千早が声を上げた。

「真秀も、きれいな玉を持っているのねえ」

「私〝も〟？」

「タケルも持っているの。タケルの石も、とてもきれいよ。まじりけのない黄色なの」

「タケルも、おなじような石を持っているんですか」

真秀《まほ》の心臓が、せわしなく鳴りはじめる。

「ええ。ひもをつけて、いつも首にかけているわ。とても大事なものなんですって」

真秀は、石をぎゅっと握《にぎ》りしめた。

「私、タケルにまた会いたいです。話をしたい。またここに来るでしょうか」

「どうだろう」

有間は、困り顔で千早と目を合わせた。

「来ないのなら、会いに行きたいです」

「宮殿《きゅうでん》は、おまえのような子が簡単に行ける場所ではないんだよ」

「じゃあ私、どうしたらいいの」

肩《かた》を落として悩《なや》んでいると、千早が真秀の頭に、そっとてのひらを置いて微笑《ほほえ》む。

「大丈夫《だいじょうぶ》。有間さまがなんとかしてくださいます。ね、有間さま？」

＊

その夜、真秀は寝床《ねどこ》の中で、てのひらにのせた石を見つめた。

これを拾い上げてから、奇妙《きみょう》なできごとが起きたのだ。天に伸《の》びる柱が現れて、緑のもやに包まれて。

まさか——とは思う。そんなことがあるわけはないと否定する自分がいる。それでも、胸に浮《う》かんでどうしても消えない言葉がある。

——タイムスリップ。

あのとき、真秀は時間を超《こ》えて古代の明日香村《あすかむら》に飛ばされてしまった、と考えてみたらどうだろう。

だとしたら、タケルがお兄ちゃんであるということも、あり得る。

お兄ちゃんもあの丘《おか》で、同じような石を拾ったのではないか。ふたりは、現代の違《ちが》う時から別々にタイムスリップをし、過去の同じ時へと飛ばされたのでは？　だから、八歳《さい》の兄と十三歳の妹という、あり得ない形での再会になった……。

真秀の胸は、鳴りつづけた。お兄ちゃんを見つけたかもしれない喜びと、タイムスリップなどという恐《おそ》ろしい出来事に巻きこまれてしまったのかもしれないという不安の中で。

2

「さあ建《たける》、鮑《あわび》ですよ」

宝は、タケル——丈瑠《たける》の前に置かれたお膳《ぜん》から、木のスプーンのようなもので、蒸した鮑を取りあげた。

お膳に向かって座《すわ》る丈瑠の隣《となり》で、甲斐甲斐《かいがい》しく食事の世話を焼いてくれているのだ。

「はい、おばあさま」

素直《すなお》に口を開け、鮑を食べさせてもらった。

この人は、丈瑠の〝おばあさま〟などではない。丈瑠のおばあちゃんは別の人だ。でも、この人は丈瑠のことを、自分の孫の〝建〟だと思いこんでいる。

〝本物のタケル〟は、少し前に病気で亡《な》くなってしまったという。宝はそれを嘆《なげ》き悲しみ、もう少しで病気になりそうだったところへ、丈瑠が現れたのだった。

あのとき、何が起きたのか。それを丈瑠は、ずっと考え続けてきた。そして、ひとつの言葉に思い当たった。

タイムスリップ――。

あの日、丈瑠《たける》は家族と明日香村《あすかむら》にいたのだ。

飛鳥資料館の見学をしたあと、おばあちゃんと歩いていた。でも、みんなの先頭にいるおじいちゃんが案内の職員さんと熱心に話しこんでいるのが見えて、それが面白《おもしろ》そうだったので、そちらへ行ってみた。ところが、おじいちゃんは話に夢中で丈瑠には目もくれない。結局、ひとりで先へ行くことにした。

次の見学先はわかっていた。甘樫丘《あまかしのおか》だ。

明日香村や飛鳥時代については、おじいちゃんからたくさん話を聞いてきたから、甘樫丘がどんなところであるのかを丈瑠は知っている。蘇我氏《そがし》、という古代の有力者が住んでいた場所。

一族の者が大勢いて、おおいに繁栄《はんえい》していた蘇我氏の中でも一番の力を持つ、本家の邸《やしき》だった。今は、登っていくと明日香村を見渡《みわた》せる観光名所のひとつになっている。

蘇我の本家の人々は、繁栄しすぎて王家を脅《おびや》かすほどまでの大きな力を持ってしまい、謀反《むほん》を起こすのではないかと疑われた末、滅《ほろ》ぼされた。まずは息子・入鹿《いるか》が殺され、翌日、父親の蝦夷《えみし》が、もうダメだ――と、ここにあった邸に火を放ち、いのちを絶った。

政治とか権力争いとか、丈瑠には難しい話だけれど、息子の名前がイルカなのが面白くて印象的で、覚えやすかった。

ここがそれだろう、と思う丘《おか》を見つけ、丈瑠は元気にのぼっていった。

その途中《とちゅう》、足もとに、石を見つけたのだ。

ミルク色がかった黄色の石。オタマジャクシみたいな面白い形をしている。可愛くてきれいだから、妹の真秀《まほ》にあげたら喜ぶだろう。

いつもにこにこご機嫌《きげん》の顔で、お兄ちゃんお兄ちゃんと慕《した》ってくれる真秀は、丈瑠にとって今一番、可愛い女の子だ。抱《だ》きしめて頬《ほお》ずりすると、真秀のほうからも、きゅうっと抱きついてくる。

これを、真秀にあげよう。

拾い上げたとき、何か奇妙《きみょう》な感じがした。耳の中で空気がふくれ上がるような、不快な感じ。同時に、

『おい、おまえ、誰《だれ》だ!?』

声が聞こえて、おどろいた。思わず振《ふ》り向く。声をかけてきた人と目が合う。

『人んちで何してんだよ!? 勝手に入って来るな!』

そのあと、手の中の石が急に熱くなったのを覚えている。そして――。

あの日のことを思い出していたら、目の前でスプーンが揺《ゆ》れた。

「建《たける》、どうしたの、もう鮑《あわび》はいらないの？」

宝の顔が、すぐ目の前にある。

「もういいです」

丈瑠《たける》は作り笑顔で首を振《ふ》った。

「甘《あま》いもののほうがいいかしら。建は杏《あんず》が好きよね。あら、杏がない。――おまえ、杏を持っておいで」

宝は、控《ひか》えていた女の人に言いつけた。そして、不満そうに続ける。

「まったく皆《みな》、気が利《き》かない。杏は建の好物なのに。額田《ぬかた》もそうよ。なぜ、額田がおまえを自分の邸《やしき》に連れていくの。おかしいでしょう、おまえはわたくしのそばにいなければならないのに。わたくしのそば、この宮に……あら、どうしておまえ、ここにいるのだったかしら。おまえの住まいは、姉たちとおなじ邸であったはず」

不安げに首をかしげた。

と、そこへ杏を盛った器《うつわ》をうやうやしく掲《かか》げながら、先ほどの女の人が戻《もど》ってきた。

宝は、自分が浮《う》かべた疑問をすっかり忘れ、

「さあ建、甘いものですよ」

また丈瑠の世話を焼き始める。

器を持って来た人は、丈瑠が本物でないことを知っているのに知らん顔だ。他の人たちの態度も、おなじ。それは、丈瑠を自分の孫だと信じ切っている宝を思いやってのことだった。

丈瑠もそうだ。〝おばあさま〟が可哀相《かわいそう》で、自分はあなたの孫ではない、と言い出すことは出来ずにいる。

本当は、こんなところにいたくない。早く家に帰りたい。

丈瑠は、おそらくタイムスリップをした。ここは飛鳥時代に違《ちが》いない。おじいちゃんが教えてくれた飛鳥時代にそっくりな世界だから。

帰るには、またタイムスリップをしなければならないのだろう。でも、どうしたらいいのかわからない。

「ほら、お食べ」

うれしそうに食べてみせたけれど、丈瑠は本当は杏なんて好きではない。果物ならメロンが好きだ。酸《す》っぱいなあと思いながら干し杏を噛《か》み、丈瑠は、額田の邸で会ったお姉さんを思い浮かべた。

あの人は、ここの人たちとは違い、丈瑠がよく知る格好をしていた。服も、髪型《かみがた》も。

もしかしたら、あのお姉さんもタイムスリップを——？

もう一度、会いたい。また額田《ぬかた》がここから連れ出してくれたら、会えるだろうか。

3

「起きたの、真秀《まほ》？」

すぐそばで、千早の声がした。千早は、真秀の寝床《ねどこ》の横に座りこみ、にこにこと笑っている。

「はい、起きました」

まだ眠《ねむ》いけれど、あくびをこらえ、真秀は寝床から起き上がった。

ゆうべはずっとタイムスリップについて考え続けていて、ほとんど眠っていないのだ。

考えれば考えるほど、自分の身にその不思議な出来事が起こったのだとしか思えなくなった。ここは古代の明日香村《あすかむら》なのだろう。真秀が生まれた時代より、千五百年も前の世界。

「いい子ね、おはよう」

千早が、もったいぶった調子で言った。

「おはようございます」

「はい。では、お支度《したく》を始めましょう」

「お支度?」

「そう。今日は、お出かけをしますからね」

＊

「あら可愛い。よく似合うわ。ちょっと回ってみて」

千早に言われるがまま、真秀《まほ》はくるりとターンした。着せてもらった服の、淡《あわ》いピンクのスカートの裾《すそ》がふわりと舞《ま》う。若草色の上着を着て、細いひもで腰《こし》のあたりを締《し》める。ここの人たちとおなじ服装だ。この姿で、宮殿《きゅうでん》へお出かけなのだ。

とにかく、お兄ちゃんに会いたい。

真秀がタイムスリップした理由は、お兄ちゃんに違《ちが》いない。あの丘《おか》で、お兄ちゃんのゆくえにつながるものは何かないかとさがしていた。その願いが通じて、石を見つけて、こちらに飛ばされることになった——と、真秀は想像している。

お兄ちゃんとふたりで、家に帰る方法をさがしたい。そのために、まずはお兄ちゃんに会いたい。

真秀の願いを聞き入れて、千早と有間がすべてを整えてくれた。

「真秀、玉は?」

千早に言われ、真秀は胸を押《お》さえてみせた。

「ちゃんと首に掛《か》けてます」

真秀は、服の上からそっと石を撫《な》でた。

これを、千早たちは〝玉〟と言う。実はこれは翡翠《ひすい》なのだと知り、びっくりしてしまった。翡翠といえば、宝石だ。

千早が紐《ひも》をくれたので、穴のところにそれを通し、ペンダントにした。

「そろそろお姉さまのお支度も終わっているころね」

宮殿には、額田《ぬかた》について行くのだ。向こうに着けば、先に出かけている有間が待っていてくれる。

額田と千早姉妹《しまい》は、地方の豪族《ごうぞく》——有力な一族の娘《むすめ》だった。そして有間は、なんと一代前の大王《おおきみ》・軽皇子《かるのみこ》という人の息子《むすこ》で、皇子《みこ》の身分の人。だから、真秀を宮殿に連れていくことなど簡単なことなのだ。

額田は歌人として宝に仕えていて、宝のために歌を詠《よ》んだり、ときには宝の歌を代作することもある。今日は、その仕事のため宮殿《きゅうでん》に出かける。

額田《ぬかた》は輿《こし》に乗っていくので、真秀《まほ》は、そのあとについて歩いた。

「お祭りのときのお神輿《みこし》に人が乗ってる感じだ」

輿やそれを担《かつ》ぐ人々を、興味深くながめる。

宮殿までは、ゆっくりと進み、三十分ほどかかった。現代の明日香村《あすかむら》を思い浮《う》かべ、おじいちゃんの家を起点としたらどの辺りになるのかを考えてみたけれど、風景がまるで違《ちが》って見えて、想像もつかない。途中《とちゅう》、川の見えるところを通ったから、あれが飛鳥川《あすかがわ》だろうとわかった程度だ。

宮殿の入り口は、何本もの太い柱に支えられた大きな門だった。見上げようとすると、後ろに反りすぎて倒《たお》れそうになるほどの高さだ。まるで、天を突《つ》き刺《さ》すためにそびえ立っているかのように、真秀には見えた。

その門をくぐるのかと思ったら、そうではなく、門からつづく塀《へい》に沿って歩いて行った先にある、もっと小さな門から宮殿に入った。

塀に囲まれた中には、たくさんの建物があるようだ。真秀は、辺りをきょろきょろと見まわしながら一行について行った。

宝の住まいのある建物に入ろうとしたところで、そっと近づいて来た女の人が、真秀の耳にささやいた。

「あなたは、こちらへ」

導かれるまま回廊《かいろう》を進んでゆくと、別の建物の隅《すみ》にある小部屋に着いた。

「こちらです」

板戸が開かれ、中に入るよう、うながされる。部屋の中は薄暗《うすぐら》く、なんとなく不安がこみあげてきたけれど、すぐに聞きなれた声がした。

「来たね、真秀」

有間だ。ほっとして、真秀は中に入った。ここまで連れてきてくれた女の人は、一礼して行ってしまった。

「よかった。違う人がいたらどうしようかと思った」

「悪かったね」

有間は苦笑する。

「俺《おれ》は宮殿が苦手でね。人の目につきたくなくて。額田と一緒《いっしょ》だとどうしても目立ってしまうから、先に来た」

部屋の中には、他にもひとり、男の人がいた。有間が椅子《いす》に座り、その背後に、その人がひっそりと立っている。

「これは、蘇我赤兄《そがのあかえ》だ」

有間が、その人へと首をまわして示し、紹介《しょうかい》してくれた。

背が高くて細身の人だった。有間より、ずいぶんと年上に見えた。身なりは有間とおなじように立派だから、それなりに地位のある人なのだろう。

「この赤兄が、タケルと会えるよう取り計らってくれたんだ」

赤兄は真秀《まほ》に会釈《えしゃく》をくれたけれど、微笑《ほほえ》むでもなく、ただ無表情で、どういう人なのかよくわからなかった。

「さて。宝さまは今、タケルのそばにはいない。額田《ぬかた》どのが代作することになっている雨乞《あまご》いの歌について、ふたりで話し合いをしているんだ。さあ、今のうちに」

有間は立ち上がった。

「行こう。時間はあまりない」

歩き出す有間に、赤兄もしたがう。真秀も有間のあとについて部屋を出た。

回廊《かいろう》を進み、連れて行かれたのは、先ほど真秀が入らなかった、宝の住まいのある建物だ。その一角。陽《ひ》もささないような暗い片隅《かたすみ》。

「タケルはいつも宝さまと一緒《いっしょ》だが、やむを得ずそばに置けないときにはこの部屋にいる」

気難しい顔で、有間が言った。

「だが、見てごらん」

有間は、観音開き《かんのんびら》きの戸を指で示した。戸の真ん中に、大きくて頑丈《がんじょう》そうな錠前《じょうまえ》がぶら下がっている。この鍵《かぎ》で、部屋は閉《と》ざされているのだ。真秀は、あ然としてしまった。

「鍵までかけるって、どういうことなんですか?」

「タケルがどこかへ行ってしまわないように閉じこめているんだ」

「ひどい」

宝は、やさしそうなおばあさまに見えたのに。

「けれど宝さまは、ご自分がそんなひどいことをしているとは自覚していらっしゃらない」

「早く助け出してあげなくちゃ」

お兄ちゃんがそんな扱《あつか》いをされているなんて、許せない。

鍵がかけられているだけで、見張りまでいるわけではないようだ。

「ほとんどが短い間だからね」

「でも、すごく頑丈な鍵。これ、開けられるんですか?」

「もちろん。——赤兄」

有間に応えて軽く頷《うなず》くと、赤兄《あかえ》は鍵《かぎ》を取り出して見せた。錠前《じょうまえ》に鍵をさし、いとも簡単に開けてしまう。

「どうして、あなたが鍵を持っているんですか?」

真秀《まほ》は、大きく見開いた目で赤兄を見上げた。けれども赤兄は答えない。真秀が戸《と》惑《まど》っているうちに、有間がそっと扉《とびら》を開いた。

有間の背後から顔を出し、中をのぞく。この部屋の中も薄暗《うすぐら》い。でも、どうやらかなり狭《せま》い部屋であることはわかった。真秀の家の、三畳《じょう》ほどの納戸《なんど》くらいだろうか。

「いない」

有間がつぶやいた。

真秀も、部屋の隅々《すみずみ》までを見渡《みわた》してみた。確かに、そこには誰《だれ》もいない。片隅にベッドのようなものがあり、その横に椅子《いす》があるだけの空間に、お兄ちゃんはいなかった。

「困ったな」

「宝さまが連れて行ったの?」

「そのようだ」

「じゃあ宝さまと一緒《いっしょ》なのね。そこに行きましょう」

真秀は迷わず部屋を出て、廊下《ろうか》を走り出そうとした。けれども、

「待ちなさい」

肩《かた》をつかまれ、止められた。振《ふ》り向くと、赤兄だ。

「表立って動いて、宝さまを刺激《しげき》してはいけません」

意外に低くて太い声で、きっぱりとした話し方をする。そして真秀の肩をつかむ手は強く、やさしさのかけらもない。

「あの子をさがしている姉がいるなどと知れたら、宝さまはますますあの子を囲いこんでしまいますよ」

「でも、せっかく来たのに」

「出直したほうがいい」

「私、うまくやるから。あの子の姉だと名乗らなければいいでしょう？　ちょっと会えるだけでもいいんです」

赤兄は、ひどく厳しい顔をしている。と、有間がのんきに言った。

「いいんじゃないか？　そうそう何度も、今日とおなじ機会を作れやしないだろう」

「それはそうですが、宝さまを刺激せずにいれば、そのうちにまた……」

「〝そのうち〟なんて、いつまた来るんだかわからない日を待たせるのでは、真秀が可哀想《かわいそう》だ」

真秀《まほ》を、やさしく見つめてくれる。

「真秀、本当にうまくやれるな？」

「はい。余計なことは言いません」

真秀は大きく頷《うなず》いた。

「真秀がうまく出来なかったら、俺《おれ》たちが助けてやればいい」

有間は、赤兄《あかえ》を振《ふ》り向いた。赤兄は冷たく言った。

「そんなに簡単なことでしょうか」

「簡単なことだよ。だって、千早が『大丈夫《だいじょうぶ》』と言っていたからね」

「そんな」

絶句している赤兄を無視して、

「では行くぞ」

有間は頼《たの》もしく言い、真秀の手を取り歩き出す。

「ありがとう！」

真秀の言葉に、有間は、つないだ手を軽く振ってこたえてくれる。

あたたかい手、やさしい言葉にほっとする。やっぱり有間は、家族と一緒《いっしょ》にいるときによく似た安心感をくれる。なぜだろう、とても不思議。

有間は真秀の手を引き、ぐんぐんと歩いていく。赤兄も、ふたりの後について来る。

有間に連れられて歩く廊下《ろうか》は、小さな庭に面していた。半径が一メートルもないような池と、松らしい木。そして人より大きな石が置かれている。庭の様子に興味をひかれ、見ていると、石の陰《かげ》からひょっこりと人の顔がのぞいた。

真秀は、びっくりして立ち止まり、そちらをじいっと見つめてしまった。

「どうした?」

有間もつられて立ち止まる。

「あそこに……」

石のあたりを指さそうとしたけれど、そのときにはもう誰《だれ》もいなくなっていた。

でも、確かにいた。しかも、見覚えのある男の子だった。この時代に飛ばされて来たとき、額田《ぬかた》の邸《やしき》に忍《しの》びこんでいた、ポニーテールの男の子。

「さあ、行くぞ」

有間が歩き出し、真秀はあわてて後を追う。

4

少年は、石の陰《かげ》に隠《かく》れたまま有間たちを見送った。

「なんで、ここにいるんだろう」

つぶやき、見つめる先にいるのは真秀《まほ》だ。もう一度、会いたいと思っていた。あのときは額田《ぬかた》たちに見つかりそうで逃《に》げ出すしかなくて、残念だった。

せっかくだから、こっそり捕《つか》まえて話をしてみようか。

そう考えてはみたけれど、やめておくことにした。今日は、他に目的があってここにいる。あの女の子のことは、また後で考えよう。

＊

「ああ、タケルはこちらにおりましたか」

有間は、宝と額田のいる部屋にさりげなく入っていった。

「あら、有間。建《たける》をさがしていたの？」

額田も、さりげなく応じながら真秀もいるのを確かめて、ほっとしているらしいのがわかった。宝からお兄ちゃんを遠ざけたつもりだったのに、うまくいかなくて焦《あせ》っていたのかもしれない。

「ええ。タケルに渡《わた》したいものがありましてね」

もちろん、それは嘘《うそ》だ。どう切り抜《ぬ》けるつもりなのか気にしつつ、お兄ちゃんを見つめた。

宝と額田は、廊下《ろうか》に近い明るい場所に置かれた机をはさみ、向かい合って座ってい る。お兄ちゃんは、宝のすぐ横にある椅子《いす》に腰《こし》かけていた。そして、食い入るようにこちらを見ている。宝がそれに気がつき、

「その子はなんなの？」

あからさまに警戒《けいかい》した様子で真秀を見据《みす》えながら動き、お兄ちゃんを自分の体で隠《かく》してしまった。

「わたくしに仕えてくれている子です」

額田が、にっこりと笑って答えた。

「宮殿《きゅうでん》は初めてで、迷子になったりしてはいけないと、有間さまが付いてくださって

いるのですよ」

それでも宝は納得せず、お兄ちゃんを背中に隠《かく》したまま、有間へと目を移した。

「建《たける》に渡《わた》したいものというのは何？」

「それは、ひみつなのですよ」

いかにもひみつっぽく声をひそめ、有間は微笑《ほほえ》んだ。

「タケルと約束した、ひみつのもの。ですから、ちょっとタケルをお借りしたいのですが」

「だめ」

聞く耳なし、という調子で、宝は有間の願いを却下《きゃっか》した。

「建は朝から具合が悪いの。だから、ここに連れてきているのですよ。そろそろ、やすませないといけないころです。さあ建、戻《もど》りましょう」

宝は、もう腰《こし》を浮《う》かしている。

「お待ちください」

額田《ぬかた》が先に立ち、座《すわ》ったままでいるよう宝を押《お》しとどめた。

「まだ、雨乞《あまご》いの歌は仕上がっておりません」

「そんなものはどうでもいいわ。建の具合が悪いのに、放ってはおけないでしょう」

「雨乞いのほうが大事ですよ」

「建のほうが大事です！」

宝は苛立《いらだ》ち、叫《さけ》びながら立ち上がった。右手で、お兄ちゃんの手首をしっかりと握《にぎ》っている。

額田も、負けじと応じる。

「宝さま、この際ですから、はっきり申し上げます。宝さまがタケルタケルで明け暮れる毎日を送っていらっしゃることには、宮殿《きゅうでん》の誰《だれ》もが迷惑《めいわく》をしているんです」

大王《おおきみ》である宝が相手だというのに、額田には、臆《おく》する様子がまったくない。

「宮殿の者だけではありませんわ。わたくしの里から来る者も時折、こぼすのです。このところの天候の不順も、作物の不出来も、天が宝さまにお怒《いか》りであるせいなのではないかと。だからこその、雨乞いの歌なのですよ。それより大事なものがありましょうか」

凛《りん》と通る声も美しい。

ふたりの男性に取り合いをされるなんて、きっと運命に翻弄《ほんろう》される弱々しくてはかなげな美少女に違《ちが》いないと思っていたのだけれど、実際は、ずいぶんと違っている。

この額田もかっこよくて好きだなあ、などと思っていると、宝の後ろから、お兄ちゃんがひよこっと顔を出した。

真秀《まほ》を見ている。でもどうしよう、声をかけられるような雰囲気《ふんいき》ではない。

考えに考え、声を出さずに呼びかけてみることにした。

『お兄ちゃん』

口の動きだけで通じるだろうか。

『お兄ちゃん、真秀だよ』

すると、お兄ちゃんの目が大きく見開かれた。――通じたのだ！

「やはり、建《たける》はわたくしがまた引き取ったほうがいいと思います。お会いになりたいときにはいつでも――」

「ねえ、額田《ぬかた》？」

不愉快《ふゆかい》そうに、宝が額田の言葉をさえぎった。怒《いか》りもあらわなその声に驚《おどろ》いて、見つめ合ったままだった真秀とお兄ちゃんは、びくっと身をふるわせた。

「なぜ、そなたたちは建を呼び捨てにするの？　この子は皇子《みこ》ですよ。それも皇太子《ひつぎのみこ》の子」

まずは額田、次に有間をにらみつける。

「額田、おまえの話はもういいわ」

「いいえ、宝さま、いいかげんに目を覚まされたらいかがですか。その子は建皇子《たけるのみこ》ではありません！」

額田が、きっぱりと言った。宝は目を剥《む》いて怒《おこ》り出し、タケルをしっかりと抱《だ》き寄せる。

「この子は建ですよ、わたくしの孫。いとしいいとしい、わたくしの建」

「いいえ、違《ちが》います。宝さまが、つらい思いをなさらぬよう、おだやかにお話ができたらと思っておりましたが、無理のようなので、もうここで申しましょう。この子は建皇子ではありません。なぜなら、皇子はとても残念なことに、お話をなさることが出来なかった。でも、この子は声を出して話します」

「建は病が治ったの。だから口をきけるようにもなったのよ。熱を出すこともなくなったわ」

宝は、必死に言い募《つの》る。額田は苛立《いらだ》ち、真秀を示した。

「この娘《むすめ》は、タケルの姉なのです。必死にタケルをさがした末に、わたくしのところにやって来た。返してあげなければ」

「おまえ、何を言うの！」

お兄ちゃんをきつく抱きしめ、宝はわめいた。

「建《たける》に姉は、確かにいます。しかし、こんな得体のしれない娘《むすめ》などではない。建とおなじく皇太子《ひつぎのみこ》・葛城皇子《かつらぎのみこ》の娘である、大田皇女《おおたのひめみこ》と讃良皇女《さららのひめみこ》」

「宝さま」

もどかしげに、額田《ぬかた》は首を振《ふ》る。

「病は治ったといっても、無理はいけないわね。そろそろ、この子を寝《ね》かせなければ。さ、いらっしゃい、建」

宝の、あまりにもかたくなな態度に、みんなが言葉をなくしていた。本当の孫、本物の建皇子《たけるのみこ》はもういないのだという現実から、なんとしてでも目をそむけようとする宝の様子は、哀《あわ》れで気の毒でもあった。

宝はお兄ちゃんを引きずるようにして歩かせ、真秀《まほ》の横を通り過ぎていった。すれ違《ちが》うとき、お兄ちゃんはしっかりと真秀に目を合わせた。

『真秀?』

と、くちびるを動かしている。真秀は、素早く頷《うなず》いてみせた。

お兄ちゃんにとって、妹の真秀は六歳《さい》のままに違いない。自分より年上の女の子が真秀だなんて、本当に信じてもらえるだろうか。ああ、宝のいないところで、じっくりと話をすることが出来たなら……。

悔《くや》しく思いながらも、連れて行かれるお兄ちゃんを見送るしかないのが歯がゆい。

第二章　タケルとタケルとタケル

1

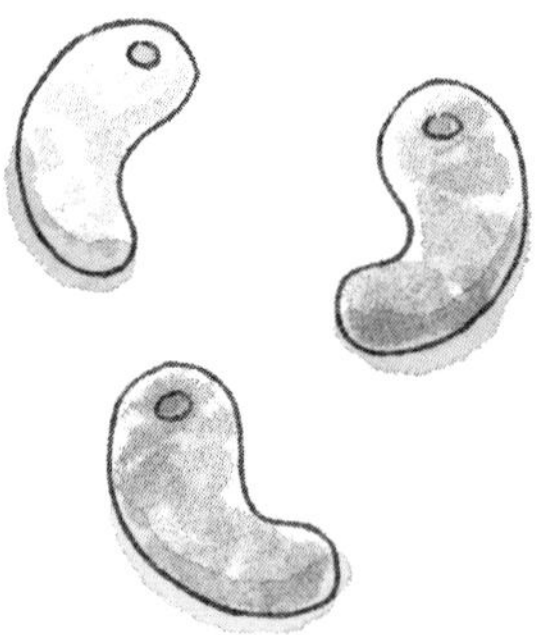

「額田《ぬかた》さまの忘れものを届けにきました」

真秀《まほ》は、門番の男に、にっこりと笑いかけながら嘘《うそ》をついた。

先日、額田のお供をして宮殿《きゅうでん》にやって来たときに通った、あの門だ。今日の真秀は、ひとり。実は、こっそりと額田の邸《やしき》を抜《ぬ》け出してきたのだった。

前にここに来てから、三日が過ぎている。

あののち、宝はすっかり警戒《けいかい》し、それまで以上にお兄ちゃんをそばから離《はな》さなくなった。どうしたものかと、額田も有間も千早も一生懸命《いっしょうけんめい》、考えてくれている。その答えが出るのを、ただ待つしかない毎日だった。

額田たちのおかげで、困ることなく過ごしていられるものの、ここでは何もすることがない。遊びに行くところがあるわけではなし、テレビもないしネットもないしゲームもない……。

千早や有間と、たくさんおしゃべりをすることはできた。

千早は十六歳《さい》だという。有間は十九。ふたりとも、真秀からすると大人びて見えて、ずっと年上だと思っていたので驚《おどろ》いた。

もっと驚いたのは額田の年齢《ねんれい》だ。あれほどしっかりしていて、六歳になる娘《むすめ》もいるというのに、まだ二十一歳。現代でいえば、中学生か高校生でお母さんになったのだ。

「そんなに驚くこと?」

千早は、面白そうに笑った。

「わたくしと有間さまにはまだ子どもがいないけれど、遅《おそ》いくらいなのよ」

恋人同士《こいびと》だと思っていたふたりは実は夫婦で、でも同居はしていない。この時代の結婚《けっこん》は、奥《おく》さんの家に旦那《だんな》さんが通ってくるのが普通《ふつう》のスタイル。お互《たが》い、自分の家がちゃんとある。そして奥さんはひとりではなく、一夫多妻が基本なのだそうだ。

「でも、有間さまにはわたくしひとり。ね?」

「千早の他に、妻なんていらないよ」

目を合わせ、微笑《ほほえ》み合う。

この邸《やしき》の人々は、みんなやさしい。得体の知れない女の子である真秀《まほ》にも、本当に良くしてくれる。それでもやはり、早く現代に帰りたい。お兄ちゃんと一緒《いっしょ》に帰りたい。まずは早くお兄ちゃんと会って、話をして、一緒に現代に帰る方法を探す。今できることは、それしかない。

早く、早くとつい焦《あせ》り、待ちきれなくなって、こっそりと出かけて来たのだ。

＊

「額田《ぬかた》さまの忘れもの」

大男の門番は、唸《うな》るように言いながら真秀をじろじろとながめる。

額田は今日も、仕事で宮殿《きゅうでん》に来ている。真秀も一緒に行きたいとお願いしたけれど、今はまだ宝を刺激《しげき》しないほうがいいと置いて行かれた。

「おまえ、先日、額田さまのお供をして来た娘《むすめ》だな？」

門番は、真秀を覚えていた。さすが宮殿の門を守る者だけあって、優秀《ゆうしゅう》だ。

「はい、そうです！」

真秀は元気よく答えた。

「これが忘れものです」

適当な布を丸めて荷物のようにしたものを、もっともらしく掲《かか》げてみせた。

「よし、通れ」

「ありがとう!」

まずは第一関門突破《とっぱ》だ。

真秀は、急いで門を通った。後ろを見ないようにしながら、小走りで宝の居間のあるあの建物を目指す。お兄ちゃんはどこにいるだろう。宝がそばに置いているのか、それとも、あの小部屋に閉じこめられているのか。

まずは小部屋に向かうことにして、建物の間を縫《ぬ》って走るうち、見覚えのある庭に出た。小さな池と大きな石のある、狭《せま》い庭。そういえばここで、ポニーテールの男の子――この時代に飛ばされてきたとき最初に出会った、あの男の子を見かけた気がしたな、と思い出す。

すると驚《おどろ》いたことにまた、石の陰《かげ》から、ひょっこり当の本人が顔をのぞかせた。思わず「わっ」と声を上げ、真秀は足を止めた。

「おまえ、また来たのか」

男の子も目を丸くしている。

今日もまたここにいるということは、もしやこの子は、宮殿《きゅうでん》の使用人なのだろうか。だとしたら、あの小部屋に向かっていること、あわよくば忍《しの》びこもうとしていることを知られたら困る。

じり、じりと後ろに下がり、男の子から距離《きょり》を取る。といっても狭《せま》い庭だから、すぐに背中が廊下《ろうか》に当たった。そこで、さっと振《ふ》り向き廊下によじのぼり、逃《に》げようとしたのだけれど。

「待てよ!」

男の子のほうが動きが早く、よじのぼる前に左腕《ひだりうで》をつかまれてしまった。そのまま、男の子と向かい合うよう体をくるりと返された。

「なんで逃げるんだよ」

「だって、知らない人は怖《こわ》いもん」

「俺《おれ》は別に怖くないし」

「自分でそう言う人ほど怪《あや》しいんだよ」

つい大声を出してしまい、はっとした。ここで騒《さわ》いで、目立ってはいけないのに。

すると男の子は、

「おまえ、声がデカい。静かにしゃべれよ。人に見つかるだろ」

顔をしかめる。ということは、この子は宮殿の使用人ではない。真秀《まほ》とおなじく、忍びこんでいるのか……。

「なんでここにいるんだ。ひとりか?」

真秀は、男の子の目をじっと見た。

男の子は、真秀の視線を真っすぐに受け止めている。にごりのない、澄《す》んだ瞳《ひとみ》。でも、なぜか寂《さび》しげな陰《かげ》りがあるようにも見える。

「なんだよ?」

男の子は眉《まゆ》をひそめる。すると、真秀を見る目に少しだけ力がこもり、なんだかにらまれているようで少し怖くなった。しかも、まだ腕をつかまれたままなのだ。

真秀の様子に気づき、男の子はすぐ、

「ごめん」

と謝り、手を放してくれた。意外にやさしい人のようだった。

「それで、おまえはなんでここにいるんだ?」

また訊《たず》ねてきた。真秀は、正直に打ち明けようと覚悟《かくご》を決めた。

「私、タケルに会いたくて来たの」

「タケル——大王《おおきみ》のところにいるあの子か?」

「そう。あの子は私のおにい——じゃなくて弟だと思うの」

「おまえの弟」

つぶやき、男の子は何やら考えこんでいるようだ。やがて、

「よし」

にやりと笑った。

「俺《おれ》が、タケルのところに連れて行ってやる」

「え、あなた、あの子と親しいの？」

「違《ちが》う。まだ一度しか会ったことはない。俺にはあの子に会わなきゃならない理由があるのに、額田《ぬかた》のところでも、こないだここに忍《しの》びこんだときも、会えなかった。だからまた来たんだ」

男の子は、ひらりと廊下《ろうか》に飛び乗った。そして、真秀《まほ》に手をさしのべる。

その手を取りながら、真秀は訊《たず》ねた。

「どうしてあの子に会いたいの？　あなたは誰《だれ》なの？」

「俺は——」

真秀の手首をぐっとつかんで引き上げると、腰《こし》に手をまわして抱《だ》き上げて、男の子はいとも簡単に真秀を廊下に立たせてくれた。

「俺の名前も、タケルというんだ」

男の子は、それだけ言うとまた、にやりと笑い、さっさと廊下を歩き始めた。

＊

〝タケル〟が、もうひとり。三人目のタケルだ。

お兄ちゃんの〝丈瑠《たける》〟。今はもう亡《な》くなっている、大王《おおきみ》の孫の〝建《たける》〟。そして、この子。

これはただの偶然《ぐうぜん》だろうか。それとも意味があるのだろうか。このタケルは、何か知っているのだろうか。

訊ねたいのに、前を行くタケルは話しかけられそうな隙《すき》を見せてくれない。足音もたてず、すべるように廊下を歩いていく。へたに声を出して誰かに気づかれてもいけないから、真秀はおとなしくついて行った。

すぐ、小部屋の前に着いた。扉《とびら》にはもちろん、あの頑丈《がんじょう》そうな錠前《じょうまえ》がぶら下がっている。

「おまえの弟のタケルは、今はここにいるはずだ」

「でも、鍵《かぎ》がかかってるでしょ。前は、赤兄《あかえ》さんていう人が開けてくれたんだけど」

「鍵《かぎ》なら、俺《おれ》も持っている」

タケルは、さらりと言い、ふところに手を入れて赤兄《あかえ》が持っていたのとおなじ鍵を取り出した。

「どうして、あなたが持ってるの！」

訊《たず》ねる真秀《まほ》に答えてはくれず、タケルは錠前《じょうまえ》に鍵をさした。慎重《しんちょう》に鍵を開き、錠前をはずすと、タケルはゆっくりと扉《とびら》を開く。

「——誰《だれ》？」

緊張《きんちょう》した声が、部屋の中から聞こえた。

小部屋は、今日も薄暗《うすぐら》い。窓はあるものの、とても小さく、しかも高いところにあって、充分《じゅうぶん》に陽《ひ》が射《さ》しこまないのだ。

「俺は、タケルだ」

タケルが、小さな声で、そうっと答える。

「タケル……僕《ぼく》の名前も〝タケル〟だよ」

驚《おどろ》きながら、お兄ちゃんは座《すわ》っていた椅子《いす》から立ち上がった。

次第に目が慣れてきて、部屋の中の様子がなんとなく見えてきた。お兄ちゃんの姿も、表情も、ちゃんとわかる。

「あ、額田《ぬかた》さまの家にいた、お姉さん！」

お兄ちゃんは真秀に気づき、顔を輝《かが》やかせた。

「僕に会いに、また来てくれたの？」

「うん。この間は、あんなことになってしまったから」

お兄ちゃんは真秀に近づいて来て、真秀の顔をじっと見上げた。

「本当に、お姉さんは〝真秀〟なの？」

真秀は頷《うなず》く。

「僕の妹の、真秀？」

真秀がまた頷くより先に、タケルが、

「え！」

と声を上げた。

「妹？　さっきは弟って言ったのに」

真秀とお兄ちゃんを、まんまるに見開かれた目で見比べている。

当然の反応だろう。八歳《さい》の男の子と十三歳の女の子。姉と弟ならわかるけれど、兄と妹だというのだから。

申し訳ないけれど、タケルへの説明は、ひとまず置いておくことにした。この時代の人であるタケルに、タイムスリップを理解してもらえるように話すのは、真秀《まほ》には難しすぎる。

タケルは、兄妹の顔を見比べつづけている。けれども結局、黙《だま》りこんだ。何を言ったらいいのか、わからないのかもしれない。

「真秀……」

お兄ちゃんは、つぶやきつつ真秀の顔をじっくりと見ている。真秀は、お兄ちゃんの背の高さに合わせて屈《かが》みこんだ。

「うん、言われてみれば、真秀が大きくなったらこんな顔かもしれないって顔だ」

お兄ちゃんは、にっこりと笑う。

「私、十三歳《さい》だよ」

「十三！」

「私にとっては、お兄ちゃんがいなくなったあの日から七年が過ぎているの」

「七年！　そんなに間があいてからなのに、おなじところにタイムスリップしてきたのか」

「お兄ちゃん、自分がタイムスリップしたことはわかっているんだね」

「うん。ここは、おじいちゃんが教えてくれた飛鳥時代とそっくりな世界だったから」

「さすが、お兄ちゃんだ」

八歳の子どもを前に、真秀はすっかり感心してしまった。記憶《きおく》に残っているとおりの、賢《かしこ》い、真秀の自慢《じまん》のお兄ちゃん。

「でもすごいなあ、七年か。僕《ぼく》にとっては、まだ一か月くらいだよ。そっちでは、七年の間、僕は――」

「お兄ちゃんは行方不明ってことになってる」

「そうか……、そうだよね。みんな、元気なの？　お父さんとお母さん、おじいちゃんとおばあちゃん」

「元気。だけど本当には元気じゃない」

七年間、表面上はなんの問題もない一家であるように暮らしてきた。お父さんとお母さん、そして娘《むすめ》がひとりの三人家族。実はもうひとり男の子がいて、その子は行方《ゆくえ》不明《ふめい》で――という不幸を抱《かか》えてなどいません、という顔をして。

実際、大がかりに捜索《そうさく》してもらっても何もわからなかったのに、家族にできることなどほとんどないのだから、内心ではじりじりしながらも日常生活を送っているしかない。でも……。

にぎやかに笑ったり、楽しくおしゃべりしながらも、家族みんな、一日に一度はお兄ちゃんの写真をじっと見つめる時間を持ってきたと思う。真秀《まほ》はそうだし、両親がそうしているのもよく見かけた。そのために、お兄ちゃんの写真を家中に置いているのだから。

帰らない子の帰りを、ただ待つしかなかった七年間。

「僕《ぼく》は、みんなをすごく悲しませてしまったんだね」

お兄ちゃんは、沈《しず》んだ声で言った。

「ごめんね」

「なに言ってるの！　お兄ちゃんは、ここに来たくて来たわけじゃないのに」

「でも、僕がひとりで勝手に動かなければこんなことにならなかった」

「小さな子をひとりで行かせて、ちゃんと見ていなかった自分たちが悪いって、お母さんたちも後悔《こうかい》しているよ。なんでこんなことが起こったのかわからないけど、誰《だれ》が悪いとかは絶対にないんだよ」

「うん――」

「それに、私たちはお兄ちゃんをさがすことをあきらめてなかったよ。私ね、おじいちゃんちに遊びに来たの。お兄ちゃんのゆくえがわかる手がかりが何か見つからないか、さがすために。甘樫丘《あまかしのおか》の近くにある家の裏に、小さな丘《おか》があってね、お兄ちゃんが迷いこんだかもしれない場所の候補のひとつなんだ。そこにのぼらせてもらっていたとき、私はタイムスリップしてしまった」

「その丘――そうかもしれない。僕、みんなが甘樫丘に行くって知ってたから、ひとりで先回りしようとしたんだ。で、甘樫丘だと思った丘をのぼっていった。そしたら途中《とちゅう》で男の子に会って、ここは自分の家だ勝手に入って来るなって怒《おこ》られて」

そのとき、真秀の胸が、ぽうっとあたたかくなった。

今日も、ネックレスにした玉を首に掛《か》けてきている。落とさないよう服の下に入れてある玉が、おそらくあたたかく光っているのに違《ちが》いない。

真秀は、服の上から玉に触《ふ》れた。やっぱり、玉はあたたかい。何か、とてもホッとするようなぬくもりだ。

「お兄ちゃん、これ」

真秀は、そっと玉を取り出した。

「お兄ちゃんも、おなじものを持っているって聞いたの」

「持ってる！」

お兄ちゃんも、服の下からおなじようにネックレスにした玉を取り出した。千早が言っていたように、まじりけのないきれいな黄、一色の玉だ。お兄ちゃんの玉も、ふわっと光り、熱を放っていた。

ふたつの玉は、まるで呼び合うかのように、ひとつが光るともうひとつも光る。

「この玉が、タイムスリップの秘密に何か絡《から》んでいるんじゃないかと思うの。お兄ちゃん、この玉をどこで見つけた?」

「ここに来る前、あの丘《おか》をのぼっている途中《とちゅう》」

「やっぱり! 私もだよ」

「可愛いし、きれいだから、真秀《まほ》にあげようと思って拾ったんだ。――そうだ、この石を拾ったときから何かおかしい感じがし始めたんだ! そのあと、変なもやが出てきて」

ふたつの玉は、ふわふわと光りつづけている。ふと気づくと、タケルも玉をのぞきこんでいた。

「あ!」

と、思わず真秀は声を上げる。タケルのことを、すっかり忘れていたのだ。

タケルは、玉にじぃっと見入っていた。

そうだ、タケルにタイムスリップについて説明しなければ。なんと言えばわかってもらえるだろう。考えあぐねていると、タケルが、ふと顔を上げた。

「――誰《だれ》か来る」

「え？」

タケルはくちびるに人さし指をあてて真秀を黙《だま》らせ、耳をすませた。

「足音が聞こえる。ここまでだな」

真秀の手を、さっと取った。そして小部屋を出て行こうとするので、真秀はあわてた。

「待って、お兄ちゃんと一緒《いっしょ》に行かなきゃ」

「今はまだ無理だ」

「お兄ちゃんを連れ出すために来たのに」

「だから、今はまだだめ、と言っただろう。あせるな」

真秀は、すがるようにお兄ちゃんを振《ふ》り向いた。お兄ちゃんは頷《うなず》いている。

「そっちのタケルの言うとおりだよ。こうしてちゃんと会えたんだ。あせらず、これからどうしたらいいのかちゃんと考えてから、一緒に逃《に》げよう。そして一緒に家に帰ろう」

「うん！」

六歳《さい》の子どもに戻《もど》った気持ちで、真秀は頷く。たった八歳でも、聡明《そうめい》で頼《たよ》りになる、真秀の大好きなお兄ちゃん。

そしてタケルに手を引かれ、すばやく小部屋を出た。タケルが、音をたてないように気をつけながら鍵《かぎ》をかけた。

この中に、またお兄ちゃんをひとりにしてしまった。そう思うと胸が痛むけれど、仕方ない。

タケルは、迷いのない足どりで宮殿《きゅうでん》の中を駆《か》け抜《ぬ》け、真秀《まほ》を来たときに通った門まで連れてきてくれた。

「俺《おれ》は、まだ用があるから」

タケルは、さっさと背中を向け、すぐに走り出そうとするのだ。なんだか冷たく思えるほどだった。

「待って!」

真秀は、あわてて呼び止めた。振《ふ》り向いたタケルの顔は、ひどく迷惑《めいわく》そうだ。

「なんだよ」

「ごめんね、タケルもお兄ちゃんに用があったんだよね? なのに、私が話しただけで終わっちゃって」

「きょうだいのおまえが優先なのは当然だろ」

「でもタケル、お兄ちゃんになんの用があったの?」

「おまえには言わない」

「気になるんだけど」

「今は言わない」

無表情に言い捨てる。それ以上、踏《ふ》みこみにくいような様子だった。真秀は、あきらめて帰ることにした。

「わかった。じゃあ、またね」

頷《うなず》いて、タケルは走り去る。

額田《ぬかた》の邸《やしき》への帰り道をたどりながら、真秀はタケルのことを思った。

あの子はいったい、なんなのだろう。真秀とお兄ちゃんの会話は、わからないことだらけだったろうに、何も訊《たず》ねてこなかった。

2

「壮流《たける》、おまえ、いつ戻《もど》ったんだ」

ねぐらにしている小屋で、寝床《ねどこ》に寝そべりながらあの小部屋の鍵《かぎ》をながめていると、ふいに葛城皇子《かつらぎのみこ》が入ってきた。

タケル——壮流は面倒《めんどう》くさそうに起き上がる。

「昼間には戻っていたよ。あんたに早く鍵を返そうと思ったのに、いないから」

葛城は、一部屋きりの小屋の奥《おく》にある寝台《しんだい》までずかずか入ってくると、寝台の端《はじ》に勝手に腰《こし》を下ろした。

この葛城皇子という人は、宝の息子で、本物の建《たける》の父親だ。ここは葛城の邸《やしき》で、壮流はもう何年も、すみっこにある小屋に住まわせてもらっている。

「で、会えたのか、偽物《にせもの》の建に」

「会えたよ。でも、妹も一緒《いっしょ》だったから肝心《かんじん》なことは話せなかった」

「妹?」

「あんた、知らない？　額田《ぬかた》のところにいる女の子」

「ああ、聞いている。しかし、妹？　そんな幼い子どもではないような話だったが」

「姉に見える歳《とし》だけど妹なんだって」

「なんだそれは」

葛城は、眉《まゆ》をひそめて唸《うな》る。

「あ、そうだ、鍵」

壮流が鍵を渡《わた》そうとすると、葛城は、首を振《ふ》った。

「いい。おまえが持っておけ」

「でも、大王《おおきみ》のところから盗《ぬす》んだものなんだろう？」

「違《ちが》う。わたしが作らせた合鍵だ。誰《だれ》が盗んだりなどするか。おまえが偽建に会いたがったから、作らせていたんだ。ちょうど出来たところへ、赤兄《あかえ》が、その妹だか姉だかという娘《むすめ》を偽建に会わせてやりたいと有間に頼《たの》まれたと言ってきたから。先に貸してやった」

そういえば、真秀《まほ》はあの部屋の鍵を赤兄に開けてもらったと言っていた。赤兄はこの邸によく顔を出すから、壮流も顔見知りだ。

「合鍵を作ったのなら、ちょっとの間でも盗み出していたんじゃないの？　あの鍵、宝さまは絶対に手放そうとしないとか聞いたよ」

「うるさい。とにかく、おまえのために作った鍵《かぎ》だ。折を見て、また行けばいい。おまえがあの偽建《にせたける》をどうしたいのかは知らんが、母上から遠ざけてくれればそれでいい」

葛城《かつらぎ》も、宝が偽建にべったりなのを快く思っていない人のうちのひとりだ。

偽建が現れてから、宝は自分の仕事をさぼってばかりいる。大王《おおきみ》である宝の仕事は、もちろん政治だ。各地方に置いた役人を通して、地方の管理をすること。税を集めること。外国の様子にも気を配り、つき合いをすること。などなど。

それらすべてに興味を失い、偽建と過ごすことにばかり時間を費やしている。どうしてもそばから離《はな》さないといけないときは、あの小部屋に閉じこめておく。

亡《な》くなった建皇子《たけるのみこ》を偲《しの》んでのことならまだしも、身代わりの子どもに入れこんで政《まつりごと》をないがしろにするとは何ごとだと、あらゆるところで宝の評判が落ちて大変なことになっているのだ。

「姉――いや妹か？　どちらだか知らんが、あの偽建をさがしに来たのだろう？　ならば、さっさとその娘《むすめ》に渡《わた》してしまえ」

葛城は、吐《は》き捨てるように言った。

「あのふたりと、またなるべく早く会うようにする」

それは葛城のためではない。自分のためだ。

壮流《たける》は、鍵をしっかりと握《にぎ》りしめた。

＊

丈瑠《たける》は、夢を見ていた。

また小部屋に閉じこめられ、椅子《いす》に腰《こし》かけて小さな窓からぼんやり外を見ているうちに、うたた寝《ね》をしていた。

空中に、ふわふわと男の子が浮《う》かんでいる。ここに来てから時々、見る夢だ。自分と同じくらいの年の子。あの子は誰《だれ》だろう。知らない子。

『ねえ、きみは誰なの？』

訊《たず》ねても、男の子は答えてくれない。人なつっこく笑っているだけ。

やがて、目は覚めた。

目覚めてすぐは寝ぼけていて、つい空中にあの子をさがしてしまったけれど、あれは夢だ、ここには丈瑠ひとりきり。

今のは夢、そう自覚したあと、ふっと不安になった。真秀《まほ》がここに来てくれたのも夢だったらどうしよう。

いや、そんなことはない。真秀《まほ》には三回も会ったのだから。あれは夢じゃない。すぐにまた来てくれる。そして、丈瑠《たける》をここから助け出してくれる。

「僕《ぼく》、真秀に助けられるのか」

なんだか面白《おもしろ》くなって、丈瑠は笑った。

お兄ちゃんなのに。妹が助けに来てくれるのを待っているなんて。

あのお姉さんが真秀だなんて、本当に不思議だ。自分が体験しているタイムスリップということの異様さを、改めて思い知った。

「でも、僕のほうが小さくても、僕はお兄ちゃんなんだから」

真秀を守るのは僕の役目だ。

*

「こんにちは、真秀さん」

降ってきた声に、真秀が顔を上げると、赤兄《あかえ》がいた。

額田《ぬかた》の邸《やしき》の門の脇《わき》にある、大きな樹《き》の木陰《こかげ》で、これからどうしたものかといろいろ考えていたところだ。今日はとても気持ちのいい天気だったので、敷《し》きものを持って外に出てきた。

「こんにちは、赤兄さん。額田さまにご用事ですか?」

真秀は、あわてて立ち上がった。改めて見ると、赤兄はひとりではなかった。赤兄とおなじ年ごろの男の人がいる。なんだかずいぶんと偉《えら》そうに、背筋をそらせて立っている。

「葛城皇子《かつらぎのみこ》ですよ。ご存知ですか?」

「皇太子《ひつぎのみこ》の人ですね。建皇子《たけるのみこ》のお父さん」

「そう、その方です」

紹介《しょうかい》され、真秀は会釈《えしゃく》をした。でも、葛城は黙《だま》ったままニコリともしない。挨拶《あいさつ》もない。偉い人というのは、こういうものなのだろうか。

「今日は、有間さまに会いに来ました。どちらにおいでですかな」

「案内しますね」

有間は、邸の中の居心地のいい場所で、千早と一緒《いっしょ》にいるはずだ。

「先日、真秀さんひとりで宮殿《きゅうでん》に出かけたそうですね」

「え、ご存知なんですか?」

「有間さまから、うかがいました」

赤兄《あかえ》とは、そんな話をしながら並んで歩く。葛城《かつらぎ》は、ふたりの後ろを黙々《もくもく》とついて来る。

有間と千早はやはり、陽《ひ》あたりがよく風通しもいい部屋で、のんびりとテーブルを囲んでいた。ふたりは、

「おや、赤兄じゃないか」

「そろそろ呼びにいこうと思っていたのよ、真秀《まほ》」

と微笑《ほほえ》んだあと、葛城に気づいて大きく目を見開いた。と思うと、同時に立ち上がる。

「いや、座《すわ》っていなさい」

葛城が、やっと口を開いた。それでもふたりは困ったように立ちつくしている。やがて千早が素早く気を取りなおし、人を呼び、葛城と赤兄の席を作らせた。

葛城は、当たり前の顔で腰《こし》を下ろした。その後はまた無言だ。おかげでみんなも無言になり、気まずい雰囲気《ふんいき》になりかけると、

「何か、菓子《かし》でも運ばせましょう」

千早が、また人を呼んだ。

この時代にはまだ、現代のようなお菓子はない。基本、菓子といったら果物のこと

と思えばいいようだ。運ばれて来たのは、干したいちご。とてもちいさな、粒《つぶ》のようないちご――野いちごだ。

「有間さまとふたりで摘《つ》んだいちごを、干してもらったのよ。ね?」

千早は、甘《あま》く有間を見上げる。有間は、まだ葛城がいることに戸惑《とまど》っていたけれど、千早の笑顔を見るとたちまち頬《ほお》をゆるめた。

「あのときは、千早が、絶対こちらにあるから大丈夫《だいじょうぶ》と言って野原をぐんぐん奥《おく》まで行ってしまうものだから、心配したよ」

「でも大丈夫だったでしょう?」

「そうだね」

有間と千早は、微笑みながら目を合わせる。いつも通りの仲よしぶりだ。その場が、一気になごんだ。面白《おもしろ》いことに、葛城も、そんなふたりを興味ぶかげに見ている。

「今日は、額田《ぬかた》さまはご不在ですか?」

赤兄が訊《たず》ね、千早が頷《うなず》いてみせた。

「はい。宮殿《きゅうでん》にお出かけです」

額田は、宮殿に出かけたり、邸《やしき》にいても部屋にこもって歌詠《うたよ》みの仕事をしていたり、地方にある領地から来る使用人の話を聞いて指示を出したりと、忙《いそが》しそうにてきぱきと動いている。

「そうだわ、真秀《まほ》、あの玉を赤兄《あかえ》さまに見ていただいたら？　赤兄さまは翡翠《ひすい》にお詳《くわ》しいのよ」

千早に言われて、真秀は今日も胸にかけている玉を、服の上から押《お》さえた。

「真秀さんは翡翠をお持ちなのですか？」

「これなんですけど」

真秀は、翡翠のネックレスを取り出した。

「これは——見事なものだ」

見た途端《とたん》、赤兄は唸《うな》った。

「少しの曇《くも》りもないし、薄紅《うすべに》の入り方も美しい」

手を伸《の》ばして少し触《さわ》り、

「わたしの一族は昔から、この国の翡翠のほとんどを扱《あつか》ってきました。産地から取り寄せて、削《けず》って、この玉のような形に仕上げる。これもおそらく、我が一族の里の工《こう》房《ぼう》で作られたものでしょう。それに」

真秀の翡翠に触《ふ》れながら、また唸る。

「わたしの父の翡翠によく似ています。父は、気に入った翡翠を手元に置いて大事にしていたのです。何か不思議な力を秘めた石ですからね。願えば叶《かな》うと信じられて、呪術《じゅじゅつ》にも使われる。——しかし、よく似ているな。真秀さんは、なぜこの翡翠をお持ちなのですか？」

「拾ったんです」

「どこで？」

「ええと……」

この時代におけるあの場所がどこなのかわからず、困ってしまった。すると、赤兄の隣《となり》から葛城《かつらぎ》も、真秀の玉をじぃっと見ているのに気がついた。

「あの、何か？」

真秀が、おずおず訊《たず》ねると、葛城は、

「いや別に」

何事もなかったかのように、そっぽを向く。その後、なんとなくまた気まずい雰囲《ふんい》気《き》になり、みんなが黙《だま》りこんでしまった。

と、やはりまた千早が素早く空気を読む。

「赤兄さまは、今日は何か有間さまにご用事がおありでしたの？」

明るく、赤兄に訊ねた。

「有間さまは雨乞《あまご》いの儀式《ぎしき》にはいらっしゃるのかどうか、お訊《たず》ねしたいと思いまして」

「ああ、あれか」

「雨乞いの儀式？」

つぶやく真秀《まほ》に、千早が教えてくれた。

「雨の季節なのに、今年はまったく降らないでしょう？　みんなが困っているから雨を降らせてくださいって神様にお願いするの」

今、こちらの季節は梅雨《つゆ》だった。それなのに、真秀が来てから一度も雨は降っていない。

この空梅雨《からつゆ》は深刻な状況《じょうきょう》になっていて、農作物に影響《えいきょう》が出ているのはもちろん、井《い》戸《ど》が干上《ひあ》がりそうなところもある。

先日、額田《ぬかた》が宮殿《きゅうでん》へ雨乞いの歌を作りに行ったのも、それが理由だ。しかし、歌は出来上がってもなんの効果もなかった。

「しかも、雨が降らないのも宝さまのせいだと怒《おこ》っている人たちがたくさんいるのよ」

人々の不安や苛立《いらだ》ちの矛先《ほこさき》をそらせるため、宝自身が雨を降らせてみせようということになったのだ。

「地方から、力のある豪族《ごうぞく》のみなさんなども出ていらっしゃいます。有間さまも、先代の大王《おおきみ》の皇子《みこ》として参列なさるべきではないかと思いまして」

「いや、俺《おれ》は行かないよ」

「そうおっしゃるだろうと思いましたよ。だからわたしは、こうしてやって来たのです」

「でも、俺は行かない」

有間は、妙《みょう》にきっぱりと言い切った。

「宮殿には、なるべく近寄りたくない」

強い口調でつけ足すと、なぜか、ちらりと葛城《かつらぎ》へ目をやる。すると、その場が、しんと静まった。

なぜみんなが黙《だま》るのか、真秀にはわけがわからず、有間を見たり千早を見たり、葛城を見たりとおろおろするばかりだ。

そんな中、いきなり葛城が立ち上がった。

「わたしは、これで失礼する。赤兄《あかえ》はゆっくりしてゆけばよい。わたしにかまうな」

「どうなさいました、皇子?」

赤兄が訊ねる。けれども葛城は答えず、ゆうゆうとその場を去って行った。

赤兄は、あとを追うべきかどうか、しばらく迷っていたようだ。けれども結局、また腰《こし》を下ろした。

「葛城皇子《かつらぎのみこ》が、あのようにおっしゃるのならその通りにしたほうがよいですからね」

しばらくの間、みんな、どうしたものかわからず、いちごを見ていた。

やがて赤兄《あかえ》が、あらためて有間に訊《たず》ねる。

「本当に、雨乞《あまご》いの儀式《ぎしき》にはいらっしゃらないのですか？」

「行かない。また変な誤解をされるのはいやなんだ」

変な誤解とは、なんだろう。

首をかしげていると、千早がまた教えてくれた。

「以前、有間さまが皇太子《ひつぎのみこ》の座を狙《ねら》って、葛城皇子の暗殺を企《くわだ》てているという嘘《うそ》の噂《うわさ》を流されたことがあったの」

「え、何それ、ひどい」

眉《まゆ》をひそめつつ、真秀《まほ》は納得《なっとく》した。そういう事情だから、葛城皇子がいる前でこの話をすると微妙《びみょう》な空気になってしまうのか。

「いや実際、そう思われても仕方ないことではあるのですよ」

赤兄が苦笑した。

有間の父・軽皇子《かるのみこ》が大王《おおきみ》の座についたのは、蘇我《そが》の本家が甘樫丘《あまかしのおか》で滅《ほろ》ぼされる事件があったすぐあとのことだという。

「あの事件について、真秀は知っているかしら?」

大王についての知識もなかったような真秀を気づかい、千早が訊ねた。

「はい」

甘樫丘は、お兄ちゃんがいなくなったとき、真秀たちが参加したツアーが向かっていた先だ。だから真秀も、甘樫丘で起きた出来事については知っている。現代では〝乙巳《いっし》の変〟と呼ばれている事件だ。でも、その後のことは知らない。

事件ののち、軽皇子が大王の座についたものの、葛城皇子のほうが強い影響力《えいきょうりょく》を持っていたのだそうだ。

一時期、軽皇子が飛鳥を離《はな》れ、別の場所を都としたことがあった。しばらくすると、葛城皇子が「飛鳥に帰るべきだ」と言い出したのだが、軽皇子はそれを聞き入れない。すると、多くの者が大王である軽皇子のほうに反発し、葛城皇子について飛鳥に帰ってしまった。——そんなエピソードもあるという。

当時も、葛城皇子は皇太子だった。有間は軽皇子のひとり息子だけれど、まだ幼かったから。

やがて軽皇子は亡《な》くなったが、なぜか葛城皇子は、また皇太子のままとどまった。

後を継《つ》いだのは、葛城《かつらぎ》の母であり軽皇子《かるのみこ》の姉でもある宝だ。

時は流れ、今の有間は、十九歳《さい》の大人。自分も大王《おおきみ》の座を継ぐのにふさわしい立場の人間だと主張しはじめてもおかしくない。となると、有間本人の意思にはかかわりなく、謀反《むほん》を企《くわだ》てているのではないかという疑いの目を向けられるようになるのも、確かに仕方のない話なのだった。

実際、そんな噂《うわさ》がどこからか流れはじめ、しかも妙《みょう》に具体的な話にもなってもゆき……。

「なんだかもう、すっかり困り果ててしまってね」

そのとき、助けになってくれたのが赤兄《あかえ》なのだ。

心も体もすっかり疲《つか》れきり、病気になってしまったということにすればいい。そして、そうした病によく効くという温泉に出かけ、しばらくそこに籠《こ》もっていればいい。そんなアドバイスをくれ、すべての手配もしてくれた。親しくなったのは、それがきっかけだった。

「正直、なぜ手をさしのべてくれたのかと驚《おどろ》いた。それまでは特に親しいというわけでもなかったのに」

「有間さまが謀反など企てるわけのない、おおらかな方だというのは見ているだけでわかりましたからねえ。むしろ、噂を信じた者たちがいたことのほうが信じられない」

と赤兄は言うけれど、見ているだけでわかる、というのは、そこまでしてくれる理由としては曖昧《あいまい》すぎる。

どうやら有間にも戸惑《とまど》うものがあるようで、何もこたえずにいる。で、また沈黙《ちんもく》が広がる。

すると、千早がのんびりと言った。

「私も一緒《いっしょ》に行ったのよ。楽しかったわねえ、牟婁《むろ》の湯」

「うん。帰ってくるのがいやになるくらいだった」

また有間と千早は目を合わせ、幸せそうに微笑《ほほえ》む。

「でも、もうあんなことになるのはいやだよ。公《おおやけ》の儀式《ぎしき》に顔を出すのは気が進まないな。どうせまた、勝手なことをねつ造されて言いふらされるに決まっている」

「だから、有間さまはいつもこのお邸《やしき》にいて、お仕事もしていないんだね」

「うん。飛鳥ではね。自分の領地に戻《もど》れば、それなりにすることはあるよ。俺《おれ》は本当に、政《まつりごと》には興味がないんだ。俺の願いは、こうして千早と幸せに暮らすこと。それだけ」

「お仕事がないと、ヒマで困らない？」

「千早のお守りをするだけで大変で、困るヒマすらないくらいだ」

「あら。私のほうこそ、有間さまのお守りで毎日が大変です」

結局、仲よし夫婦《ふうふ》のじゃれあいになる。ふたりは本当に幸せそうだ。いいなあ、いつか自分も、こんなふうに仲よしになれる人とめぐりあえるかなあ——と思いつつ、ふと赤兄《あかえ》に目をやった。

赤兄は、無表情でそこにいる。この夫婦のじゃれあいを見ても微笑《ほほえ》ましい気持ちにならないのか。

赤兄は、よくわからない人だ。

＊

「ねえ、雨乞《あまご》いの儀式《ぎしき》っていつ？」

邸《やしき》に戻《もど》ってきた葛城《かつらぎ》をつかまえ、壮流《たける》は訊《たず》ねた。

葛城から日にちを聞くと、ふむふむと頷《うなず》き、自分の仕事に戻ろうと歩き出す。今日は、腐《くさ》りかけた井戸枠《いどわく》の修理を頼《たの》まれている。

「額田《ぬかた》の邸《やしき》に行って来たぞ。偽建《にせたける》の姉だか妹だかという娘《むすめ》を見てきた」

「え、なんで？」

「見てみたかっただけだ。赤兄が行くというからついて行った」

「わかんねぇことするな、あんた」

「有間と千早が相変わらず、見ていると面倒《めんどう》くさくなるほど仲がよかった」

それだけ言うと、葛城はどこかへ行ってしまった。

真秀のところへ行くなら俺《おれ》も連れて行ってくれればいいのに——葛城の背を見送りながら、壮流は口を尖《とが》らせた。

3

明日が雨乞《あまご》いの儀式《ぎしき》、という日に、壮流《たける》が額田《ぬかた》の邸《やしき》を訪ねてきた。

「真秀《まほ》に会いに来た。〝タケル〟が来た、と言えばわかるよ」

表の門に現れ、門番に堂々と名乗ったのだ。

知らせを受けた真秀は、驚《おどろ》いて門まで駆《か》けつけた。

「本当に壮流だ」

中に招き入れようとすると、壮流は首を振《ふ》り、真秀の腕《うで》をつかむと門前から離《はな》れ、長く続く塀《へい》のところへ連れ出した。

「明日、お前の兄ちゃんに会いに行こう」

「明日って、雨乞いの儀式があるんだよね？」

「うん。儀式の間、おまえの兄ちゃんは絶対、あの部屋に閉じこめられるに違《ちが》いない。きっと、ゆっくり話をする時間もある」

「そうか、わかった！　あ、壮流と行くって、みんなに話していい？」

「俺《おれ》のことはなんて説明するんだ?」

「もう言ってあるよ、なんか変な子と知り合った、その子もお兄ちゃんに会いたがってた、って」

「変な子ってなんだよ」

「ごめんね。他に言いようがなかったから」

「まあいいや。とにかく明日、宮殿《きゅうでん》で」

待ち合わせ場所を決めると壮流は、あっという間に行ってしまった。

*

翌日、真秀は有間と一緒《いっしょ》に邸を出た。結局、有間も儀式に参列することになったのだ。

あのあと赤兄《あかえ》が、

『こうして引っこんでばかりいるのも、逆に皆《みな》の疑いを呼び起こすのですよ。堂々としているのが一番です』

と説得にかかり、そのときは適当にかわしておいたものの、あとになって確かにそうかもしれないと思いはじめたのが理由のひとつ。でも、真秀《まほ》が行くと言い出したのが一番の理由だ。それなら責任をもって付き添《そ》いをしなければ、と。


けれど儀式《ぎしき》に出ることは億劫《おっくう》がっている。さらに、

「赤兄《あかえ》は最近、いろいろとうるさいんだよな」

と、向こうで赤兄に会うのも面倒《めんどう》なようだ。

「危ないことをしてはだめよ」

千早は、真秀《まほ》たちが門を出るまであれこれ世話を焼いてくれた。

「真秀、くれぐれも気をつけてね。向こうにはお姉さまもいらっしゃるから、何かあったら頼《たよ》るのよ?」

額田《ぬかた》は、大王《おおきみ》の歌詠《うたよ》みとして儀式に付き添い、歌を詠むことで雨を降らせる神さまにお願いをする役目を担《にな》う。そのため、まずは身を清めなければならないのだそうで、数日前に宮殿《きゅうでん》へ出かけたきり戻《もど》っていない。

「はい、わかりました」

「では、気をつけていってらっしゃい」

最後は少し厳しめの顔で、千早は真秀と有間を送り出してくれた。

＊

宮殿に着き、門をくぐると、真秀と有間は、門番からこちらの姿が見えなくなったあたりで別れた。

ひとりになった有間は、直接、儀式の行われる庭へと向かった。参列者の控《ひか》えの間がどこかにあるはずだけれど、そんなところへ行くのは気が進まない。

結局、出席することにしたのを赤兄には伝えていない。来たのを見つかって、あれこれ言われるのは面倒だ。こっそり、片隅《かたすみ》に紛《まぎ》れこんで儀式を見守り、終わったら真秀を連れてさっさと帰ろう。

そう決めていたのに、なぜか、

「有間さま」

すかさず赤兄が現れて驚《おどろ》いた。門を見張られてでもいたのだろうか。

「おひとりでいらっしゃったのですか、お供もお連れにならず」

ひとりでのんきに歩いていたことを、まず怒《おこ》られた。

「目立ちたくないんだよ」

有間は苦笑する。

「いいえ、むしろ堂々と姿を見せて、有間皇子《ありまのみこ》は何も恐《おそ》れていない、何も後ろ暗いことはないと見せつけてやるべきですよ。供の者も大勢連れて、前の大王《おおきみ》・軽皇子《かるのみこ》の子であることも皆《みな》に思い起こさせてやるべきです」

「なんのために？」

「え」

「なんのためにそんなことをするんだ？　俺《おれ》は別に、そんなことを望んではおらぬ。何も後ろ暗いところなどないと皆に知ってもらいたいとは思うけれど、父上が前の大王であったとか、俺にはどうでもいいことでしかない」

「ですが、今のままではこの飛鳥では暮らしてゆきにくいのではありませんか？」

「宮殿《きゅうでん》に出入りして、大王の臣下として出世したいとか、そういったことを望むのならばそうだろうね。しかし、それも俺の望みではない。もうひとつ言えば、千早の望みでもない」

有間は、おだやかに微笑《ほほえ》む。

「ですが」

赤兄《あかえ》は、言葉につまり眉《まゆ》をひそめる。

ふたりが立ち話をしている横を、大勢のお供を引き連れた顔見知りの豪族《ごうぞく》が通りかかった。こちらに会釈《えしゃく》だけをしたあとで、これみよがしに、

「有間皇子ですよ。これは、お珍《めずら》しい」

お供に話しかけるのが聞こえた。こちらは皇子《みこ》、あちらは地方の豪族に過ぎない男。なのに、完全に有間を見下している口調だ。

「何をしにいらしたのでしょうねえ」

などと、含《ふく》み笑いも漏《も》らしている。その男がいなくなると、有間はため息をついた。

「これだから、ここに来たくはなかったんだよ」

「ですから、あのような輩《やから》を黙《だま》らせてやるべきなのです」

「それで？　その先、俺は何をするんだ」

「――はい？」

「あいつらを黙らせて、堂々と宮殿に出入りして、ここで出世して。その先で、大王の座につくことでも目指そうか」

「いいえ、わたしはそのようなことを申しておるわけでは……」

「うん。わかっているよ。おまえは俺に、皆の中傷に負けるな、逃《に》げるなと言ってくれているだけなんだよな。この宮殿で、政《まつりごと》に関わりながら生きてゆくためならば、そ

うすることにも意味がある。でも、何度も言うけれども俺《おれ》は、それに興味がないんだよ。千早とふたりで、自分の領地を守りながらのんびり生きていくことで、俺は充分《じゅうぶん》に満たされる」

そう言いきる有間の目に、曇《くも》りはない。赤兄《あかえ》は黙《だま》りこんでしまった。

「ありがとう。おまえが俺を気にかけてくれていることには感謝しかない。——お、向こうが騒《さわ》がしくなってきたぞ。そろそろ儀式《ぎしき》が始まるのかな」

行こう、と有間は赤兄をうながす。先にひとりで歩いてゆく有間の背を、赤兄は無言で見つめつづける。

＊

真秀《まほ》はひとり、壮流《たける》との待ち合わせ場所である、お兄ちゃんのいる小部屋近くの庭まで急いでいた。

約束の庭に着くと、壮流はもう来ていて、

「行くぞ」

とだけ言うと廊下《ろうか》に飛び上がり、真秀に手をさしのべる。

「ありがとう」

真秀は、お礼を言ってその手を取った。

小部屋には、今日も鍵《かぎ》がかかっている。壮流はふところから鍵を取り出し、迷いなく錠前《じょうまえ》にさした。そして錠前をはずし、扉《とびら》をゆっくりと開く。

「……誰《だれ》？」

お兄ちゃんの声がし、真秀は、ほっとした。

「私だよ」

真秀と壮流は、細く開けた扉の隙間《すきま》から、そっと中へ入りこんだ。

「真秀！」

ぱっと顔を輝《かがや》かせ、お兄ちゃんは座っていた椅子《いす》から立ち上がる。真秀はお兄ちゃんに駆《か》け寄り、壮流はゆっくりとあとに続く。

「もうひとりのタケルだ」

お兄ちゃんは、壮流に笑顔を向けた。

「また真秀を連れてきてくれたんだね。ありがとう」

「いや、連れてきたというか」

「私たちはふたりとも、お兄ちゃんに会いにきたんだよ」

「真秀《まほ》はわかるけど。なんで？」

お兄ちゃんは、上目遣《うわめづか》いに壮流《たける》を見上げる。

「そういえば壮流、お兄ちゃんとは一度、会ったことがあるって言ってたね」

「僕《ぼく》は知らないよ。今日が二度目だ」

「あのさ」

壮流は、お兄ちゃんの前に屈《かが》みこみ、目を合わせた。

「俺《おれ》たちは実は、たぶん同い年だと思う——と言ったら、信じるか？」

「同い年？」

お兄ちゃんは、キョトンと首をかしげた。けれどもすぐ真顔になり、壮流の顔を見る。

「わかんないかな」

心配げに壮琉がつぶやく。と思うといきなり叫《さけ》んだ。

「おい、おまえ、誰《だれ》だ!?　人んちで何してんだよ!?　勝手に入って来るな！」

するとお兄ちゃんが「あ！」と声を上げる。

「わかった。あの子だよね？　ここに飛ばされる直前、あの丘《おか》で会った——目が合った。あの丘のある家の子だ。僕ら、確かに会ってる」

壮流が頷《うなず》く。

「きみもタイムスリップをして、ここに来たの？　でも、きみだけ大きくなってる」

「俺は今、十五だ。七年前、八歳《さい》のとき飛ばされて以来、ずっとここにいる」

「僕らは同時に飛ばされたけど、行った先は違《ちが》う年だったということ？」

「うん。ずっとひとりでここにいた。まさか、おまえも飛ばされていたなんて思いもしなかった。だから、おまえがここに来たとき、びっくりしたよ。額田《ぬかた》の邸《やしき》に不思議な身なりの子どもが現れて、それを宝さまが引き取ったと聞いて、もしかしたらおまえじゃないかと期待した」

壮流はまず、宮殿《きゅうでん》でお兄ちゃんの姿を確認した。あのときの子だ、一緒《いっしょ》にタイムスリップをしたんだと確信し、興奮した。

自分の時代へ、自分の家へ、帰る方法が見つかるかもしれない。それは無理でも、タイムスリップについて話をし、支え合える相手がいたことだけでも飛び上がりたくなるほど嬉《うれ》しい。

けれども宝は、その子を片時もそばから離《はな》さない。そばに置いておけないときは、鍵《かぎ》をかけた小部屋に閉じこめてしまう。

やがて、可哀相《かわいそう》に思った額田が自分の邸に連れ帰ることがあると知った。額田の邸ならどうにかなるかもしれない。その機会を待つため忍《しの》びこんだときに、真秀と出会ったというわけだ。

真秀《まほ》にも、だんだん状況《じょうきょう》がわかってきた。

「そういえば、あの日、ゆくえがわからなくなったのは、お兄ちゃんだけじゃなかった。村の子もひとり、いなくなったの」

あの日、県道を歩く男の子が目撃《もくげき》されていたのに、お兄ちゃんと特定できなかったのは、もうひとり、いなくなった子がいたからだ。

「その〝もうひとり〟が、壮流《たける》?」

壮流が、真秀を振《ふ》り向いた。

「だと思う」

真秀は、まじまじと壮流を見つめた。

この壮流も、現代からタイムスリップしてきた人? 髪《かみ》やら服やら、姿かたちはどう見ても、この時代の人としか思えない。話し方も、ここの人たちと同じだ。七年もいたというから、すっかり馴染《なじ》んでしまっているということなのだろうか。

「……本当に?」

やっと、かすれた声が出た。

「こんな嘘《うそ》、誰《だれ》がつくか」

「そうだよね……」

「それに」

壮流は、自分の腰《こし》のあたりをさぐり始めた。見ると、帯に巾着《きんちゃく》のようなものがぶら下がっている。壮流は巾着を開き、中から何かを取り出した。

「見て」

真秀とお兄ちゃんは、同時に息をのんだ。

玉だ。オタマジャクシ型の、翡翠《ひすい》。壮流のは、まじりけのない白。ミルクの色だ。

壮流はそれを、てのひらにのせた。真秀とお兄ちゃんも、首にかけていた自分の玉を急いで取り出した。

玉が三つ。

すると、みるみるうちに三つは互《たが》いに反応し、内側から光りはじめる。

「ここへ飛ばされて来たときとおなじだ」

真秀の胸が大きく鳴った。

「もしかして、このまま帰れちゃったりするのかな」

真秀が言うと、壮流が、

「そんな簡単にいくかよ」

と返しつつも、その目は期待に輝《かがや》いている。

三人は、息をつめて何かが起こるのを待った。玉は、光りつづけている。けれど、ここに飛ばされて来たあのときに比べると、かなり弱い光り方だ。あのときは、内側から輝《かがや》きが噴《ふ》き出してくるほどだったのに。

待っていても、三つの玉は、ただやわらかく光りつづけているだけだ。

「……だめか」

壮流《たける》が、がっかりしてつぶやいた。

「でも、この玉が僕《ぼく》たちのタイムスリップの理由に関わりがあるのは間違《まちが》いないよね。こんなに反応し合っているんだから、三つそろうことにも絶対、何か意味がある」

お兄ちゃんが、神妙《しんみょう》な顔で言った。

「そうだな。きっと、玉だけじゃなく他にも何か必要なんだな」

「なんだろう、それって」

「うーん……」

真剣《しんけん》に話し合うふたりの様子を、真秀《まほ》は頼《たの》もしく思いながら見ていた。

十五歳《さい》と八歳だから、見かけは兄弟のよう。でも、壮流はお兄ちゃんを自分と同等に扱《あつか》っている。そしてお兄ちゃんも、七歳年上に対して物怖《ものお》じすることはない。

現代に帰ることができれば、同い年のふたり。早く帰って、その姿を見てみたい。そう思ったところで、真秀は首をかしげた。

「私たち、バラバラな飛ばされ方をしてきたけれど、帰る場所は一緒《いっしょ》なのかな?」

「え、なんだって?」

話しこんでいたふたりのタケルは、同時に真秀へと目を向ける。真秀のつぶやきは、聞こえていなかったらしい。

「あのね、私たち――」

浮《う》かんだ疑問を説明しようとしたとき、てのひらの上で真秀の玉が、ふいに熱くなった。

「あれ!?」

お兄ちゃんが声を上げる。三つとも、同時に熱くなったのだ。三人は、また期待して玉を見つめる。すると、おなじタイミングで遠くから大きな悲鳴が響《ひび》いて来た。三人は、はっと顔を見合わせた。

「何が起きたんだ!?」

玉を握《にぎ》りしめ、壮流が走り出す。真秀とお兄ちゃんも後につづいた。先に廊下《ろうか》に出た壮流が、なぜかそこで立ち止まっている。

「どうしたの？」

訊《たず》ねる真秀《まほ》に、壮流《たける》は空を指さしてみせた。

「なんだ、あれ？」

ねずみ色にくすんだ天に向かい、奇妙《きみょう》な雲の柱がそびえ立っている。緑色の、きらきらと光る雲が、まるでどこか違《ちが》う世界へ通じるトンネルでもあるかのように、天に突《つ》き刺《さ》さっているのだ。

「私、ここに来たとき、あんな感じのもやに取りこまれた」

「俺《おれ》も」

「僕《ぼく》も」

「早く行かなきゃ」

あの柱が、現代へのトンネルなのかもしれない！

4

三人は、柱を目ざしてとにかく走った。ふたりのタケルが身軽に走って行くのを、真秀はなんとか追いかける。

柱は、宮殿《きゅうでん》で一番大きな建物の前庭の、真ん中から噴《ふ》き出していた。

そこでは、雨乞《あまご》いの儀式《ぎしき》の真っ最中だった。真ん中に、相撲《すもう》の土俵のようなものが作られている。そこが祈《いの》りの場であり、中には、真っ白な衣装《いしょう》に身を包んだ宝がいた。

そばには、やはり真っ白な衣装を着た額田《ぬかた》が控《ひか》えている。

祈りの場の真ん中から、柱は噴き出していた。

「宝さま、こちらへ！」

額田が手を伸《の》ばし、宝を助け出そうとしている。

「いや。いやですよ、私は行かない」

宝は、なぜか顔を輝《かがや》かせ、光る柱を見上げていた。

「建《たける》よ、建がいるの！」

「建皇子《たけるのみこ》などおりません！」

「いいえ、いるわ。私が呼んだの。私は建を呼んでいたの」

「これは雨乞《あまご》いの儀式《ぎしき》ですよ」

「雨など知るものですか。私が乞《こ》うたのは建をこの手に抱《だ》くこと。ほら、建がいるわ。額田《ぬかた》、おまえには見えないの⁉」

宝は、柱へと両腕《りょううで》をさしのべた。

「建──建！」

庭は騒然《そうぜん》としていた。ほとんどの者が、悲鳴をあげながら逃《に》げ出してゆく。三人は、その人々をかき分けて走った。

ふたりに遅《おく》れないよう、必死に走る真秀《まほ》の耳に、

「これは天の怒《いか》りか⁉」

「大王《おおきみ》の祈《いの》りを天は拒《こば》んだということなのか」

「おい見ろ、有間皇子《ありまのみこ》だ」

「もしや、これは大王への天の怒りではなく、有間皇子の呪詛《じゅそ》」

「めずらしく有間皇子がこの儀式に参列したのは、大王の祈りにまぎれて呪《のろ》いをかけるためだったのか？」

「滅多《めった》なことを言うな。とにかく逃げろ」

こそこそ話す声が聞こえた。呪いだなんて、そんなことまで言われるとは。振《ふ》り向いて、違《ちが》うと言いたい。でも、ふたりのタケルに置いて行かれるわけにはいかない。

ジレンマに陥《おちい》りながらもとにかく走りつづけていると、有間が、逃げる男たちの真ん中で立ちつくしているのが見えた。有間も真秀に気づき、ふっと微笑《ほほえ》む。悲しげなあきらめの滲《にじ》む笑みだ。有間も、男たちの悪口を聞いてしまったのだろう。

走る速度が少し落ちた真秀を、壮流《たける》が振り向いた。

「おい、急げ、置いてくぞ」

真秀は、あわてて速度を上げる。やっとのことで祈りの場に近寄ると、こちらに気づいた額田が、

「建皇子なら、ほらあちらに！」

丈瑠《たける》を指さした。とりあえず、丈瑠で大王の気を引こうというのだろう。けれども宝は、丈瑠には見向きもしない。

「この光は、わたくしを建のそばへと連れて行ってくれるものなのよ」

うっとりとした顔で天へと腕を伸《の》ばしつづけている。その腕の先に、小さな男の子

の姿が見えた。

「――あの子」

夢で見た男の子だ。すると隣《となり》で丈瑠《たける》もつぶやいていた。

「あの子だ」

「お兄ちゃんも知っているの?」

「時々、見る夢に出てくる子だから」

「私も、夢で見たの。本物の建皇子《たけるのみこ》だったのか。もしかして、壮流《たける》も夢で見たことがある?」

真秀《まほ》は壮流を振《ふ》り向き訊《たず》ねた。

「いや、俺《おれ》は夢なんかじゃなく、生きてるときの建皇子を知っている」

壮流は、柱を見上げながらぼんやりと言った。建皇子は、こちらを見下ろし、微笑《ほほえ》んでいる。

――タケルが三人、揃《そろ》ったね。

建皇子は言う。けれどもそれは、耳に聞こえる声ではなかった。心に直接、しみてくる。そういえば、生前の建皇子は口をきけなかったという話だ。

「おまえが俺たちをこの時代に呼んだのか!?」

壮流が叫《さけ》んだ。

――うん。……と言いたいけれど、そうしようと思って、こうなったわけではないんだ。僕《ぼく》はただ、僕のいのちがなくなろうとしているときに、戻《もど》って来なさい、と呼びかけてくれたおばあさまに、こたえたかっただけ。

「だからって、なぜ、遠い未来にいる俺たちが巻きこまれたんだ?」

――知らないよ。僕らの何かが共鳴したとか?

「タケルという名前、八歳《さい》という年齢《ねんれい》」

――あるいは、もっと違《ちが》う何か。

「なんだよ。あ、あの翡翠《ひすい》か? おまえも翡翠を持っているのか?」

――翡翠? なんのこと?

建皇子は、あの翡翠については知らないらしい。

「まあいい。で、おまえ自身は幽霊《ゆうれい》になって戻ってきた」

――うん。生きた姿としては戻れなかった。だからかな、僕は無意識に身代わりになる人間をさがして、その想いがきみたちを呼んだとか?

「千五百年も先にまで、そんな身勝手な願いを飛ばすなよ」

――まさか、壮流がここに現れたのは僕のせいだったなんてね。びっくりだよ。壮《たけ》流《る》は、僕《ぼく》が生まれたころからここにいるんだもんね。時間の流れって不思議だね――って言いたいところだけど、幽霊《ゆうれい》になってみると、時間なんてのは曖昧《あいまい》なものでしかないのがよくわかる。僕が幽霊になってからどれくらい経っているのか、そちらの感覚ではまだほんの短い間なのだろうけれど、僕にとってはなんだかもう百年も経っているかのようで……

「そんな話はどうでもいい！」

壮流《たける》が怒鳴《どな》った。

そのとき、背後から壮流の肩《かた》をつかみ、振《ふ》り向かせた男がいた。

「おい、いったい何がどうなっているんだ⁉」

「葛城《かつらぎ》か」

ふたりは知り合いだったのか――と、真秀《まほ》は驚《おどろ》いた。

壮流は、柱のそばにふんわりと浮《う》かぶ建皇子《たけるのみこ》を指さしている。

「建皇子がそこにいる。雨乞《あまご》いの儀式《ぎしき》が、この世にとどまっていた建皇子の意識を実体化してしまったらしい」

「なんだと？」

葛城は、壮流が指さす先に目をこらした。ところが、葛城には建の姿が見えないようだ。顔をしかめる。

「いるわけがないだろう。それより、あれは何なのだ。竜巻《たつまき》か？　干ばつの原因か？」

「違《ちが》う。あれは、俺《おれ》たちを家に帰してくれるものだ」

叫《さけ》びながら、壮流は建皇子を振り仰《あお》いだ。

「俺たちを、その柱の中に入れてくれ！」

——でも。

「おまえには出来ないのか？」

——わからない。どうしたらいいのか。それに。

建皇子は、孫の名を呼びながら天へと手をさしのべ続けている宝を、ちらりと見た。宝は、壮流や真秀、そして丈瑠《たける》のことすら目に入っていないようだ。ひたすらに、建、建と呼んでいる。

——きみたちを帰したら、おばあさまが、またひとりぼっちになってしまう。せっかく小さいほうのタケルがちょうどいいところに来て、おばあさまが癒《いや》されたのに。

「勝手を言うな。おかげで俺たちは大迷惑《だいめいわく》だ」

——そうか。そうだよね。この世に残れたものの、僕は幽霊で、おばあさまには見えないみたいで。でも小さいタケルが来てくれたからよかったな、と、ちょっと思ったんだけど……。ごめんね。

建皇子《たけるのみこ》は、しょんぼりとうなだれた。

「宝さまのことなんか、俺《おれ》たちは知らない。俺はただ、帰りたいだけだ。俺たちを帰せ。おまえの勝手で、なんで俺がこんな大昔の世界で、ひとりっきりで、何年も何年も何年も、帰りたい帰りたいと願いながら生きなくちゃいけなかったんだ!?」

壮流《たける》の叫《さけ》びは、真秀《まほ》の胸をせつなくしめつけた。痛いほどの悲しみが伝わってきたからだ。

たったの八歳《さい》だった男の子。ひとりで古代に飛ばされて、ここがどこなのか、何が起きているのか、きっとすぐには理解できなかっただろう。

「私たちを帰して！」

真秀も叫んだ。

壮流がここで苦しんでいたのとおなじ時間、真秀たち家族も現代で苦しんでいた。可愛がっていた孫をなくした宝も、もちろん気の毒だけれど、その寂《さび》しさを埋《う》めるために私たちが犠牲《ぎせい》になるいわれはない。

——でも、僕《ぼく》には本当に、どうしたらいいのかわからないんだ。

建皇子は、泣きそうになりながら言った。

「待って。ねえ、これを見て」

丈瑠《たける》が、押《お》し殺した声で言った。

「これ――翡翠《ひすい》」

丈瑠のてのひらの上に、翡翠がある。おそろしいほどの勢いで、緑のもやが噴《ふ》き出している。

真秀と壮流も、自分の翡翠をてのひらにのせた。どちらからも同じように、もやが噴き出す。三つの石から噴き出したものは、からみあい、ひとつになって空にのぼり、柱と同化してゆく。

三人の体が、ふわりと浮《う》いた。ここへ来たときとおなじだ。耳の中で、うるさいほどに風が鳴りはじめた。三人の体は、ゆっくりと空に向けて上がってゆく。

ああ、きっとこれで家に帰れる――ホッとしながらそう思い、なんとなく地上を振《ふ》り返った真秀の目に、有間の姿が見えた。

有間は、大きく目を見開いてこちらを見上げている。真秀、真秀、と呼んでいるのが口の動きからわかった。

有間は、大丈夫《だいじょうぶ》だろうか。

今日のこの出来事を、有間が仕組んだことだとかいうことにされて、ひどいめにあったりはしないだろうか？

それがとても心配で、つい、こちらに手をさしのべている有間へと身を乗り出してしまった。すると、真秀《まほ》の肩《かた》を壮流《たける》が押《お》さえた。

「何やってんだ、落ちるぞ」

「ごめん。ありがとう」

壮流に微笑《ほほえ》みかけ、それでもまた地上を振《ふ》り向いてみたとき、真秀は柱の中に完全に取りこまれた。

第三章　みんなひとりぼっち

1

耳の中で風が鳴る。

ごうごうと低く重く響《ひび》く風音が恐《おそ》ろしくて、丈瑠《たける》は、柱に取りこまれた瞬間《しゅんかん》に固く目を閉じていた。同時に、真秀《まほ》を守ろうと手を伸《の》ばしたのに、見えていないままやみくもに伸ばしただけだったので、真秀がどこにいるのかわからなかった。

仕方なく、ひとりで風音に耐《た》えていると、ふっと周囲が静かになった。今までの轟《ごう》音《おん》が嘘《うそ》のような静けさだ。しん、とした、無にも似た静寂《せいじゃく》。

やはり怖《こわ》くて、目を開けない。ぎゅっとまぶたに力を入れて、怖くてたまらない時間が過ぎるのを待った。

やがて、丈瑠の周囲に音が戻《もど》ってきた。葉ずれの音や、車が行き交う遠い音などが

聞こえる。

丈瑠は、そろそろと目を開いた。

土の上に座《すわ》りこんでいた。辺りを見まわしてみる。ここは、あの丘《おか》だ！　丈瑠が、タイムスリップする前にのぼっていた、あの丘。丈瑠も壮流《たける》も真秀も、ここからタイムスリップしたのだ。

「真秀！」

真秀、そして壮流の姿を、あわててさがした。しかし、ふたりはどこにもいない。

丈瑠は、ひとりきりだった。

「真秀……」

名前をつぶやきながら立ち上がる。

ここが、あの丘なのはわかる。でも、今はいつなのだろう。丈瑠と壮流がタイムスリップしたあの年なのか。それとも違《ちが》う年に来てしまったのか。

「たけるくーん！」

大人の男の人の声が聞こえてきた。

「たけるくん！　いるの!?　いたら返事をしてください！」

丈瑠をさがしている人の声だ。ということは、元の年に戻って来られたのだろうか。

すぐに返事をしようとしたものの、丈瑠《たける》はためらう。あの時代の格好をしたままだ、なんて説明したらいいのだろう。

ところが、自分の姿を見まわすと、タイムスリップしてしまったあの日の服を着ていることに気がついた。なぜなのか、わからないながらも丈瑠はほっとして声を上げる。

「僕《ぼく》、ここです！　ここにいます！」

＊

丈瑠が戻《もど》ったのは、タイムスリップをしたあの日、あの場所。村中が大騒《おおさわ》ぎで、いなくなった子どもふたりをさがしている中、丈瑠だけが見つかった。

「もうひとり、たけるくんって子がいなくなっているんだよ。どこかで会った？」

警察の人に訊《たず》ねられ、

「あの丘《おか》で会いました。でも、なんかすごい風が吹《ふ》いてびっくりしている間に、姿が見えなくなっちゃって」

本当のことに嘘《うそ》を混ぜて答えた。

「そうか。もうひとりのたけるくんの他に、変な人を見たりはしなかったの？」

「僕らの他には誰《だれ》もいませんでした」

「うん、なるほど」

小さいのにしっかりした、いい子だね――そう褒《ほ》められて、丈瑠は両親のもとに戻された。

「丈瑠！」

お母さんが、泣きながら抱《だ》きついてきた。お父さんは、

「ちゃんとみててやらなくて、ごめんな、丈瑠。ごめん」

何度も何度も謝《あやま》っている。おじいちゃんも、おばあちゃんも、泣きそうな顔だ。

真秀《まほ》も、いた。

「お兄ちゃん……」

泣きながら、とことこと丈瑠に駆《か》け寄ってくる。ちいさな真秀。幼稚園児《ようちえんじ》の真秀。

十三歳《さい》のお姉さんではない。

「おいで、真秀」

丈瑠は、真秀を抱きしめた。ちいさな子。僕の妹。僕にとっての、本物の真秀。この子を抱きしめていると、本当に戻れたんだと実感がわいてくる。

「ただいま、真秀」

きゅうっと抱《だ》きしめ、

「勝手なことをして、ごめんなさい」

家族みんなに謝《あやま》った。お母さんが、また泣き出した。

＊

壮流《たける》は、どこにもいなかった。

ということは、壮流は帰れなかったのだろうか。では、どこに行ったのか。十三歳《さい》の真秀《まほ》がどうなったのかも、わからない。

翌日には、東京に帰った。そして、体と心をやすめるために一日だけ学校を休んだ。お母さんは、もっと休んでもいいのにと言ったけれど、早く日常に戻《もど》りたくて、大丈夫《だいじょうぶ》と丈瑠《たける》は笑った。

タイムスリップ前と変わらない日々が戻ってきた。

その中にいると、飛鳥時代でのことが、ただの夢にすぎなかったのかもしれないとも思われてくる。

壮流については、明日香村《あすかむら》の警察で少しだけ話を聞いた。

壮流の家の裏にあるあの丘《おか》は、もともとは古墳《こふん》——古代の墓だったのではないかといわれているという。個人所有の土地である上に、壮流の家では調査を拒《こば》んでいるということで、本当のところはわからない。

調査を拒んでいる理由は、単純に、

『別に特別なものが見つかったことはないし、古墳であるとは思えない』

と、壮流の一族が笑い飛ばしてきたから、それだけらしい。

でも、もしかしたら本当に古墳なのかもしれないと、丈瑠はひそかに思っている。古墳でなくとも、飛鳥時代につながる、もっと別の何か。そういう特別なものでなかったら、丈瑠たちがあの丘からタイムスリップすることなどなかっただろう。

丈瑠は時折、あの玉を取り出してみる。あの玉は、今も丈瑠のもとにある。タイムスリップは現実のことだ夢などではない、と丈瑠に教えてくれている。でも、熱くなることはないし、もやが噴《ふ》き出すこともない。

こちらに戻ってから、いろいろと調べてみた。これは勾玉《まがたま》というもので、翡翠《ひすい》で出来ている。古代の装飾品《そうしょくひん》であり、呪術《じゅじゅつ》に使われたりもしていたようだ。

真秀にだけ、こっそりと見せてあげた。

「わあ、きれいー!」

思っていたとおり、真秀《まほ》は歓声《かんせい》をあげ、うっとりと勾玉《まがたま》を見つめた。もともと、真秀にあげようと思って拾い上げたのだった。

でも、またタイムスリップが起きてはいけないから、これは丈瑠《たける》が持っておく。

「お兄ちゃん、あそぼ。真秀、ごはんを作ったんだよ」

真秀に手を引かれ、ままごとのごはんが並ぶテーブルに連れて行かれた。

可愛い真秀。古代で会ったお姉さんの真秀がタイムスリップをしたのは、十三歳《さい》の春。この真秀が十三歳になったとき、何かが起きるのだろうか。あの子は、今から七年後の世界に戻《もど》ったのだろうか。

丈瑠に出来るのは、七年後を待つことだけ。家族みんなが七年、待ちつづけてくれたのだ。だから今度は、丈瑠が待つ。

2

耳の中で風が鳴る。

真秀は、しっかりと目を閉じてその轟音《ごうおん》に耐《た》えていた。この音が消えたころ、きっと現代に戻れているに違《ちが》いない。もうすぐ、あと少し……。

誰《だれ》かが、真秀の手を握《にぎ》ってくれている。あたたかく、そうっと――でも、その手から勇気をもらえるくらいには力強く。

お兄ちゃんの手だろうと思っていた。真秀が、ぎゅっと目を閉じてこの柱の中にいることへの不快な気持ちに耐えているのに気がつき、励《はげ》ましてくれているのだろうと。

でも、これは子どもの手ではない。

やがて音がおさまりかけてくると、真秀は薄《うす》くまぶたを開き、誰の手なのか見てみた。壮流《たける》だった。

びっくりして壮流の顔を見上げたとき、空気ごと自分の体が押《お》しつぶされるかのような圧に襲《おそ》われた。また目を閉じて、その衝撃《しょうげき》に耐える。

しばらくすると、真秀《まほ》のまわりが、しんと静かになった。タイムスリップをする直前、あの丘《おか》で感じた、無のような静寂《せいじゃく》に似ている。

絶対に戻《もど》れている。

真秀は確信し、まぶたを開いた。

*

最初に感じたのは、一瞬《いっしゅん》で体の芯《しん》まで冷え切るような寒さだった。

真秀は、真冬の夜の屋外にいた。戻るなら、きっとあの丘だろうと思っていたのに、違《ちが》う。ここは、見覚えのない建物。小屋のような小さな建物の前だ。

「……どこ、ここ」

つぶやいても、こたえてくれる声はない。真秀は、ひとりぼっちだった。お兄ちゃんも、壮流《たける》もいない。

「どういうこと……」

自分の声が寒さで凍《こご》え、ちぢこまっているのがわかる。心細くて、悲しくなってきた。

ここはどこなのか。まだ飛鳥時代にいるのか、とりあえず現代には帰れているのか、それすらもわからない。

涙《なみだ》がにじみそうになったものの、泣いている場合じゃないと、真秀は、ぐっと全身に力を入れた。

目の前にあるのは、小屋といっても、なかなか立派な建物だった。地面より少し浮《う》いたところに入り口があり、そこまでは、傾斜《けいしゃ》のついた梯子《はしご》みたいな階段が五段、ついている。

入り口は、頑丈《がんじょう》な、観音開《かんのんびら》きの扉《とびら》だ。その隙間《すきま》から、明かりがもれていることに真秀は気づいた。たぶん、誰《だれ》かがいる。訪ねてみても大丈夫《だいじょうぶ》だろうか。ちょっとのぞいて様子を見るだけでも、ここが飛鳥時代か現代かくらいはわかるはずだ。

真秀は、緊張《きんちょう》しながら階段をのぼった。

扉に鍵《かぎ》はかかっておらず、手をかけると簡単に動いた。けれど、ほんの少し開けただけで真秀は手を止めた。中から声が聞こえてきたからだ。

「ですから有間皇子《ありまのみこ》を――」

有間皇子。誰かがその名を口にした。

ということは、ここはまだ飛鳥時代？　あの柱にのまれたのに帰れなかったのだろうか。

「持ち上げて謀反《むほん》を起こさせようという動きがあります」

「あの有間を？　誰《だれ》も相手にしておらぬではないか。だからあいつは、宮殿《きゅうでん》に顔を出すのも嫌《いや》がっているだろう」

「だからこそ、ですよ。簡単に他を出し抜《ぬ》くことが出来てしまう」

「しかし、有間がそれには乗らぬだろう。あの男の、千早といられればそれだけでいいという言葉に嘘《うそ》はない。というか、わたしには理解しがたいほど、あのふたりは仲がよいのだな。妻はひとりでいいとか、わけがわからん」

「有間さまご自身は、確かにそうかもしれませんね。ですが」

「おまえは実際に、有間を担《かつ》ぎ上げようとする動きがあるのを知ったと言うのか？」

「はい」

「おまえが知ったというのなら蘇我《そが》一族の者か？　昔の入鹿《いるか》たちのように——今も残る蘇我一族にまた、野心を持つ者が現れたか？」

なんだか、すごい話を聞いてしまっている気がする。

真秀《まほ》は、緊張《きんちょう》で動けなくなっていた。ここから立ち去って、聞かなかったことにしたほうがいいのかもしれない。でも、有間が陰謀《いんぼう》に巻きこまれようとしているのならば、話を聞きたい。

真秀は、中の人たちに気づかれないよう息をひそめた。

「まさかとは思うが、その企《たくら》みを持っているのはおまえ自身、などということはあるまいな?」

「まさか!」

低い笑い声が響《ひび》いた。冷たく暗い笑いだった。

「わたしは有間さまに心を寄せておりますよ。ご存知でございましょう?」

「わたしを見くびるな。おまえも蘇我のひとりなのだから、疑いの目を持って当然だろう。——だが。そういえば、おまえに頼《たの》まれて鍵《かぎ》を渡《わた》してやったな。あの、偽建《にせたける》が囚《とら》われていた部屋の鍵。おまえが、有間に頼まれたというから。それだけでなく、わざわざ雨乞《あまご》いの儀式《ぎしき》に出るよう有間を説得しに出かけたりもして」

あの鍵? 偽建?

息を殺して聞き耳をたてていた真秀は、目を見開いた。

真秀がお兄ちゃんに会いに行ったとき、赤兄《あかえ》が用意してくれていたあの鍵の話だろうか。

「わたしは、有間さまを心配しているだけなのですよ。あの方は本当に心の美しい方。汚《きたな》く醜《みにく》い陰謀になど巻きこまれぬように守ってさしあげたい」

「ふうん、なるほどな。おまえの言うそれが真実だとして――」

「お疑いですか？」

「はっきり言わせてもらうが、わたしはお前を信頼《しんらい》したことなど一度もない」

「これは手厳しいお言葉ですな」

「ふん。で？　有間を守るために、おまえは何をしようというのだ？」

「消してさしあげるのが一番でしょう」

「消す、とは？」

「この世から、消す。それ以外に有間さまをお守りするすべなどありはしない」

この世から消す？

真秀《まほ》は息をのんだ。それってつまり……。

「嘘《うそ》っ」

つい、声に出してしまった。

「――誰《だれ》だ!?　誰がいる!?」

あわてて口をおさえても、中にいる人たちにはもう気づかれてしまったようだ。

逃《に》げなければ、と階段を降りかけると、すぐに扉《とびら》が開かれた。足がもつれて階段に座《すわ》りこんでしまった真秀の前に現れたのは、赤兄《あかえ》だ。

「真秀さん！」

そして、その後ろからゆっくりとやって来たのは葛城皇子《かつらぎのみこ》。

「おまえ、あの娘《むすめ》じゃないか。偽建《にせたける》の姉だか妹だかという」

ふたりから見下ろされ、真秀は怖《こわ》くて身をちぢめた。

3

壮流《たける》は、真秀《まほ》の手を握《にぎ》っていた。

あの柱の中で、真秀がとても不安そうにしていたからだ。丈瑠《たける》もそれに気づいて手をさしのべようとしていたけれど、壮流のほうが近かった。

でも、轟音《ごうおん》にも似た風の音に耐《た》えているうちに、真秀の手が離《はな》れてしまった。幽霊《ゆうれい》の建《たける》が気になり、そばにいるはず——と辺りを見まわそうとしたせいだった。

ふ、と思ったときには真秀の手はなくなっていて、さらにはその瞬間《しゅんかん》、風の音がやみ、壮流の体は土の上に放り出された。

*

「……さむい」

壮流は体をふるわせる。これは冬の寒さだ。しかも夜の戸外だった。

「どこだ、ここ」

と探るまでもなかった。すぐにわかった。額田《ぬかた》の邸《やしき》の庭だ。真秀と出会った、あの庭。

「俺《おれ》、帰れなかったのか」

呆然《ぼうぜん》とつぶやいたものの、すぐに辺りを見まわした。真秀は、丈瑠は、幽霊の建は？

誰《だれ》もいない。壮流ひとりだ。壮流だけが飛鳥時代に取り残されたのだろうか。

絶望と孤独《こどく》が胸に押《お》し寄せ、体中が冷たくなった。するとそこへ、のんびりとした声が聞こえてくる。

「おい、おまえ、変な子のタケルじゃないか？」

そちらを見ると、有間が廊下《ろうか》に立ってこちらを見下ろしている。

千早も出てきた。

「どうなさいましたの、誰かおりましたの？」

「ほら、真秀と一緒《いっしょ》に妙《みょう》な竜巻《たつまき》に巻きこまれていなくなっていた、変な子のタケルだよ」

「まあ！　じゃ、真秀も一緒？」

「いや、タケルだけ」

壮流は、見知ったふたりに出会えたことでホッとし、有間たちのいる廊下に駆《か》け寄っ

「真秀はいないの?」

「いない。はぐれたのか?」

「うん」

「おまえたち、一体どこにいたんだ?」

壮流はしばらく考えた。なんと答えたらいいだろう。

有間は、辛抱づよく答えを待ってくれていた。けれども壮流が考えこんでいるのを見かねたのか、やがて苦笑する。

「おまえにも、よくわからんのか？　あの奇妙《きみょう》な柱に巻きこまれて遠いところまで運ばれてしまったということなのかな？　よく戻《もど》って来られたな」

どうやら有間たちは、あの柱を、竜巻《たつまき》のようなものと理解しているらしい。

「半年も経つし、もう戻らないのではないかと思っていた」

ということは、今は十一月か十二月ごろだろうか。どうりで寒いはずだ。

「あのあと、三日続く雨になった。あの柱の出現は、やはり干ばつに関わりのあるものだったのだな」

すっかり納得しているようなので、下手なことは言わないほうがいいだろう。

「おまえ、葛城皇子《かつらぎのみこ》のところの子だったのだな。あのあと、皇子《みこ》がおまえたちのゆくえをさがさせておられた」

「私たちもさがしたのだけど、葛城さまが動いてくださるのなら、と、おまかせしたのよ」

「俺《おれ》以外、誰《だれ》も戻っていないの？」

「おまえだけだ」

「そうか……」

「真秀と、もうひとりのタケルは家に帰れたということなのかな？」

「そう、だと思う」

そうであればいいと、壮流は思った。けれど、自分の声にどうしようもない寂《さび》しさが滲《にじ》んでいるのに気がつかずにはいられなかった。

「ねえ」

場違《ばちが》いなほど明るく、千早が声を上げる。

「泊《と》まっていく？」

「いや、葛城のところに帰る」

「でももう遅《おそ》いわ。それに、遠いところから戻ったのなら疲《つか》れているでしょう？

――あら？　どうしてここに来たの、葛城皇子《かつらぎのみこ》のところではなく」

「あ、真秀《まほ》がいるかと思ったから」

適当にごまかすと、千早も有間もすぐに信じてくれる。

「とにかくもう遅《おそ》いし、泊《と》まっていらっしゃい。今ここには私たちしかいないようなものだから、おもてなしは出来ないけど」

「なんで？　額田《ぬかた》は？」

「宝さまについて牟婁《むろ》の湯に出かけた」

おいでと手招きしながら、有間が答えた。

「宝さまは、もうひとりのタケルに去られてすっかり元気をなくしてしまって。気晴らしの旅に出られたんだよ。俺《おれ》が前に病を治すためと称《しょう》してこもった、牟婁の湯が効くに違《ちが》いないといってね。この都がそのまま引っ越《こ》していったかのような、大勢を連れての旅だ」

「あんたたちは残ったの？」

「当然だ。そんな気づまりな旅に、なぜ行かねばならん？」

壮流《たける》は、廊下《ろうか》に上がった。とりあえず今夜は、ここに泊めてもらおう。そして明日、葛城の邸《やしき》に戻《もど》る。今までとおなじように暮らしていけばいい。またいつか、現代へ戻る手立てが見つかるときがくるかもしれない。

絶対に、あきらめない。

＊

七年前、この時代に飛ばされて来たとき、壮流は葛城の邸の隅《すみ》に倒《たお》れていた。庭の片隅で、あの丘《おか》とあまり変わらない、木々に囲まれた地面の上だった。だから、何が起きたのかすぐには気づけなかった。

ところが、壮流が身を起こすと、すぐ近くに女の子の顔がふたつ並んでいる。驚《おどろ》いて、声も出なかった。

壮流と歳《とし》の変わらない子たちだ。一体、どこから現れたのだろう。しかも、女の子たちは妙《みょう》な格好をしていた。

「おまえ、誰《だれ》なの?」

ふたりのうち、小さいほうの子が訊《き》いてきた。どこかの方言なのか、言葉がちょっと聞き取りにくい。答えられずにいると、その子に腕《うで》をつかまれ、立ち上がらされた。

「おいで。おまえ、あやしいからお父さまのところへ連れていく」

壮流《たける》を連れて、女の子は歩き出す。もうひとりの子も、ついて来る。

それは葛城《かつらぎ》の娘《むすめ》のうちのふたりで、大田皇女《おおたのひめみこ》と讃良皇女《さららのひめみこ》なのだと、後で知った。姉が大田、妹が讃良。ふたりは父親の邸《やしき》に遊びに来ていたのだ。

そのまま、葛城の前に連れて行かれた。壮流は、娘に呼ばれて廊下《ろうか》に出てきた葛城から見下ろされる場所に立たされた。

「お父さま、見て。私たち、変な子どもを拾ったの」

讃良が、壮流を見つけたときのことを話している間、葛城は壮流をじっと見ていた。壮流も、その目を受け止め、見返していた。

「おまえ、名前は?」

「たける」

「あら、あたしの弟とおなじ!」

讃良が顔を輝《かがや》かせた。

「まだ赤ちゃんなのよ。可愛いの」

「讃良、建《たける》のことはいい、黙《だま》りなさい」

父親にたしなめられると、讃良はおとなしく口を閉じた。

「なぜ、この邸に忍《しの》びこんだ?」

「忍びこんだりなんかしていない。気がついたらここにいたんだ」

「そんなことがあるか。もう少し、ましな嘘《うそ》をつけ」

「本当だよ。大体、ここはどこなんだ。あんたたちは誰《だれ》だ？　俺《おれ》、家に帰りたいんだけど」

「その奇妙《きみょう》ななりは、何だ。おまえは異国の子か？」

「おまえたちのほうが変だよ。いいから、ここはどこなのか教えてよ。俺は家に帰りたい」

壮流は必死に訴《うった》えた。その様子を見て、とりあえず葛城も娘たちも他の人たちも、壮流は本当にただこの邸に迷いこんできただけの子と信じてくれはしたようだ。でも話は噛《か》み合わず、どうしたら家に帰れるのか、わかる者はひとりもいなかった。

葛城は、得体のしれない子である壮流を、追い出したりはしなかった。その夜の寝《ね》床《どこ》を与《あた》えてくれて、食べるものもくれた。

自分が、もしかしたらタイムスリップをしたのではないかと思ったのは、寝床に入ってからだ。

タイムスリップというものは漫画《まんが》で読んだことがあり、知っていた。八歳《さい》の子どもだったけれど、古代の遺跡《いせき》がたくさんある村で生まれ育ったから、自分がいるのは大昔の明日香村《あすかむら》なのではないかと気づくのは割と自然なことだった。

それでも、まさかと何日かは疑っていた。何か理由があって、ここの人たちはこんな生活をしているだけなのではないか、と。

しかし、いつまで経《た》っても状況《じょうきょう》は変わらない。やがて、壮流《たける》は現実を受け入れるしかないのだとあきらめた。

葛城《かつらぎ》は、なぜか壮流を気に入ったようだ。壮流の顔をじぃっと見つめ、前から横からじっくり見つめ、

「おまえ、どこかで見たような顔をしている」

と言った。どうやら、壮流の何かに親しみを感じるらしい。で、そのまま邸《やしき》に置いてくれた。

といっても、働き手のひとりとして、だ。厩《うまや》で馬の面倒《めんどう》をみたり、台所で食事を作る女たちの手伝いをしたり、言われたことはなんでもやった。

邸の隅《すみ》にある小屋を、勝手に自分の住まいにした。元は物置のように使われていたのが、古くなったために放置されていたものだ。壮流は気に入り、少しずつ手入れをした。ここでは、夜も大勢の人たちと雑魚寝《ざこね》をしなければならなくて、ひとりになれず嫌《いや》だったから。

壮流が小屋に住み着いても、葛城は何も言わなかった。ふらりとやって来ては、

「どうだ、家に帰る手立ては見つかったか?」

と訊《き》いてくる。

「まだ」

そっけなく、壮流は答える。

葛城が親しみを示してくれるので、壮流のほうも、なつくようになっていた。だから、タイムスリップについて説明してみたこともあるのだ。

「実は俺《おれ》は、ずっと先の未来から来たんだ。俺の時代では、そういうのをタイムスリップっていうんだ」

「たいむ……?」

「うん。タイムは時間のこと。俺は時間をさかのぼって、自分が生まれたのより過去へと飛ばされてしまったらしい」

「おまえは、未来からきた……」

「だから、異国の人みたいな格好をしていたんだよ。未来では、あれがふつうだ。それでね、ちょっとこれを見て」

壮流は、あの玉を取り出してみせた。

「翡翠《ひすい》だな。かなり良いもののようだ」

「タイムスリップのきっかけは、これを拾ったことだったような気がするんだ」

「それは、おまえの生まれたところでは、よくあることなのか？」

「まさか。ものすごくまれで、不思議な出来事だ」

「うーん……」

長いこと唸《うな》っていたあと、葛城《かつらぎ》は、

「そういうこともあるのかもしれんなあ」

笑顔で頷《うなず》いてくれたものの、子どもが一生懸命《いっしょうけんめい》、説明をしているのを可哀相《かわいそう》に思っただけなのかもしれない。

「とにかく俺《おれ》は、帰れる方法をさがす。あきらめない」

「よし。俺も手助けをしてやろう」

とも言ってくれた。とはいえその後、特に何をしてくれたわけでもなかったので、やはりタイムスリップを理解してくれたのではないのだろうなと、壮流《たける》は苦笑いした。

そうして、壮流はこの邸《やしき》に馴染《なじ》み、葛城に馴染み、この時代にも馴染んでいった。

葛城の奥《おく》さんは何人もいて、母親の違《ちが》う子どもたちも何人もいる。大田、讃良《さらら》、建《たける》の三人は、おなじ母親を持つきょうだいだ。その母親はもう亡くなっている。

讃良は壮流を気にかけてくれて、時々、遊びに来た。建が少し大きくなると、連れて来るようにもなった。

建が口をきけないようだと最初に気づいたのは、実は壮流だった。姉しかいない建

にとって、お兄ちゃんに遊んでもらえるのは嬉《うれ》しいようで、壮流によくなついた。壮

流のほうも可愛がり、名前がおなじでまぎらわしいからと、

「ちび、ちびたけ」

と呼ぶと、楽しそうな笑顔になる。でも、いつまで経《た》ってもひと言もしゃべらない。

おかしいと思い、

「おまえ、声出してみろ」

うながしてみると、建はなんとか喉《のど》から声をしぼり出そうとした。でも、唸りしか

出てこなかった。これはおかしい、と葛城に言い、そのあとは大騒《おおさわ》ぎになった。

その上、建は体が弱くてよく熱も出す。それでも、いつも笑顔で明るく愛らしく、

大王《おおきみ》があれほどまでに溺愛《できあい》するのも納得してしまうような男の子だった。

壮流は、建が好きだった。まさか、自分が飛鳥時代に飛ばされたのは死んだあとの

建のせいだったとは想像すらもしなかった。

日々はおだやかに過ぎていき、壮流は歳《とし》を重ねてゆく。現代に帰る方法はわからな

い。焦《あせ》りや絶望にさいなまれ、泣いた日もある。それでも、なんとか前を向いてがんばって来られた。

そして七年。

長かった。その末に、真秀《まほ》たちとめぐりあうことが出来たのに。また、ここにひとりぼっちになってしまったのか……。

4

壮流《たける》が額田《ぬかた》の邸《やしき》に落ち着いたころ、真秀は葛城《かつらぎ》と赤兄《あかえ》の前でちぢこまっていた。

「真秀、か」

葛城が、つぶやきながら手をさしのべてくれた。

その手を取っていいものか迷っていると、葛城は勝手に真秀の腕《うで》をつかみ、立ち上がらせる。そして、ぶしつけに真秀の顔をのぞきこんだ。

「おまえ、戻《もど》ってきたのか。壮流はどうした」

「わからない。たぶん、家に戻ったのだと思う」

おずおずと真秀は答えた。

今の話を盗《ぬす》み聞いてしまったのを、気づかれているだろうか。気づかれていたら、何を言われるだろう、どうなるだろう。

けれども葛城は、寂《さび》しげに笑うだけだった。

「そうか。もう戻らぬのかな、壮流は」

葛城《かつらぎ》は、壮流《たける》のことをとても可愛がっていたようだ。

どうやら、盗《ぬす》み聞きは気づかれていないらしい。真秀《まほ》はほっとした。

「おまえ、なぜここに来た?」

「いえ、あの、壮流とは、はぐれてしまっただけなので、ここに来たらもしかしたらいるかもしれないなと思って」

「そうか。しかし、壮流はおらぬ。あれはここを住まいにしておったのだが、戻《もど》らぬからわたしの息抜《いきぬ》きの場所にしてしまったよ」

寂《さび》しげに微笑《ほほえ》み、葛城は赤兄《あかえ》を見やった。赤兄は、表情をゆるがせもしなかった。

そして言う。

「真秀さん、額田《ぬかた》さまのお邸《やしき》には、もう?」

「いえ、まだです」

「有間と千早が、おまえがいなくなったと大騒《おおさわ》ぎをしておったぞ。わたしがさがすから落ちつけと、何度、怒鳴《どな》りつけたことか」

葛城が思い出し笑いをする。それでも赤兄は、にこりともしない。

「では、わたしがお送りしましょう」

「いや、もう遅《おそ》い。今夜はこのままわたしが預かろう」

「いえ、わたしも邸に戻りますので、そのついでに」

「そうか、そうだな」

葛城が頷《うなず》き、真秀は赤兄に連れられ、額田の邸へ向かうことになった。

夜道を、赤兄とその従者ふたりに連れられて歩く。古代の夜は、星以外になんの明かりもない漆黒《しっこく》の中にある。でも、今日は星がきらきらとまたたいて、空が明るい。

赤兄の後を真秀が歩き、その後を従者が守る。三人の男たちと一緒《いっしょ》なのに、真秀はなんとなく不安だった。赤兄がずっと黙《だま》っているからだ。

今までも、赤兄はよくわからない人だった。今は、さらにわからない人になってしまい、怖《こわ》いような気さえする。

「あの――」

思いきって、赤兄の背に声をかけてみた。

「何か？」

赤兄は、すぐに振《ふ》り向いてくれる。でも無表情なのが、やはり怖い。続ける言葉を思いつけない。

「いえ、あの、なんでもないです」

赤兄は、なんの反応も見せずにまた前を向く。

そのまま、ついて行った。けれど、ふと周囲を見まわすと、何か違《ちが》うという気がした。なんだろう、なんだろうと考えつつ歩く。やがて気づいた。これは、額田《ぬかた》の邸《やしき》へ行く道ではない。

「あの、赤兄《あかえ》さん」

呼びかけると、今度もすぐに赤兄は振《ふ》り向く。やはり無表情だ。それでも真秀《まほ》は、臆《おく》さず言った。

「道が違《ちが》うと思います」

「違う？」

「額田さまのお邸に行く道とは違う」

「だから？」

「え、だから、あの……」

しどろもどろになった真秀を見て、赤兄は初めて表情を変えた。笑っている。でも、怒《おこ》っているようにも見える。とても冷たい。

「聞いていたのですよね？」

赤兄は言った。笑顔のままだった。

「あなたは、さきほど、わたしと葛城皇子《かつらぎのみこ》の話を聞いていた」

「え、私、あの……、いいえ」

首を振って見せたものの、赤兄は眉《まゆ》ひとつ動かさない。

「聞いていたのですよね？」

真秀の右腕《みぎうで》を、ぎゅっとつかむ。

逃《に》げたほうがいいのかもしれない。怖《こわ》い。目だけを動かして周囲を見まわす。でも、暗くて何も見えず、星あかりだけでは心もとなくて、その闇《やみ》も怖い。

ためらっているうちに、背後を従者ふたりに固められてしまった。これではもう逃げようがない。

「あなたは、聞いてしまった。聞いてはいけないことを聞いてしまったんだ」

＊

翌朝、壮流《たける》は早々に起き出し、朝餉《あさげ》だのなんだのと世話を焼きたがる千早をかわして額田の邸を出た。この時代での我が家といえる、葛城の邸に戻《もど》るのだ。

門番は、行方不明になっていた壮流が急に帰ってきたと驚《おどろ》きはしたものの、

「おまえ無事だったのか！　よく戻ったな」

と喜んでくれた。

葛城《かつらぎ》は在宅だというので、すぐに会いに行った。ちょうど朝餉《あさげ》を食べていたところで、手にしていた匙《さじ》から飯をぽろりとこぼすほどに驚《おどろ》いている。

「壮流《たける》じゃないか！」

「うん。俺《おれ》だよ」

「おまえ――おい、自分の家に戻《もど》ったのではなかったのか？」

「戻れなかったんだ」

壮流は苦笑いをした。

「そうか、そうだったのか。いやあれだな、気の毒なことだった」

と言いながら、葛城は嬉《うれ》しそうだ。

ああやっぱりこの七年間、ここが我が家で、葛城が家族みたいなものだったんだな――とホッとしつつ、その反面、ここに居場所が出来ていたのは現代の家族たちから遠ざかることでもあるようで悲しく思う。

「おまえ、朝餉は食べたのか？」

「食ってない」

「腹はへっているか？」

「言われれば、へってるかも」

葛城は、いそいそと壮流の食事を用意させた。

「今までどこにいたのだ？」

「うん、遠いところに飛ばされて、とにかくここに戻って来ようとがんばったんだ」

と、いうことにしておく。

「ひとりで？」

「うん。真秀《まほ》たちは家に戻ったんだと思う」

そう言葉にすると、やはり寂《さび》しい。ところが、葛城は言う。

「いや、真秀は、ゆうべここに来た」

「え？」

「真秀のほうも、おまえは家に戻ったはずだと言っていた。途中《とちゅう》で別れたのかと思ったのだが」

「違《ちが》う。あいつ、ここに来たの!?」

「赤兄《あかえ》が居合わせたから、あれに送られて額田《ぬかた》の邸《やしき》に戻ったはずだ」

「真秀も戻れなかったのか？　嘘《うそ》だろ」

興奮してつぶやく壮流を、葛城は笑った。

「なんだ、おまえたちはどこかではぐれて、お互《たが》い、家に戻《もど》ったと勘違《かんちが》いをしていたのか」

「真秀《まほ》、額田《ぬかた》のところにいるのかな」

「そのはずだぞ」

壮流《たける》は、手にしていた匙《さじ》を放り出して立ち上がった。

「額田の邸《やしき》に行ってくる」

言うが早いか、もう駆《か》けだしている。

真秀がいる。真秀も現代に帰れなかった。――いや、それはいいことではない。それでも、ひとりじゃないとわかったのは嬉《うれ》しい。

真秀もきっと、自分ひとりがこちらに残ってしまったと思い、悲しんでいるはずだ。もしかしたら泣いているかもしれない。早く行って、俺《おれ》もいるひとりじゃない、と教えてやらなければ。

壮流は、額田の邸への道を、ひた走った。門番が声をかけてきたのを無視して門をくぐり、有間たちがいつもいる部屋へ、庭から廊下《ろうか》へ飛び上がるかたちで駆けこむ。

「壮流じゃないの！」

食事中だった千早が目を丸くした。もちろん、有間も一緒《いっしょ》に朝餉《あさげ》の最中だ。

「どうした、壮流。葛城皇子《かつらぎのみこ》のところに戻ったのではなかったのか?」

「うん、そうだけど」

頷《うなず》きつつ、まずは息を整える。すぐに顔を上げ、

「真秀がこっちに戻っていると聞いたから」

ふたりに、笑顔を向ける。しかし、ふたりは怪訝《けげん》そうに首をかしげるだけだった。

「真秀はいないよ」

「え」

「あの子は、おうちに帰ったのではないの?」

「でも、ゆうべ葛城のところに現れて、赤兄《あかえ》に連れられてこっちに戻ったって」

「いや、真秀も赤兄も来ていない」

「嘘《うそ》だろ……」

では、真秀はどこに消えたのだ?

5

「なんでこんなことに……」

涙《なみだ》まじりに、真秀《まほ》はつぶやく。

ゆうべはあのまま、見知らぬ邸《やしき》に連れてこられた。どうやら、赤兄《あかえ》の住まいらしい。

従者のひとりに抱《かか》え上げられ、荷物のように運びこまれたのは小さな部屋だった。

宮殿《きゅうでん》でお兄ちゃんが閉《と》じこめられていたのと同じくらい。たたみ三畳分《じょうぶん》、あるかないかといったところだろう。手足を縮めれば横になれるけれど、真秀はずっと膝《ひざ》を抱えて座《すわ》っている。

手が届かないほど高いところに小窓がひとつある。光はそこからしか射《さ》しこんでこない。眠《ねむ》れずに夜を過ごし、朝が来てからやっと明かりが射してきて、少しだけほっとした。

抱えた膝の上に顔を伏《ふ》せる。

とにかく落ち着こう。何が起きているのかを考えてみよう。

葛城皇子《かつらぎのみこ》のところで、赤兄は、有間を陥《おとしい》れる話をしていた。有間に消えてもらわなければならない、と。

「消えてもらうって……」

その意味を考えただけで、ぞっとした。

有間を担《かつ》ぎ上げて謀反《むほん》を起こさせようとする動きがある——それは本当のことだろうか。それとも、赤兄がついた嘘《うそ》？　嘘ならば、なんのために？　赤兄は何をしようとしているのか。わからない。わからない。

でも、有間がとてもあぶない状況《じょうきょう》にあることだけはわかる。

「知らせなくちゃ」

真秀は顔を上げた。

ここから逃《に》げ出し、有間に教えてあげなければ。

でも、どうしたらいいのだろう。窓には手が届かない。入り口は、もちろんしっかりと鍵《かぎ》をかけられてしまっている。

「どうしよう」

途方《とほう》にくれていると、ふいに鍵を開ける音が聞こえ、入り口の戸が開かれた。顔を見せたのは、赤兄だ。その手には、食事がのった盆《ぼん》がある。

「食べなさい」

真秀《まほ》の前に盆《ぼん》を置いた。真秀は答えず、手も出さず、赤兄《あかえ》をにらみつけた。

「毒など盛ってはおらぬから。信じられぬようなら、わたしが毒見をしよう」

盆にあるのは、ごはんと海藻《かいそう》の汁《しる》、茹《ゆ》でた青菜、干《ほ》し柿《がき》。

赤兄は、青菜を取って口に入れた。

「他のものも毒見するか?」

真秀は首を振《ふ》る。赤兄は、無表情で頷《うなず》くと、そのまま出て行った。鍵《かぎ》をかける音がし、足音が遠ざかってゆく。

真秀は、盆を見た。とりあえず青菜が大丈夫《だいじょうぶ》なことは証明されているから、それを口に入れる。他のものはどうしようかと悩《なや》んだけれど、怖《こわ》いのでやめておいた。

でも次に食事が運ばれてきたら、今度はすべて毒見をしてもらおう。食べて、体力をしっかりつけて、逃《に》げ出すチャンスが来たときに備えなければ。ここから出て、有間を救うために。

＊

「真秀がいなかった！」

息を切らせながら、壮流《たける》は葛城《かつらぎ》に訴《うった》えた。

あのあと葛城の邸《やしき》に駆《か》け戻《もど》ったら、葛城は宮殿《きゅうでん》に出かけてしまい、留守だった。そのまま宮殿に向かい、葛城をさがし出したのだ。

ほとんどの人が宝に従って牟《む》妻《ろ》の湯に行ってしまっている今、宮殿はとても静かだった。葛城は、皇太子《ひつぎのみこ》として、留守中の宝の代わりに仕事をしていた。

「いなかった？　有間のところに、か？」

葛城は、そばにいた者をさがらせ、壮流の話を聞く態勢を整える。

「うん」

「それは妙《みょう》だな」

葛城は考えこみ、しばらく眉《まゆ》を寄せていたあと言った。

「赤兄を呼ぼう」

赤兄も宮殿に来ているという。

ほどなくして、やって来た赤兄は、まずは壮流がいることに驚《おどろ》いた。そして、真秀が額田《ぬかた》の邸にいなかったと聞くと首をかしげる。

「わたしは門前までお送りしましたよ」

「ゆうべのうちに?」

「いえ、すっかり遅《おそ》くなりましたので、我が家でお預かりしましてから、今朝」

「俺《おれ》はゆうべ、額田《ぬかた》の邸《やしき》に泊《と》まっていたんだ。でも俺があの邸を出るまで真秀《まほ》は来なかったし、俺が出てからも真秀は来ていない」

「それは――」

一瞬《いっしゅん》、赤兄《あかえ》の目が揺《ゆ》らぐ。けれどもすぐにそれは消え、心配そうに言った。

「わたしと別れたあと、邸には入らずどこか別の場所に行ってしまったのでしょうか。たとえば、そうですね、壮流《たける》がどこかにいるかもしれないと思ってさがしに行ったとか」

「それはあるかもしれんな」

葛城《かつらぎ》が頷《うなず》いた。そして、話を断《た》ち切るように立ち上がる。

「悪いが、わたしはもう出なければならないんだ」

「どこに行くの?」

壮流は訊《たず》ねた。なんだか、すがるような声になっていることに自分自身、驚《おどろ》きつつ。

「わたしも、牟妻《むろ》の湯に行かねばならんのだ。母上が、わたしも骨休めをすべきだとおっしゃって譲《ゆず》らぬのでな。あとのことは赤兄にまかせてある。だからおまえも、赤兄を頼《たよ》るといい」

葛城は、赤兄に目をやる。赤兄は頷く。

そのまま赤兄は出てゆき、その気配が完全に遠ざかってから、葛城が壮流を手招きした。そばに近よると、葛城は壮流の耳に口を寄せてささやく。

「赤兄から目を離《はな》すな」

「え」

思わず葛城を見上げる。

「真秀が来たとき、わたしと赤兄はおまえの小屋で話をしていた。密談だ。真秀は、おそらくそれを聞いている」

「どういうこと？」

「これ以上は言わん」

葛城は、にっと笑った。

「とにかく、わたしは牟婁の湯へ行かねばならんのだ。あとのことはおまえにまかせる」

そして、さっさと部屋を出てゆく。

「どういうことだ……」

壮流《たける》はつぶやき、葛城《かつらぎ》の言葉をひとつひとつ、ゆっくりと思い返していった。

＊

真秀《まほ》は、窓を見上げていた。

あそこまでのぼることは出来るだろうか。

窓のある場所までは、真秀の身長の二倍とまではいかなくても、手を伸《の》ばしても届かない。

そこへ、食事が運ばれて来た。夜の食事だ。この時代はまだ、一日に三食という習慣がなく、基本的に二食。

運んできてくれたのは、真秀より年下の女の子だ。

「全部、毒見をしてくれる?」

真秀は、できるだけやさしくお願いした。女の子は言われるがまま、盆《ぼん》にのったもののすべてを少しずつ口に入れた。

「毒なんて入っていませんから」

身をちぢめて叫《さけ》ぶように言うと、さっと逃《に》げ出し、あっという間に鍵《かぎ》をかける音がした。

真秀は匙《さじ》を取り上げる。安全なのがわかったから、とにかく食べて体力をつけよう。

食べながらまた、窓を見上げる。あそこから出るのは、おそらく無理だろう。

この部屋には鍵がかけられているだけでなく、外に見張りがいる。何かあれば——

たとえばトイレに行きたくなったりしたら声をかけろと言われているけれど、その見張りは怖《こわ》そうな大男で、真秀の手には負えそうにない。

食事が運ばれて来たとき、強行突破《きょうこうとっぱ》で外に出ようか。でも、外に出たら途端《とたん》に見張りにつかまるだけだろうか。

運よく見張りからも逃《のが》れられたとして、そのあとはどうすればいいだろう。この邸《やしき》からも逃げられるだろうか。

あせらず、しっかり計画を立てなければいけない。

＊

真秀は、赤兄《あかえ》のところにいるのではないだろうか。

壮流は、そう考えた。

赤兄《あかえ》は、本当は真秀《まほ》を額田《ぬかた》の邸《やしき》には送らず、連れ去った——そう考えるのが一番、自然だ。

真秀が何を聞いたのかは、わからない。でも、それを理由に真秀を連れ去ったのなら何かとんでもない話なのだろう。真秀は大変なめにあわされているのかもしれない。早く助け出さなければ。

壮流《たける》は、赤兄の邸に忍《しの》びこんだ。こういうことをするのは得意だ。大きな邸を取り囲む塀《へい》には、壊《こわ》れて穴の開いているところがあったり、簡単に越《こ》えられるほど低いところがあったりする。

赤兄の邸の塀には、くずれて開いている場所があった。そこから忍びこんだ。慎《しん》重《ちょう》に身を隠《かく》しながら、建物の配置や、どこにどんな人がいたり現れたりするかを観察する。

焦《あせ》るな、と自分に言い聞かせた。誰《だれ》かに見とがめられたりしたら、元も子もない。

壮流は、しばらく赤兄の邸にひそんでいた。すると、邸の隅《すみ》にある建物の一角に女の子が食事を運んでいくのを見かけた。周囲を気にするように、こそこそと歩いていくので、逆に目についた。

女の子の行く先は、鍵《かぎ》のかかった部屋だ。見るからに怪《あや》しい。慎重に鍵を開け、中に入っていった女の子は、しばらくして出てくると、また鍵をかけた。

あまりにも怪しすぎる。そばには、人目につかないよう身をひそめた見張りまでいる。どこかに隙《すき》はないか。辛抱《しんぼう》づよく見ていると、見張りも早朝には油断が出るのか、眠《ねむ》そうにしているのがわかった。

壮流は、一番のチャンスを見逃《みのが》さないよう、ひたすらに待つ。

＊

運ばれて来たものを、すべてたいらげ、真秀はまた考える。

次に食事が来たとき、決行しよう。

外に出てからどうしたらいいのかは、わからない。でも、それを気にしていたらいつまでもここからは出られない。とにかく動いてみるしかない。

食事を持って来た人に体当たりして、とにかく逃《に》げる。ずさんな計画かもしれないけれど、他にどうしようもない。

力をつけるため、しっかりと食べて、しっかりと眠った。翌朝は、すっきりと気持ちよく目覚めた。

もうすぐ食事が来る。緊張《きんちょう》しながら、頭の中であれこれ計画しつつ待った。

いつものように、鍵《かぎ》の解かれる音がする。真秀《まほ》は座ったまま、扉《とびら》が開くのを待った。

まずは、いきなり立ち上がって、ふいを襲《おそ》って——。

けれども、扉が開いたとたん、驚《おどろ》いて大きく目を見開いてしまった。

「……壮流《たける》？」

飛びこんできたのは、ここにいるはずのない壮流だったのだ。

「やっぱりいた！」

壮流は叫《さけ》び、満開の笑顔になった。

第四章　また還《かえ》る

1

「おじいちゃん、この本ありがと。でもちょっとわからないことがあったから訊《き》いてもいい？」

丈瑠《たける》は、開けっ放しのドアからおじいちゃんの書斎《しょさい》をのぞいた。おじいちゃんは、大きな紙の地図を広げて、何やら唸《うな》っているところだった。

「何してるの？」

「ウォーキングコースのルート作りを頼《たの》まれたからさ。明日香村《あすかむら》の地図とにらめっこ」

「ふうん」

丈瑠は十二歳《さい》、小学六年生になっていた。現代に戻《もど》ってから四年が過ぎている。

あののち、変わったことは特に何も起きていない。壮流《たける》が戻ってきた話は聞かない

し、真秀《まほ》にも何も起こっていない。

丈瑠は近ごろ、自分にわかる範囲《はんい》でタイムスリップをしたあの時代のことを調べるようにしている。そのためにも、長い休みを利用して、よく、おじいちゃんの家に遊びに来る。おじいちゃんの持っている本を読んだり、自転車で明日香村をひとりでまわったり。

「で、何がわからない？」

「有間皇子《ありまのみこ》のことなんだ。有間は本当に、謀反《むほん》を企《くわだ》てたのかな」

有間皇子は、十九歳の冬、謀反を企てたものの実行前に発覚し、捕《と》らえられて処刑《しょけい》されたと伝わっている。

それを知ったとき、丈瑠はびっくりなどというものではないほどに驚《おどろ》いた。あの、のんきでやさしい、千早と幸せに暮らすこと以外なんの望みも持っていない有間が
――？

「どうだろうなあ。でも、陥《おとしい》れられただけだという見方が多いかな。日本書紀などに書いてあることは、後の世がどうなっているかに合わせて作られていたりもするからね」

「ふうん。でも、有間皇子が十九歳の冬に亡くなっているのは事実なんだよね？」

「そうだね」

十九歳《さい》の冬。それは、丈瑠《たける》が飛鳥時代から去った、あの直後だ。

「奥《おく》さんとか子どものことは伝わっていないね」

「まだ結婚《けっこん》していなかったんじゃないかな。恋人《こいびと》くらいはいただろうけど」

いや違《ちが》う、有間にはただひとりの妻・千早がいた。それは現代に伝わっていない。だとしたら、有間皇子《ありまのみこ》が謀反《むほん》を企《くわだ》てたものの未遂《みすい》のまま捕《つか》まり処刑《しょけい》されたという、その流れの中にも何か、伝わっていない事実があるのかもしれない。

あの有間が、そんな悲劇に見舞《みま》われて生涯《しょうがい》を閉じたなどとは信じたくない。歴史に埋《う》もれた事実があってほしい。丈瑠は、強くそれを願った。

「おじいちゃん、僕《ぼく》が迷《まよ》いこんだあの丘《おか》って、その地図にある?」

丈瑠は、地図をのぞきこんだ。おじいちゃんは、

「この辺りかな」

と指で示してくれた。

「僕、また行ってみたいなあ」

「人の家の敷地《しきち》の中だからねえ」

「でも、おじいちゃん、その家の人と仲よくしているんでしょう?」

あののち、おじいちゃんは、壮流《たける》の家族と交流を持つようになっていた。

「そうだけど、どうかなあ。むこうの壮流くんがいなくなったときにおまえも居合わせているのだし、おまえが行くと、壮流くんのことを思い出して悲しい思いをさせてしまうんじゃないかと、おじいちゃんは心配なんだ」

「……そうか」

おじいちゃんの言うことは、よくわかる。

「でも、そういう僕だからこそ、もう一度あの丘に行ってみたら何か気がつくことがあって、壮流くんを見つけ出すきっかけが見つかるかもしれないって思うんだ」

それはつまり、自分たちがタイムスリップをした原因だ。あらゆる可能性を考え、明日香村《あすかむら》のこと、飛鳥時代のことをしっかりと理解し、真秀《まほ》が十三歳になる春を迎《むか》えたい。

そのとき何が起きるのかは、わからない。だから、何があってもいいように備えておきたい。

「そうか。丈瑠の言うことも一理あるな。今度、向こうに訊《き》いてみよう」

「約束だよ！」

ふたりが男同士の約束をしたところへ、真秀が飛びこんできた。

「お兄ちゃんとおじいちゃん、ふたりだけで何してるの⁉　真秀《まほ》も入れて！」

真秀は十歳《さい》。四年生だ。

丈瑠《たける》の隣《となり》にちょこんと座り、真秀は、おじいちゃんにいつもの話をおねだりした。

「額田王《ぬかたのおおきみ》のおはなし、して」

真秀は、額田をめぐる恋物語《こいものがたり》が大好きなのだ。

丈瑠が会ったときの額田は、葛城皇子《かつらぎのみこ》の弟・大海人皇子《おおあまのみこ》の妻で、ふたりの間には娘《むすめ》がひとりいた。でも、現代ではその先が語られている。額田はのちに、葛城皇子にも愛されたというのだ。

ふたりの皇子《みこ》の間で想いが揺《ゆ》れて悩《なや》み苦しむ額田――という物語がせつなく、真秀は憧《あこが》れてやまないらしい。その割に額田以外の登場人物の名前を覚えられないというのが、丈瑠には面白くて仕方ないのだけれど。

「だって難しいんだもん、この時代の人たちの名前」

真秀は、くちびるを尖《とが》らせる。

それにしても、丈瑠の知っている額田は、いかにも〝できる女〟といったイメージで、せつない恋物語のヒロインという感じではない。丈瑠が去ったのちの飛鳥時代で、本当にそんなラブストーリーが繰《く》り広げられたのか。その信ぴょう性を調べてみても面白いかもしれない。

「丈瑠はおじいちゃんに似たんだな」

おじいちゃんは、頬《ほお》をゆるめて丈瑠の頭を撫《な》でた。

「飛鳥時代のことが本当に好きなんだなあ」

「うん！」

ただ好きなだけではない。丈瑠は、あの時代を知っている。そして、自分は戻《もど》れたからといってもまだ終わっていないタイムスリップ体験を、しっかりと見届けなければいけないと思っている。

真秀が十三歳になるまで、あと三年。

2

「壮流《たける》?」

真秀《まほ》は我が目を疑った。

壮流はもう現代に戻《もど》ったと思っていた。ここに残ったのは自分ひとりだと思っていたのに。

「どうして、ここにいるの? ごはんを持って来てくれる人は? 見張りの男は?」

「見張りは、居眠《いねむ》りしてるところに後ろから蹴《け》りを入れて倒《たお》した。飯の子は、それを見て逃《に》げてった。とにかく、まずはここを出よう」

さしだされた手を取って、真秀は閉じこめられていた部屋から出た。

黙《だま》ったまま、壮流について走る。邸《やしき》の裏手の塀《へい》に崩《くず》れたところがあり、ふたりはそこから外に出た。そのあとも言葉を交わさず、しばらく行ってから、壮流はスピードを落として歩き出した。

「壮流も残っちゃったんだね」

「俺《おれ》ひとりかと思っていたけど、真秀もいたんだな」

「お兄ちゃんは……」

「どこにもいない。帰れたんじゃないかと思う」

「それならよかった。でも、私たちはどうなるんだろう。もう帰れないのかな」

「そんなことはない。きっと何か意味があって残ったんだ。おまえの兄ちゃんが帰れていれば、俺たちだって帰れる」

壮流の声は、とても力強い。帰れる、と確信があるわけではないのだろう。でも、心の底からそれを信じようとしているのが伝わってくる。

結局、現代に帰れなかった——そのことに、壮流は真秀以上にがっかりしているに違《ちが》いない。幼いころからひとりぼっちで何年もここで過ごしてきた壮流は、真秀よりもっともっと、帰ることを熱望しているのだろうから。

それなのに壮流は、くじけていない。あきらめていない。

きっと、まずは信じることが大事なのだ。あきらめてしまったら、そこで終わる。

「うん、そうだよね」

真秀は、壮流とつないだままだった手に力をこめた。

「額《ぬか》田《た》の邸に行こう。どうして赤《あか》兄《え》の邸で捕《つか》まっていたのか、ゆっくり話を聞かせて」

「うん」

歩きながらする話ではない。真秀《まほ》としても落ち着いて話したい。

額田《ぬかた》の邸《やしき》までは、さほど距離《きょり》はなかった。真秀は、周囲を見まわしてみた。

「この辺りって、現代ではどこになるんだろうね」

「あれが甘樫丘《あまかしのおか》だから――」

壮流《たける》は、ちょうど右手に見えていた丘《おか》を指さす。

「俺《おれ》、前から思っていたんだけど、赤兄《あかえ》の邸のある辺りが現代では俺んちになっているんじゃやないかなあ」

「でも、丘がないよ」

真秀が言うと、壮流は、

「ばかだな、おまえ。俺たちが生まれるのが今から何年後の世界だと思ってるんだ?」

ちょっと偉《えら》ぶり、鼻を鳴らす。真秀も負けずに、強気で答えた。

「知ってるよ、千五百年。おじいちゃんに教えてもらったもん」

「だったら想像力を働かせろよ。千五百年だぞ。すげえぞ、長いぞ。千五百年もあれば地形は変わる。丘だってできる。……というか、この時代の偉い人たちは亡くなると、すげえ大きな墓を作るんだ。まるで丘みたいな」

「古墳《こふん》だ！」

「それ。俺んちの裏のあの丘も、古墳かもしれないって言われてたし」

「そうか。今は赤兄さんが住んでいて、のちに古墳が作られて、千五百年後には壮流の家族が住み始めて――ありそうだね、それ」

「だからって、現代に帰る方法が見つかるわけじゃないけどな」

「そうだね。お兄ちゃんが帰れたことを考えると、大事なのは場所じゃなくて、あの柱が出現することと、この玉――」

真秀は、首に掛《か》けたままの翡翠《ひすい》を服の下から取り出した。

「これのようだもんね」

「おまえ、絶対にそれを離《はな》すなよ？」

「もちろんだよ。壮流もだよ？」

「わかってるよ」

壮流も、翡翠を取り出した。

「俺も紐《ひも》をつけて首飾《くびかざ》りにしようかなあ」

「あとで作ってあげる」

そんな話をしながら、額田の邸に着いた。

＊

赤兄《あかえ》は久しぶりに、父のお気に入りだった三つの翡翠《ひすい》を納めた箱を取り出してみた。数年前、父が亡くなったときに譲《ゆず》り受けたものだ。

父は、翡翠が大好きだった。

『ようく見てみろ、この美しさを。禍々《まがまが》しいほどではないか。昔から、この美しさに願えば呪《のろ》いでもなんでも叶《かな》えてくれると思われて来たのも当たり前のことだ』

翡翠に、魅入《みい》られていたと言ってもいい。

『父上には、何か叶えたい願いがあるのですか？　だからこの翡翠を大事にしておられるのですか？』

父は笑って答えなかった。

野心はない、と言ってもいい人だった。常に笑顔でおだやかで、人の一歩うしろに付き、自分のすべきことを淡々《たんたん》とこなすだけの人。

でも、本当にそうだろうか。実はこっそりと、翡翠に願いをかけてはいなかったか。蘇我家《そがけ》の本流となり大王《おおきみ》の信頼《しんらい》を得て我が家を盛り立てていきたい――そんな野望を持ちはしなかったのか。

赤兄も父とおなじく、おとなしく生きている。でも、赤兄には野望がある。そしてそれを、父から受け継《つ》いだ翡翠に願った。——そう、願ってきた、のだが。

赤兄は、箱をじっと見つめた。

今、これを開いたら自分は、何を思い何を願うだろう。自分でもよくわからない、もやもやしたものを持てあましつつ、赤兄は箱を開けた。

そこに、翡翠が三つ——ない！　ひとつもない。箱はからっぽだ。なぜ……。

呆然《ぼうぜん》としているところへ、真秀《まほ》の世話をまかせていた女が飛びこんできた。

「あの子が——あの子が逃《に》げました！」

赤兄は、女を突《つ》き飛ばす勢いで走り出した。

3

中一の夏休みにまた、丈瑠《たける》は明日香村《あすかむら》に出かけた。壮流《たける》の家を訪ねられることになったのだ。

甘樫丘《あまかしのおか》のすぐ近く、飛鳥資料館から真っすぐ歩いた先に、その家はあった。丈瑠もさすがに、あのときの記憶《きおく》は薄《うす》れてしまっている。でも丘にのぼらせてもらうと、なんとなくよみがえってくるものがあった。

勾玉《まがたま》は、ちゃんと持ってきている。今もネックレスにしたままだ。胸にあるそれに、あたためるように触《ふ》れながら、丈瑠は丘にのぼった。

「ここは本当に古墳《こふん》なのかなあ」

隣《となり》のおじいちゃんを見上げる。

「どうだろうな。古墳だとしたら、誰《だれ》が埋葬《まいそう》されているのか」

「古墳とはかぎらないよね。誰かの家があっただけ、とか」

ここにいても、勾玉が熱くなることはなかった。何も起こらない。

まだ、なのだ、きっと。まだ時は満ちていない。

丘を降りると、壮流の両親が待っていた。おじいちゃんの心配に反して、ふたりは丈瑠を歓迎《かんげい》してくれた。壮流と最後に会ったのが丈瑠だから、いなくなった子につながる何かを見出すような気持ちになるらしい。

それでもやはり、とても寂《さび》しげだ。おじいちゃんとふたりで、その場を盛り上げるようにたくさんしゃべり、その間は壮流の両親もとても明るく笑っていた。けれど、いとまを告げるとふたりとも泣き出しそうな顔になる。

「また来てくださいね」

壮流の母親が言う。

「丈瑠くんは、あの子と同い年だから。あなたを見ていると、あの子も今はこんな様子なんだなあとわかって嬉《うれ》しいの」

「また来ます」

丈瑠は微笑《ほほえ》んで頷《うなず》いた。

この人たちを喜ばせるためなら、何度でもここに来よう。それだけでなく、飛鳥時代に残ったのだろうふたりを呼ぶためにも。

戻《もど》っておいで、真秀《まほ》も壮流も。待っているよ。いつまでも呼びつづけるよ。僕《ぼく》が呼ぶ声がふたりに届くよう、声のかぎり、想いのかぎり、ふたりを呼びつづけているから ね。

4

「赤兄《あかえ》が？　本当に真秀《まほ》を捕《と》らえていたのか？」

　真秀を連れて壮流《たける》が額田《ぬかた》の邸《やしき》にやって来ると、有間と千早は歓声《かんせい》をあげて喜んだもののの、真秀がどんなめにあっていたのかを聞き眉《まゆ》をひそめた。

「あれは監禁《かんきん》と言うべきだよ」

　壮流が怒《いか》りをあらわにした。

「すごく狭《せま》い部屋に閉じこめられていたんだ」

「赤兄はなぜ、そんなことを」

「私が、聞いてはいけない話を聞いてしまったから」

　真秀の言葉に、有間と千早が驚《おどろ》いた。

「聞いてはいけない話？」

　こわごわ、千早が訊《たず》ねる。

「私、こちらに戻《もど》って葛城皇子《かつらぎのみこ》の邸に迷いこんだんです。そこで、赤兄さんが物騒《ぶっそう》な話をしているのを聞いてしまって」

「物騒《ぶっそう》な話とは、なんだ？」

「有間さまを消す、って」

「消す!?」

壮流《たける》が大きな声を上げ、千早は有間にしがみついた。

「有間さまを持ち上げて謀反《むほん》を起こそうとしている人がいる、それを防ぐためには有間さまを消してしまうべき――そういう話だった」

「そんな誘《さそ》いをかけてくるヤツがいるの？」

壮流の問いに、有間は首を振《ふ》る。

「いないよ」

「でも、赤兄《あかえ》さんはそういう動きがあるから、と言っていた」

「赤兄の嘘《うそ》だな」

千早の肩《かた》をやさしく抱《だ》き、有間は静かに言った。

「謀反の誘いはともかく、俺《おれ》に近づこうとする者など相変わらずひとりもおらぬよ」

「赤兄自身が有間を持ち上げようとしている？」

壮流の言葉に、有間はまた首を振る。

「違《ちが》うだろう。赤兄は、おそらく俺を失脚《しっきゃく》させようとしている。無実の罪をでっち上げ、あわよくば、そのまま処刑《しょけい》までもっていく――か」

「処刑……」

千早は恐《おそ》ろしげにつぶやき、有間の胸に顔をうずめた。そして、

「大丈夫《だいじょうぶ》。大丈夫よ。そんなことになどなりはしないわ」

自分に言い聞かせるようにつぶやいている。

「赤兄――あいつ、今までは有間と親しいふりをしてきただけだったんだ。卑怯《ひきょう》だ」

壮流の語気が強くなる。

「面倒《めんどう》なヤツだと思っていた。といって別に嫌《きら》いなわけではなかったんだが」

有間は、千早をなだめるように髪《かみ》を撫《な》でた。

「前に俺を陥《おとし》れる動きがあったとき、俺に近づいて助けてくれたのも、実は企《たくら》みの一部だったのかな。中傷に負けるな、逃《に》げるな――あいつの言うとおりにしたら、それを利用して謀反の証拠《しょうこ》をねつ造して声を上げるつもりだったんだろうか」

「そんなことをして、赤兄さんは何か得をするの？」

真秀《まほ》が訊《たず》ね、有間は答える。

「葛城皇子《かつらぎのみこ》からの信頼《しんらい》を確固たるものにし、蘇我《そが》一族の中での力を増すことが出来る

かもしれない」

「でも葛城《かつらぎ》は赤兄《あかえ》を信頼《しんらい》していないふうだったよ。俺《おれ》に、赤兄から目を離《はな》すなと言ったんだ」

壮流《たける》が言う。

「赤兄が何を企《たくら》んでいるのかはわからないけど、怪《あや》しいのだけは事実だ。卑怯《ひきょう》だ。そんなヤツのいいようにさせちゃいけない。あいつの裏をかいてやるべきだよ」

「確か、葛城皇子《かつらぎのみこ》は牟婁《むろ》の湯へ出かけたのだよな？」

有間は壮流を見た。

「うん。留守だよ。赤兄はきっと、葛城が留守のうちに何か行動に出るはず」

「まずは、いなくなった真秀《まほ》をさがそうとするよね」

「では」

有間は、やさしく千早を放し、みんなを見まわす。

「こうしてみようか」

三人とも、神妙《しんみょう》な顔で有間の話の続きを待った。

＊

翌日さっそく、赤兄は額田《ぬかた》の邸《やしき》にやって来た。

「真秀さんが、こちらに戻《もど》られたと聞きましたよ」

さりげなく、さぐりを入れてくる。

有間は知らん顔で赤兄を迎《むか》えた。隣《となり》には、いつものように愛らしく微笑《ほほえ》む千早が寄り添《そ》っている。そして首をかしげた。

「いいえ、真秀は戻っておりませんよ」

「そうですか」

「壮流がこちらに顔を見せてくれたので、それが間違《まちが》って伝わったのかもしれない。俺もさがさせているんだよ、真秀はどこに行ってしまったのか」

有間は、寂《さび》しげに微笑んだ。

それを見て、壮流が真秀の耳にささやいた。

「あいつ、意外に芝居《しばい》がうまいな」

有間たちのすぐ後ろに、きれいな布をかけた衝立《ついたて》があり、その陰《かげ》には真秀と壮流がひそんでいた。

「面白い」

壮流《たける》は笑いをこらえている。

「それで、おまえは今日は何をしに来たんだ?」

有間が話を変えた。

「いえ、ただのご機嫌《きげん》うかがいですよ」

「ありがとう。俺《おれ》も千早も元気だよ」

「それは、よろしいことで」

会話はそこで途切《とぎ》れ、一旦《いったん》、みんなが沈黙《ちんもく》する。

「どうなるかな」

真秀《まほ》はつぶやく。

「わからん」

壮流がささやき返し、ふたりとも息をつめて見ていると、有間がにこやかに口を開いた。

「俺は、おまえはまた、牟婁《むろ》の湯へ行くべきだったのにとか説教をしに来たのかと思ったよ。違《ちが》うのか?」

「いえ」

赤兄《あかえ》は目を伏《ふ》せて言いよどみ、有間は、そんな赤兄の横顔をじっと見つめる。張りつめた時間が、じりじりと過ぎた。

やがて、赤兄が目を上げた。

「そのお話をするために参ったわけではないのですが」

「うん？」

「ですが、申しあげましょう。わたしとしてはやはり、有間さまも牟婁の湯へお出かけになるべきだったとは思っております。この飛鳥で生きてゆくために」

「俺はそのことに興味はないと言ったよな？」

「うかがいましたよ」

「それは今も変わっていない」

「そう、でしょうね」

「いらぬおせっかいを焼かれても迷惑《めいわく》なだけだ」

「おせっかい……。としか受け止めてはいただけないのですね。そうでしょうね」

赤兄は、皮肉まじりにつぶやき、ため息をつく。

「おまえ――」

有間が、ふいに声を低めた。

「そろそろ本音を言ったらどうだ？　おまえは俺《おれ》に何をさせたい？　俺を、どうしたいんだ？」

赤兄《あかえ》が真っすぐに有間を見据《みす》え、有間もそれを受け止め、ふたりは見つめ合った。

真秀《まほ》と壮流《たける》は、衝立《ついたて》の陰《かげ》で息をつめている。

「では、率直《そっちょく》に言わせていただきましょう。わたしは、有間さまに立ち上がっていただきたい」

「立ち上がる、とは？」

「有間さまは今、十九歳《さい》でおられる。その歳《とし》のとき、葛城皇子《かつらぎのみこ》は何をなされたか？」

「蘇我《そが》の親子を討ち、蘇我本家を滅《ほろ》ぼした」

乙巳《いっし》の変のことだ。

蘇我蝦夷《そがのえみし》・入鹿《いるか》という親子が、大王家《おおきみけ》をしのぐほどの力をたくわえはじめ、謀反《むほん》を起こそうとしているのではないか――という疑惑《ぎわく》を持たれた末に、討《う》たれた。

まず、宮殿《きゅうでん》で執《と》り行われた儀式《ぎしき》の最中に、葛城皇子がみずから動いて息子《むすこ》の入鹿を討ちとった。翌日、父の蝦夷は甘樫丘《あまかしのおか》にある邸《やしき》に火を放って自害し、蘇我の本家は滅びることとなったのだった。

「あのころの有間さまはまだ六つと幼く、のちに大王となられたお父上が亡《な》くなられたときにも十五歳と若すぎた。けれども今は十九歳。充分《じゅうぶん》、大人になられました」

「つまり？」

「あなたは立つべきだ。我こそ大王にふさわしいと、声を上げるべき」

赤兄は有間を見据えた。静かすぎて気持ちを読み取りにくい視線だった。

「うん」

有間は苦笑しつつ頷《うなず》く。

「では、俺が声を上げたとしよう。そのとき、おまえはどう出る？」

「は？」

「立て、と俺を焚《た》きつけたおまえは、そののち、どうするつもりなのだ？　俺に乗って、おまえも立つか？　俺の——大王の一番の側近となり蘇我一族の長として君臨し——」

「だとしたら？」

赤兄は無表情に言った。

「いや、それはとても正しい話だ」

有間は微笑《ほほえ》んで答えた。

「だがな、もうひとつ考えられることがある」

赤兄《あかえ》は首をかたむけ、続きをうながす。

「俺《おれ》を焚《た》きつけ、声を上げさせ――そののちに、俺を裏切る」

赤兄は首をかたむけたまま、眉《まゆ》ひとつ動かさない。

「なあ、赤兄。〝消す〟とは、どういうことかな?」

「はい?」

「俺を〝消す〟、それはどういう意味の話なのかと訊《き》いている」

赤兄は黙《だま》りこんだ。そして不自然な笑顔になった。

「真秀《まほ》さんですね。では、真秀さんはこちらに戻《もど》っているわけだ。おふたりは、わたしに嘘《うそ》をつかれた」

赤兄は有間と千早を見くらべ、にらみつけるかのように笑顔をゆがめた。

「真秀、出ておいで」

有間に呼ばれ、真秀は壮流《たける》と共に衝立《ついたて》の陰《かげ》から姿を現した。

「私も訊きたいです。有間さまを〝消す〟ってどういう意味ですか? 有間さまを利用して謀反《むほん》を起こさせようとしている誰《だれ》かがいるという話も、本当のことですか?」

赤兄は答えない。長い、長い間、黙りこんでいたかと思うと、おもむろに立ち上がった。

「おいとまいたします」

何ごともなかったかのように立ち去ろうとする赤兄の背に、有間が声をかけた。

「知らなかったことにする」

赤兄は、肩越《かたご》しに振《ふ》り返る。

「おまえが何かを企《たくら》んでいたかもしれないことも、真秀を閉じこめていたことも。俺は知らない。何もなかった。それでよいな？」

赤兄は答えない。そのまま前を向き、歩き出した。

＊

現代では、十四歳《さい》、中学二年生になった丈瑠《たける》が、有間皇子《ありまのみこ》の最期《さいご》について書かれたものを読み、これをどう捉《とら》えたらいいのだろうと思いをめぐらせていた。

宝たちが牟妻《むろ》の湯へ出かけている間に、蘇我赤兄《そがのあかえ》にそそのかされ、謀反を起こそうと企《くわだ》てた有間皇子は、その赤兄に裏切られて捕《と》らえられ、処刑《しょけい》される。

あの有間が？

「……ないよなあ、やっぱり」

つぶやきながら、丈瑠《たける》は笑った。

では、真実はどうだったのだろう。

有間皇子《ありまのみこ》について書かれている本を、短い文しかなくてもさがし出し、あれこれと想像している。

あの時代で丈瑠の一番近くにいたのは大王《おおきみ》・宝なのに、現代に帰ってから気になって仕方ないのは、有間皇子のことなのだ。

もちろん、宝についても、いろいろと調べてみた。

あの時代の〝大王〟は、今でいう天皇のこと。宝は、二度も即位《そくい》した天皇だ。一度目が皇極《こうぎょく》天皇。二度目が斉明《さいめい》天皇。それらは亡くなったのちにおくられる名前で、本当の名は宝皇女《たからのひめみこ》。丈瑠がタイムスリップした先は、宝が二度目の即位をしている時代だった。

いろいろわかると宝への関心は薄《うす》れ、やはり有間皇子へと思いが戻《もど》る。

たぶん、真秀《まほ》が有間のところにいたからだ。あののちも、真秀は絶対、有間のところにいて有間たちと関わっている。有間のことを調べ、思いを寄せるのは、飛鳥時代に今もまだいるに違《ちが》いない十三歳《さい》の真秀へと丈瑠の想いを届けることにつながる――そう信じている。

＊

そして飛鳥時代。

「これで引いてくれるかな」

赤兄《あかえ》が帰ったあと、四人はヒソヒソと話をしていた。

真秀と壮流《たける》が隠《かく》れていた衝立《ついたて》の陰《かげ》に、四人でひそんだ。部屋の隅《すみ》に置かれた衝立の、その陰なのでかなり狭《せま》い。ここに隠れようと言い出したのは千早で、その理由は『ないしょの話だから邸《やしき》の者に聞かれてはいけない』だ。

「何もこんなところに」

と壮流が呆《あき》れたけれど、有間が面白がって結局、みんなで隠れた。

小さくなって寄り添《そ》っていると、幼い子に戻ったような、のんびりとした気持ちになる。

なんとなく、赤兄はこのまま手を引いてくれるのではないか、こちらが知らなかったことにすると言っているのだから向こうもすべてをなかったことにしてくれるのではないか、そんなふうに楽観的にもなってくる。

「有間、別にここにいなくてもいいんじゃないの？　千早を連れて自分の家に戻《もど》れば？」

壮流《たける》が言う。

有間の家は飛鳥ではなく、ここから少し離《はな》れたところにある。妻のもとに夫が通うのが当たり前の時代だとはいえ、夫婦が同居してはいけないというわけではない。ここまで入り浸《びた》っているのならば、ふたりで有間の邸《やしき》に住んでしまえばいいのに。

「私が、お姉さまと離れるのを寂《さび》しく思っているからなの。でも、そうね、これを機会にそうしてみてもいいのかもしれない」

千早が納得し、ではその準備を始めようか、ということになった。

「俺《おれ》、そろそろ帰る」

壮流が立ち上がる。

「あら、泊《と》まっていかないの？」

千早が壮流を見上げた。

もうすっかり陽が落ちて、あたりは闇《やみ》に沈《しず》んでいる。千早が怖《こわ》がるからと、有間が人を呼び、明かりを持ってくるよう言いつけたところだ。

「葛城《かつらぎ》の邸にいたほうが、いろんな情報が入って来るから」

「確かにそうだな」

有間が頷《うなず》き、立ち上がるので、真秀《まほ》と千早も腰《こし》を浮《う》かせた。

そのときだった。明かりを持ってくるはずだった女の人が、足音を乱しながら駆《か》けこんできた。

「門の外に！」

息も絶え絶えにそう言ったきり、絶句している。

「なんだ？　何が起きたんだ？」

有間がやさしく訊《たず》ねる。

「外に――外に！」

「うん、何が起きた？」

「大勢の人が。武装して、大勢が――」

そう言うと、女の人は泣き出した。

「赤兄《あかえ》さまだそうです。赤兄さまが攻《せ》めていらした！」

「なんだって？」

有間は眉《まゆ》を寄せてつぶやき、壮流は何も言わずに駆けだした。

真秀も後を追う。走りに走って辿《たど》りついた門の外には、驚《おどろ》くしかない光景が広がっていた。

大勢の人がいる。武装した、大勢の人が。その最前に、赤兄《あかえ》がいた。

「有間皇子《ありまのみこ》はご在宅か?」

門番に訊《たず》ねている。

「ご在宅であれば、すみやかに引き渡《わた》されよ。有間皇子に謀反《むほん》の動きありとのことは、知れている」

赤兄のその宣言に、壮流《たける》が呆《あき》れ果てたつぶやきをもらした。

「おい、なんだよ、もう来たのかよ」

追いついた有間も、ただ戸惑《とまど》っている。

「いきなりか?」

赤兄は、ほんの少し前に帰って行ったのだ。それが、これだけの人を集めて攻《せ》めてこられるとは。

「機を見て、いつでも行動を起こせるよう前から念入りに準備をしていたのだな」

有間はくちびるを噛《か》む。

「今まで親しげにしてきたのは本当に、今この瞬間《しゅんかん》のための嘘《うそ》に過ぎなかったのか」

「おい、どうするの?」

訊ねる壮流に、有間はしばらくためらったのちに答えた。

「どうもこうも。このままでは赤兄は、問答無用で押《お》し入って来るだろう。我が家ならば迎《むか》えうつこともあり得るが、ここは額田《ぬかた》どのの邸《やしき》だ。迷惑《めいわく》をかけるわけにはいかん」

そして足を踏《ふ》み出す。

「おい、待てよ」

驚《おどろ》く壮流を見向きもせず、有間は門の外へ出る。

「俺《おれ》はここにいる。逃《に》げも隠《かく》れもせぬ」

赤兄と、真っすぐに対峙《たいじ》する。

「どうなるの」

怯《おび》えながらつぶやく真秀《まほ》の手を、やはり追いついて来ていた千早が強くにぎった。

「大丈夫《だいじょうぶ》……大丈夫」

けれどもその声は、聞いたこちらが悲しくなってしまうほど、儚《はかな》く弱いものだった。

5

有間は、そのまま赤兄《あかえ》に捕《と》らえられ、つれて行かれてしまった。

宮殿《きゅうでん》にいるらしい。おそらくひどい尋問《じんもん》を受けたりしているのだろう。なんとか助けだそうと、壮流《たける》が、忍《しの》びこめる場所をさがしても、わずかな隙間《すきま》にも監視《かんし》の目が置かれていて、どうにもならなかった。

「宮殿のヤツらはみんな、牟妻《むろ》の湯に行っているんじゃないのかよ。あれ全部、赤兄が集めたのか？　だったら相当な話だぞ」

額田《ぬかた》の邸《やしき》に戻《もど》ってきた壮流は、そばにあった衝立《ついたて》を蹴《け》り倒《たお》すほどに苛立《いらだ》っていた。

その翌日には、有間が宝のいる牟妻の湯へ引き立てられていったという話が伝わってきた。赤兄が勝手に何かするわけにはいかないので、宝の判断をあおがなければならないというのだ。

「追いかけなくちゃ」

真秀《まほ》が言い、壮流は無言のまま走り出した。その行き先は、厩《うまや》だった。

真秀と千早が追いつくと、壮流は千早に言う。

「馬を借りてもいい？」

「もちろんよ」

「俺《おれ》、牟妻の湯まで行ってみる」

厩に駆《か》けこみながら言うがはやいか、馬房《ばぼう》から一頭の馬を曳《ひ》きだした。

「私も行く！」

真秀は叫《さけ》ぶ。

「おまえは馬になんか乗れねぇだろ」

「一緒《いっしょ》に乗る。壮流の後ろにしがみついていく。おいてかないで」

おいていく――その言葉が、壮流の心に響《ひび》いた。

真秀と離《はな》れてはいけないような気がした。なるべく一緒にいたほうがいい。いつ、何があって現代へ戻れるチャンスがやって来てもいいように。どちらかひとりが戻って、ひとりが残されるようなことにはならないように。

「わかった」

曳きだした馬の背に、ひらりと乗ると、壮流は真秀に手をさしのべる。その姿のよさに、真秀は驚《おどろ》いてしまった。

「壮流《たける》、馬に乗れるんだ」

「何年ここにいると思ってるんだ？　馬の番もしてきたし、乗れるよ、馬くらい。

――ほら、来いよ」

その手を取っても上手に乗れず、馬番の手を借りることになってしまったものの、とにかく真秀《まほ》と壮流は馬上に落ち着いた。真秀は、壮流のうしろではなく前にまたがった。

「行くぞ」

背後で、壮流が唸《うな》る。真秀は馬の首にしがみついた。

「飛ばすから、落ちないように気をつけていろ」

壮流が言い終わる前に、耳元で風が鳴り、馬は力強く走り出した。

＊

冷たい風が頬《ほお》を打つ。

真秀は、まぶたをぎゅっと閉じ、自分のまわりを風が飛んでゆくのを感じていた。

「牟《む》妻《ろ》の湯への行き方は、知ってるの？」

「葛城《かつらぎ》のお供であちこち行ったから、どの道がどこに通じているのかは、大体わかる。大丈夫《だいじょうぶ》だ」

壮流は軽々と馬をあやつり、川を越《こ》え山を越え谷を越え、宣言のとおり迷うことなく真っすぐに駆《か》けてゆく。途中《とちゅう》、氷のような雨の降る山中を走っているときには、真秀をかばうように身をかがめ、凍《こご》えないように気をつけてくれた。

そしてまた山中にさしかかり、峠道《とうげみち》をのぼりはじめたときだった。遠く、人影《ひとかげ》が見えてきた。真秀と壮流の行く手を阻《はば》むかのように、誰《だれ》かが道の真ん中に立っている。

あっという間にその人に近づき、踏《ふ》みつぶしてしまいそうになったので、壮流はあわてて馬の足を止めた。甲高《かんだか》いいななきが、静かな山に響《ひび》きわたり、空へと消えていった。

「やはり来たな」

近づく馬に動じもせず、立っていたのは赤兄《あかえ》だ。感情のない目で、真秀と壮流を真っすぐ見据《みす》えた。

＊

壮流《たける》は馬からすべり降り、赤兄《あかえ》に突進《とっしん》してゆこうとして、足を止めた。真秀《まほ》がいるのを思い出したようだ。さし出された手につかまり、真秀も降りる。

ふたりの前に、赤兄が立ちはだかった。

真秀と壮流は、真っすぐに赤兄をにらみつける。赤兄は静かにそれを受け、右手を振《ふ》って『ついて来い』という仕草をする。

ふたりが行くと、赤兄は峠道《とうげみち》からそれて山の中に分け入っていく。

本当について行っていいのだろうかと、真秀は不安になって来た。赤兄が、何か罠《わな》を仕掛《しか》けているのではないだろうか。でも、壮流が勇敢《ゆうかん》に進んでいくので、真秀は壮流を頼《たよ》りに行った。

あたりが、ふと暗くなった。空を見上げると、灰色の雲がむくむくとわき出している。また、雨が降ってくるのかもしれない。

みんな無言のまま、下草を踏《ふ》みしめて歩いた。するとその先に、ぽっかりと草地がひらける。そこに一歩、足を入れたとたん、真秀も壮流も息をのんだ。

有間がいる。

後ろ手にしばられ、地面に座らされている。ぐったりとうつむいていたのが、こちらの気配に気がつき、顔を上げた。有間は、はっと驚《おどろ》き、何か言おうとしたようだ。

でも、くちびるが腫《は》れあがっていて声を出せない。

有間は、無残に歪《ゆが》んだ顔をしていた。ひどく殴《なぐ》られたのに違《ちが》いない。くちびるだけでなく、まぶたも腫れあがり、鼻の骨が折れているようだ。体も痣《あざ》だらけに違いない。

「……ひどい」

つぶやいた自分の声に、涙《なみだ》が混じっている。真秀は、悲しくてくやしくてたまらなかった。

「おまえ、有間に何をしたんだ⁉」

壮流が赤兄に食ってかかる。

「わたしは何もしていない」

赤兄は、しれっと言う。

確かに、そうなのだろう。赤兄自身は何もしていないのだろう。有間のうしろに、いかにも悪そうな顔をした大男が立っている。あの男に命令して、殴らせたのだ。

「牟婁《むろ》の湯に連れていくんじゃなかったのか？　なんでこんなところにいるんだ」

「おまえたちが追ってくるのを待っていた」

「なんのために」

「おまえたちの目の前で、有間を処刑《しょけい》するためだ」

真秀《まほ》の喉《のど》の奥《おく》で、息が鳴った。悲鳴にもならないくらいの驚《おどろ》きだったのだ。

「これを見ろ」

赤兄《あかえ》は、自分の頭上を見上げた。そこは大木の下で、赤兄が示しているのは太い枝だ。そこに、無造作に縄《なわ》が掛《か》けられている。赤兄の頭より五十センチは高いところにある枝だろうか。

縄の、垂れ下がった先には、輪が作られていた。まるで、首吊《くびつ》りのための道具であるかのように。

恐怖《きょうふ》で、真秀は小刻みにふるえはじめた。すると壮流《たける》の手が伸《の》びて、真秀の手をさがし、見つけるとしっかりと握《にぎ》りしめた。

「意味がわかんねえ。おまえは何をしたいんだ？　有間を騙《だま》して陥《おとしい》れたんだよな？　だったらさっさと大王《おおきみ》のところへ連れて行って罪人にしてしまえばいいのに。なんで、わざわざ俺《おれ》たちを待つ？」

赤兄からの答えはなかった。その表情が揺《ゆ》るぐこともない。何かを指示するように、大男へと首をまわした。

「おまえはここにいろ」

壮流は真秀にささやき、ぱっと手を放す。そして、有間のもとへと突進《とっしん》していく。

すぐに、大男が壮流をつかまえようと動いた。簡単に壮流はとらわれ、大男の肩《かた》に担《かつ》ぎ上げられる。しかし壮流は、大男の首に噛《か》みついて隙《すき》をつくり、するりと地面に降り立った。

有間の背後へ走り寄り、手を縛《しば》っている縄をほどこうとした。けれども結び目に手をかける間もなく、また大男の腕《うで》が伸び、壮流を担ぎ上げてしまう。今度は、壮流は地面に叩《たた》きつけられた。

その様子を、眉《まゆ》ひとつ動かさずに赤兄は見ている。

真秀は、自分はどうしたらいいのだろうと焦《あせ》っていた。

壮流は、悲鳴もあげずに立ち上がり、また有間のもとへと走る。有間も、なんとか壮流を助けようともがいている。でもどうしても、身動きができないようだ。

壮流の手が、有間の肩に届いた。縄がほどけないなら、そのまま抱《だ》き上げられないかと奮闘《ふんとう》してみたものの、大男に突《つ》き飛ばされた。それでも壮流はあきらめず、何度でも立ち上がる。

真秀にできることはなんだろう。わからないながらも、真秀は、じりじりと足を動かし、有間の近くへ寄っていった。

やがて、ぽつん、と頰《ほお》にしずくが落ちてきた。——雨だ。しずくだったのが、たちまち勢いを増し、滝《たき》のような雨が降りはじめる。

大男が、雨に気を取られた。その途端《とたん》、ぬかるんでいた土に足元を取られてバランスを崩《くず》す。その機会を壮流《たける》は逃《のが》さず、有間に飛びついた。

真秀《まほ》も、その機会を逃さなかった。今なら、真秀でも有間に近づける。さっと飛び出し、有間に抱《だ》きつく。

「大丈夫《だいじょうぶ》、私たちが助けにきたから」

有間は何か言おうとしている。でもやっぱり、それは声にならないのだ。

「ばか。向こうにいろと言っただろ」

壮流が怒鳴《どな》る。

「知らない、そんなの」

真秀は、有間を抱《かか》えて立ち上がらせようとした。壮流も、それを支える。そのうちに大男も体勢をたてなおし、こちらに向かってきた。

ケガをして弱っている有間を連れて逃《に》げるのは、やっぱり無理だろうか。真秀は弱気になりはじめ、すがるように壮流を見る。けれども壮流は気づきもせず、ただひたすらに大男を撃退《げきたい》しようと持てる以上の力を振《ふ》り絞《しぼ》っている。

弱気になっているときじゃない。

真秀が気持ちを立てなおしたとき、頭上で、まばゆい光がさく裂《れつ》した。同時に、あたりを揺《ゆ》るがすほどの爆発音《ばくはつおん》が鳴る。雷《かみなり》だ。

大男が、ひるんだ。そのすきに、真秀と壮流は両脇《りょうわき》から有間を支え、歩きだした。

本当は走り出したいところだけれど、この雨のなかでは無理だった。

一歩一歩、必死に進んだ。真秀も、必死に力を振り絞った。

雨はどんどんひどくなり、目の前の景色すら見えない。それでも進む。ただ進む。

あの峠道《とうげみち》に戻《もど》れば、馬がいる。なんとか有間を担《かつ》ぎ上げ、三人で乗ることは出来るだろうか。わからないけれど、とにかくやってみるしかない。

「おかしい」

やがて、壮流がつぶやいた。

「何?」

「なんで赤兄《あかえ》は追って来ないんだ?」

確かに、誰《だれ》も追って来ない。赤兄は、三人が逃げ出しても声をあげもしなかった。

思い出してみると、真秀が有間に飛びついたあと、赤兄の姿を確認していない。どこにいたか、何をしていたか、わからないのだ。

気になるけれど、とにかく今は馬のいるところへ早くたどり着かなければ。

木々の間を歩き、元の道へとなんとか戻ることができた。さて馬は――と見た瞬間《しゅんかん》、三人は同時に息をのんだ。

馬の首をやさしく撫《な》でながら、赤兄《あかえ》が立っている。

「赤兄……」

悔《くや》しげに、壮流《たける》が声を振《ふ》り絞《しぼ》る。

「残念だったな」

赤兄が、にやりと笑った。

万事休す――。逃《に》げるための頼《たの》みの綱《つな》である馬を、赤兄に押《お》さえられてしまったのだ。

「さあ、どうする?」

赤兄は、楽しげに問うてくる。真秀《まほ》と壮流は、有間を抱《だ》く手にしっかりと力をこめた。ところが、

「もう、いいんだ……」

有間が、苦しい息のなかから、ようよう声を出した。

「もう、いい。おまえたちが、あぶない。俺《おれ》のことは捨てていい、赤兄に渡《わた》せ。ふたりで逃げろ」

「いやだ」

真秀は叫《さけ》ぶ。

「誰《だれ》が見捨てるか」

壮流も勇ましく断言する。

「みんなで帰ろう。千早が待ってる」

「ちはや……」

「帰らなきゃだめだよ」

真秀は、しっかりと有間の手をにぎった。

「……帰りたい」

有間は、何かを求めるような、何かにあこがれるような目で一心に前を見つめ、つぶやいた。

「みんなで帰ろう」

壮流は言い、赤兄をにらみつけた。

するとそのときだった。頭上でまた、雷《かみなり》がさく裂《れつ》した。耳に突《つ》き刺《さ》さるような爆音《ばくおん》がし、目のくらむような光があたりに広がる。

途端《とたん》に、馬が甲高《かんだか》くいなないた。雷に驚《おどろ》いたのだ。高々と前足を上げ、暴れ出しそうな様子だった。

赤兄《あかえ》が、あわてて馬から離《はな》れるのが見えた。

「今だ。走れ!」

壮流《たける》が叫《さけ》び、真秀《まほ》は有間にしがみついて走り出す。有間の足取りも、持てるものすべてを出し尽《つ》くしているかのようで、とても力強い。

とにかく走り、馬に駆《か》け寄る。暴れかけていた馬に、壮流が何か語りかけている。

やがておとなしくなった馬の首を、壮流は、ぽんと撫《な》でた。

「三人で乗れる? この子、乗せてくれる?」

「乗るしかないだろ」

壮流は、有間を馬上に乗せた。そしてまず自分が上がり、真秀に手をさしのべる。

「おまえが真ん中」

有間は馬の首にしがみついている。真秀は、なるべく小さくなり、その有間にしがみついた。

「行くぞ」

壮流の声にこたえるように、馬は走り出す。

ひとりは女の子とはいえ、三人も乗せているというのに、馬は何か不思議な力を得でもしたかのように一心不乱に走り続けた。

その間、壮流はずっと馬をはげましていた。

「いいぞ、いい子だ、頼《たの》むぞ」

背中ごしに聞こえるその声が、真秀をも勇気づけてくれていた。

馬は、ただ真っすぐにひた走った。置き去りにして来た赤兄と大男のことは、考えないようにしながら。やがて、どこかに辿《たど》り着き、壮流は馬の足を止めた。そして自分は馬から降りる。

「ここ、どこ?」

訊《たず》ねながら、真秀も馬から降りた。

「牟妻《むろ》の湯。飛鳥に戻《もど》ったほうがよかったのかもしれないけど、馬の首がこっちを向いていたから」

牟妻の湯、といっても現代のようににぎやかな温泉街があるわけでは、もちろんない。道が整えられ、建物が少しあるくらいだ。

「一番立派なとこに行けば、葛城《かつらぎ》がいる」

壮流は言い、馬を曳《ひ》いて歩き出す。真秀も、その隣《となり》を歩いた。

壮流の言うとおり、一番立派な建物の門の前で馬の足を止める。ありがたいことに門番は壮流の知り合いで、頼むとすぐに葛城を呼んできてくれた。

しばらくしてやって来た葛城《かつらぎ》は、まずはのんびりと、

「なんだ壮流《たける》、何しに来たんだ?」

訊《たず》ねてきたけれど、壮流が無言で馬の背を示すと、そこにいるのが有間と気づいて表情を引きしめた。

「わかった」

門の中に引き入れられて、真秀《まほ》は、やっと一息つけた気持ちになった。

*

『おまえは何をしたいんだ?』

飛鳥へ戻《もど》るために馬を駆《か》る赤兄《あかえ》の頭の中で、壮流の言葉が何度も何度も繰《く》り返されていた。

答えられなかった。自分自身、何をしたいのかわからなかった。

秘めていた野望はある。有間を利用し、近づいたあとで騙《だま》して陥《おとしい》れ、葛城に取り入って、他の蘇我《そが》の者たちを出し抜《ぬ》いて一族の長となる。かつて、甘樫丘《あまかしのおか》で滅《ほろ》びた蝦夷《えみし》一家がそうであったように。

父がのこした翡翠《ひすい》に願ったのも、そのことのはずだ。

それなのになぜ、こんなことをしたのだろう。なぜ、あの大男ひとりを連れただけでこんなところにまで来て、壮流たちを待ったのか。まるで、あの子たちが有間を取り戻すのを助けるかのように。

赤兄は目を閉じた。

翡翠……。真秀は翡翠を持っていた。父がのこしたもののひとつによく似ていた。

──消えた翡翠の、ひとつに。

わたしは無意識に、翡翠に、別の願いをかけたのか？　翡翠はそれを叶《かな》えるために消え、真秀のもとに現れたのか？

有間の笑顔が、まぶたの裏に浮《う》かぶ。寄り添《そ》う千早の姿も。ふたりの、のんきな会話も耳によみがえってくる。

「きらいではなかった……」

赤兄はつぶやいた。

赤兄が、世に忘れ去られた皇子《みこ》に成り果てようとしていた有間に目をつけたのは、あの皇子のことをきらいではなかったからだ。……別に好きでもなかったけれど。

有間を消す、と言ったのを、葛城はどう捉《とら》えているだろうか。

あとのことは、葛城《かつらぎ》にゆだねよう。情けないことに、自分自身の言葉のはずなのにどういう意味で言ったのか、よくわからないのだから。

6

現代で、丈瑠《たける》は十五歳《さい》の春を迎《むか》えようとしていた。四月からは高校生。その、春休み。

それはつまり、真秀《まほ》が十三歳の春でもある。

「僕《ぼく》、この春休みにまたおじいちゃんちに行くよ。真秀はどうする?」

「私、行かない。部活があるもん」

すげなく、真秀は言った。

真秀は行かない。十三歳の春に明日香村《あすかむら》へは行かない……。

それでいいのだろうか。丈瑠にはわからない。でも、それでいいのではないかという気もする。真秀も自分がタイムスリップした場所、その瞬間《しゅんかん》に戻《もど》ってくるのだとしたら――おなじ場所に、今ここにいるこの真秀が居合わせたらどうなるのか。それを目の当たりにするのは怖《こわ》い。

この春、何かが起きるのか。何も起きずに過ぎるのか。

7

「有間さま！　まあ——、まあ」

招き入れられてきた千早は、寝台《しんだい》にぐったりと横たわる有間の姿に、まずは絶句した。けれど、すぐに駆《か》け寄り、腫《は》れあがった顔やそのほかの傷の具合を見ている。

「こんなにされて——ひどい」

「うん、でも生きているから」

有間が微笑《ほほえ》む。千早は、それに泣き笑いでこたえた。

「ええ、そうね。有間さまは生きている」

「それだけでいいよね」

「はい」

千早は、真秀《まほ》たちが牟婁《むろ》の湯に着くとすぐ、葛城《かつらぎ》が飛鳥に送った迎《むか》えに連れられ、やって来たのだった。

有間と千早がここにいることは、ひみつだ。馬の首にしがみついて顔を伏《ふ》せていた男が有間だとは誰《だれ》にも気づかれなかったし、千早はこっそりと引き入れられた。

「で、どうするんだ？」

壮流《たける》が葛城に訊《たず》ねた。

「そうだなあ」

葛城は、湯に浸《つ》かって戻《もど》ってきたところだ。すっかりあたたまり、のんびりとした様子で、みんなの顔を見まわす。しかし、出てきた言葉は辛辣《しんらつ》だった。

「わたしとしては、有間を消そうと思っているんだが」

「どういう意味だよ？」

壮流が眉《まゆ》をひそめる。

「いや、だから消すんだよ」

葛城は、のんきに椅子《いす》に腰《こし》を下ろした。

「赤兄《あかえ》の働きで有間皇子《ありまのみこ》の謀反《むほん》が暴かれ、未然に防がれた！　有間は大王《おおきみ》のいる牟婁の湯に送られて、大王の指示で処刑《しょけい》されて果てる――それでどうだ？」

また、みんなを見まわす。すると、

「許しませんよ、そんなことは！」

誰《だれ》が何を言うより早く、千早が怒《いか》りに満ちた顔で立ち上がった。

「有間さまを処刑《しょけい》なさるとおっしゃるなら、わたくしが、有間さまを背負ってでも逃《に》げます。どこまでも逃げます。誰《だれ》もわたくしを止められませんよ。邪魔《じゃま》なんてさせません。地の果てまででも逃げてみせますとも！」

言うが早いか、もう有間を抱《かか》え上げようとしている。

「千早、待って――待ちなさい」

有間にたしなめられても、千早はやめない。

「いやです。わたくしは、有間さまと生きるんです。ずっとずっと生きつづけていくんです」

「うん。俺《おれ》もそのつもりだよ。でも待ちなさい。葛城皇子《かつらぎのみこ》の話を聞こう」

「消す、って言いました。そんな人の話は聞きません！」

ついに、千早は泣き出してしまう。

「わかった、わかった」

有間に頭を撫《な》でられ、それでも泣きやまない千早に、葛城が苦笑した。

「消す、は、有間の命を取ることではないよ」

「え？」

千早は顔を上げ、警戒心《けいかいしん》たっぷりの目で葛城を見る。

「赤兄《あかえ》の言葉の意味を、わたしはずっと考えていた。消す、がそのまま有間の命をこの世から消してしまうことであったのなら、赤兄は壮流《たける》と真秀《まほ》をそんな場所に呼び寄せたりはしなかっただろう」

「他にどういう意味があるんだ？」

壮流が訊《たず》ねる。

「誰かから利用されかねなかったり、考えてもいない謀反《むほん》を疑われたりするような、有間の立場を消す」

「もっと簡単に言えよ」

「いやいや、だから先ほど言ったとおりだよ。赤兄の働きで有間の謀反が暴《あば》かれて処刑される——と、いうことにする。有間はもう亡《な》き者として、この世から消してしまう。有間と千早は、好きな場所で好きなように生きていけばよい。暮らしには困らぬよう、わたしが手配しよう」

「……うそ」

千早が、涙《なみだ》を浮《う》かべたまま、すとんと床《ゆか》に座りこんだ。

「嘘《うそ》よ、葛城さまがそんなことをしてくださるなんて」

「おい、それはないだろう。わたしは、おまえたちの結びつきをうらやましいと思っているのだぞ。まったく、ばかばかしいほどに仲がよいのだな。妻はひとりでよいなどと、わたしには考えられん。ひとりでは、残せる子どもの数が少なくなってしまうではないか」

「俺《おれ》は、千早が産んでくれる子以外にはいりませんから」

「それでは、おまえの後が栄えない」

「栄えなくともよいのです。細くていい、長く長く、俺たちのいのちがこの先へとつながってゆけば」

「わたくしも、それでいいのです」

有間と千早は、お互《たが》いを慈《いつく》しむ目を見交《みか》わした。

「ではやはり、おまえたちは消してしまうほうがよいのだろうな」

葛城《かつらぎ》は笑った。

*

「有間が処刑《しょけい》されたなんて」

宝は寝台《しんだい》に力なく横たわり、嘆《なげ》いた。付き添《そ》う額田《ぬかた》が、ため息をつく。

「仕方のないことなのですよ。謀反《むほん》の芽は摘《つ》まなければならないのですもの」

「よくそんなことが言えるわね。有間は、おまえの妹の千早の婿《むこ》なのに」

額田は、実は有間は処刑などされていないことを知っている。けれどもそれは重大なひみつで、宝には知らせないと言われているから黙《だま》っている。

「だからこそ、なのですよ。わたくしも千早も、すべてを受け入れていくしかないのです」

適当なことを言い、宝をなだめると、額田はその場を去った。

ひとりになった宝は、じわりと滲《にじ》んでくる涙《なみだ》をそのままに、まぶたを閉じた。

いやなこと、悲しいことばかりが起きる。こんな世に生きているのは、もういやだ。

建《たける》がいなくなってから、いいことなど何ひとつ起きていない。

「……建」

宝はつぶやく。

「建、建、建……！」

いとおしい、その名を呼び、むせび泣いた。——すると。

——おばあさま？

声が聞こえた。初めて聞く声だ。けれど、誰《だれ》の声であるのかわかる。

「……建《たける》？」

――はい。僕《ぼく》ですよ。

「建……、建！」

宝は、飛び起きて建をさがす。

いとおしい孫は、すぐそばにふわふわと浮《う》いていた。

――僕はいます。ここにいます。

あの柱の中で、丈瑠《たける》はどこかに消えてしまった。壮流《たける》と真秀《まほ》はこちらに残った。そして建も、どこへも行けずに残ってしまったのだった。

――おばあさまが泣くから。僕を呼んで泣いているから。

だからといって、どうしたらいいのかもわからず、建は幽霊《ゆうれい》のはかない身のまま、ぼんやりと現世で起こる出来事を見つめていた。

「もうどこにも行かないで。ここにいて。わたくしのそばに」

――うん。いますよ。

「ああ、よかった……。あのね、いつかわたくしのいのちが終わったら、おまえと共に埋葬《まいそう》してくれるよう、頼《たの》んであるの。だから、ずっと一緒《いっしょ》ですよ。ずっと」

――では、もうおばあさまは寂《さび》しくありませんね？

「ええ、寂しくなどありません。おまえも寂しくないでしょう?」

――うん。僕も寂しくありません。

建は微笑《ほほえ》み、宝も微笑む。

宝の胸元に、ふわりと降り、寄り添《そ》いながら、建は真秀と壮流を思った。

あの子たちは、どうなるのだろう。ふたりとも帰りたがっていた。どこへだかは知らないけれど、あの子たちが帰りたい場所へ、帰れるといいな。

*

そんな建の願いに呼応するかのように、勾玉《まがたま》が熱くなった。

真秀の勾玉、壮流の勾玉、そして現代では丈瑠の勾玉も。

戸惑《とまど》う三人の胸で、翡翠《ひすい》はどんどん熱を帯びてゆく。やがて、真秀と壮流の周囲に不思議なもやが噴《ふ》き出した。

「なあに、これは」

驚《おどろ》く千早の声が聞こえる。けれどもそれは、すぐに遠くなる。

真秀と壮流は、たちまちもやに取りこまれた。

「帰れるの？　私たち——」

真秀《まほ》は、今度は壮流《たける》とはぐれてはいけないと、壮流の手をさがして自分の手を伸《の》ばす。壮流もおなじことを考えていた。真秀の手をさがす。ふたりは、しっかりと手をつなぎ合った。

もやに包まれる。無のような静寂《せいじゃく》に包まれる。そして——。

＊

ふと気づくと、目の前にお兄ちゃんがいた。

お兄ちゃん——のはずだ。八歳《さい》の姿ではなく、すっかり大きくなっているけれど。

「真秀。飛鳥時代から帰ってきた真秀だよね？」

「うん」

真秀は、壮流とつないでいた手を、おそるおそる見下ろした。そこには、壮流の手がある。壮流も一緒《いっしょ》だ。ぼんやりと、壮流も真秀を見返した。

驚《おどろ》いたことに、壮流の姿はすっかり変わってしまっていた。着ているのは古代の服ではなく現代のもの。髪《かみ》も、すっきりと短い。

真秀も同じだ。タイムスリップしたあのときの服を着た、元の姿に戻《もど》っている。

「うわ、すごい。よかった。本当に帰ってきたんだ!」

お兄ちゃんが歓声《かんせい》をあげた。

真秀も壮流も丈瑠《たける》も——三人とも、現代に戻ることが出来たのだ。

エピローグ

現代に戻《もど》った真秀《まほ》は、残りの春休みをおじいちゃんの家の書斎《しょさい》で飛鳥時代について書かれている本に埋《う》もれて過ごした。あの時代で出会った人々のその後を知りたかった。

壮流《たける》も、お兄ちゃんも一緒《いっしょ》だ。

「葛城皇子《かつらぎのみこ》、あのあと赤兄《あかえ》を左大臣にしているよ」

赤兄は失脚《しっきゃく》せず、それなりに良い人生を送ったのかと思うと、真秀は複雑な気持ちになった。

けれど、お兄ちゃんが「もっと先を見てごらん」と言った。

読んでいた本のページをめくっていく。すると、真秀たちがいたのより十五年後くらいに起きた戦《いくさ》で、赤兄は負けた側につき、遠い地へ配流《はいる》——追放されたと書かれて

いた。

葛城が大王《おおきみ》――天皇として即位《そくい》し、亡《な》くなったあと、葛城の息子と葛城の弟（額田《ぬかた》の夫）とが天皇の座を争って起きた戦だ。壬申《じんしん》の乱という。

葛城が後を託《たく》そうとしたのは、弟・大海人皇子《おおあまのみこ》。けれども大海人は、それを断る。ところが、実際に葛城が亡くなり、息子・大友皇子《おおとものみこ》が跡継《あとつ》ぎとして政治を始めると、大海人は、みずからが天皇となるために兵を挙げる。

結局、大海人が勝った。

赤兄は大友の側についていたため、配流という罰《ばつ》を受けたのだった。

「僕《ぼく》らがいなくなった後にもいろんなことが起きて、あの人たちの人生は続いて行ったんだよね」

お兄ちゃんは、しみじみ言った。

十五歳《さい》のお兄ちゃん。八歳のお兄ちゃんしか知らなかったのが、急に大きくなっていて、最初はやはり慣れなかった。

ところが一緒に過ごしているうちに、経験していなかったはずの出来事が、ひとつ、またひとつと記憶《きおく》の底から泡《あわ》のように浮《う》かび上がってくる。

小学校に入学した春、慣れない毎日に戸惑《とまど》う真秀の手を握《にぎ》り、お兄ちゃんが一緒に登校してくれたこと。小四のとき、お兄ちゃんの友だちを好きになって、それが初恋《はつこい》だったこと。その他にもたくさん、お兄ちゃんとの思い出がわいて来て、当たり前のものとして記憶《きおく》に刻みつけられてゆく。

真秀《まほ》と壮流《たける》が戻《もど》ってきたのは、真秀がタイムスリップしたあの瞬間《しゅんかん》に——だ。お兄ちゃんは、真秀が十三歳《さい》の春に何かが起こるに違《ちが》いないと信じて、こちらに来て待っていてくれたのだった。

お兄ちゃんが行方不明になってはいない、こちらの時間の流れのなかでは、真秀《まほ》は東京に残っていたという。でもそれも、真秀も一緒《いっしょ》に明日香村《あすかむら》に遊びに来たと塗《ぬ》り替《か》えられていた。

真秀は、ただふつうに、こちらに溶《と》けこんでいけばいいだけだった。けれども壮流のほうは少し、厄介《やっかい》だった。壮流は、向こうで過ごした時間が長すぎ、成長しすぎていたため、八歳でタイムスリップしたあの瞬間に戻ることは出来なかったのだ。

それでもここは、壮流も行方不明にはならなかった世界。壮流の記憶にも、経験していなかったはずのあれこれが浮《う》かんできて、戸惑《とまど》ったり面白がったりしているようだ。飛鳥時代風になっていた話し方も、現代のものに戻っている。

「一番困るのは勉強なんだよ。数学とか、なんか公式が浮かんではくるんだけど、それをどう使ったらいいのか、さっぱりわかんねぇ」

壮流は、進学予定の高校から出ている春休みの宿題を前に頭を抱《かか》えていた。

「いいよ、僕《ぼく》が教えてあげるよ」

お兄ちゃんが笑った。

ふたりは、この世界では、八歳のとき行方不明になりかけた事件のあと、丈瑠《たける》がこちらに来るたび必ず会う、友だち同士になっている。

宿題のテキストとノートを真剣《しんけん》にのぞきこむ、ふたりの顔が並んでいる。十五歳、同い年のふたり。それは、とても幸せになる光景だ。真秀は微笑《ほほえ》み、手にしていた本に目を落とす。そして、有間について書かれたページを読み返した。

現代には、葛城《かつらぎ》がでっち上げたストーリーそのままのことが伝わっている。赤兄《あかえ》の誘《さそ》いにのって謀反《むほん》を企《くわだ》てたものの、赤兄の裏切りにあい、捕《と》らえられて処刑《しょけい》される——。万葉集には、処刑のときに有間が詠《よ》んだという歌が載《の》せられていたりもする。

でも、真秀は知っている。

有間は謀反など企てていないし、処刑されてもいない。あののち、千早と幸せに生き、今もどこかに、ふたりの命を受け継《つ》ぐ人たちが生きているのに違いない。

＊

壮流《たける》の宿題が終わると、三人は壮流の家に行き、裏の丘《おか》にのぼった。

風はほんのりとあたたかく、春の夕暮れは気持ちがいい。

「結局、俺《おれ》たちがタイムスリップした原因はなんだったんだろうな」

「建皇子《たけるのみこ》のせいじゃないの？　僕《ぼく》はそう思ってたけど」

「俺と真秀《まほ》が戻《もど》るとき、建の気配はどこにもなかった。で、俺と真秀が思うに、ここはもしかしたら昔、赤兄《あかえ》が住んでいたところなのかもしれない。しかも、蘇我《そが》一族は翡翠《ひすい》の生産に関わっていたという」

「翡翠……あの勾玉《まがたま》か」

お兄ちゃんが唸《うな》る。

真秀と壮流がこちらに戻ると、勾玉は三つとも消えてしまった。まるで、役目はすべて終えました、と言っているかのように。

「タイムスリップの原因に赤兄が関わってるとか、あるかな？」

「だとしても、その理由がわかんねぇよな」

「でも赤兄の言っていた〝有間皇子《ありまのみこ》を消す〟という言葉の意味は、結局は有間を助けることだったわけだろう？」

「と、思われる——でしかねぇよ、赤兄は実際にはなんも言ってねぇし」

「でも、あの勾玉が赤兄さんの一族の持ち物だった可能性はあるよ！」

真秀は、赤兄と葛城《かつらぎ》が、ふいに額田《ぬかた》の邸《やしき》に現れたときのことを思い出していた。

「赤兄さんが私の勾玉を見て、お父さんが大事にしていた勾玉と似てるって言ったの」

すると、お兄ちゃんが目を輝《かがや》かせた。

「翡翠は呪術《じゅじゅつ》にも使われる。赤兄が、無意識かもしれないけれど有間を助けてくれという願いをかけていたとしたら」

「建皇子の願いと赤兄の願いのダブルコンボで俺たちが呼ばれた？」

「と、考えることもできる」

その後も、壮流とお兄ちゃんは、あれこれ意見を交《か》わし合った。でも、答えなど出るわけがない。

「世界は不思議に満ちている、ってことだよ」

真秀が、もったいぶって言った。

「不思議とか、そういうざっくりした言葉で片づけるなよ」

不機嫌《ふきげん》そうに壮流《たける》が唸《うな》った。

「でも結局は、ただ〝不思議〟でしかないじゃん？　私たち三人みんな、ここにいなかった時間なんて一秒もないみたいに、記憶《きおく》が整えられていくこととか」

「まあ、確かにそれはそうだけどな」

「不思議だなあ、面白《おもしろ》いなあ、すごいなあ——で、いいのかもね」

「のんきだな、おまえは」

呆《あき》れ果て、壮流が偉《えら》ぶって真秀《まほ》に何やら説きはじめようとしたところ、

「そんなことより」

と、お兄ちゃんが話題を変える。

「夏休みに、和歌山へ行かないか？」

「和歌山？」

「うん。和歌山の海南市《かいなんし》に、有間皇子《ありまのみこ》の墓がある」

「なんで、そこに？」

「有間皇子が処刑《しょけい》されたとされているのが、そこなんだよ。赤兄《あかえ》が有間を連れて、ふたりを待っていたのがそこなんじゃないかな。藤白坂《ふじしろざか》。熊野古道《くまのこどう》につづいていく道だよ」

「行きたい！」

真秀が顔を輝《かがや》かせる。

「でもその墓、本物じゃやねぇよな、有間は処刑なんてされてないんだし」

壮流は、ちょっと乗りが悪い。真秀はくちびるを尖《とが》らせた。

「わからないよ。生き延びた有間さまたちのその後を、私たちは知らないんだから」

「だよね。僕《ぼく》もそう思う」

「あのね、私、いろいろ調べていて、ちょっと思ったことがあるの」

「なんだ？」

「私んちの一族が、生き延びた有間さまと千早さんの子孫に当たるってことはないかな？　私たちは東京にいるけど、元々はうちの一族、ずうっと昔から、ここに住んでいるんだよ。その一族の中に〝タケル〟という名の男の子が生まれて、建皇子《たけるのみこ》や赤兄さんの願いを、時を超《こ》えて受信して——」

「〝受信〟かよ」

「ちょっと壮流、笑わないで。受信でいいの。とにかく受け取ったの。私ね、有間さまに会ったとき、お兄ちゃんや、うちの家族の男の人たちを思い出す気がして、なんか安心したんだよね。それって、血がつながっているからなのかも」

「ふーん。じゃあ俺《おれ》は、たまたま丈瑠《たける》と一緒《いっしょ》にいたから巻きこまれたのか？」

「違《ちが》うの。壮流《たける》もね、葛城皇子《かつらぎのみこ》の子孫に当たる、というのはどうでしょう」

「どう、って、おまえ、それは荒唐無稽《こうとうむけい》すぎってやつだろ」

「でもね、ここは赤兄《あかえ》さんの邸《やしき》のあったところかもしれないでしょう？　でね、実は赤兄さんの娘《むすめ》さんが葛城皇子の奥《おく》さんのひとりになっているの。壮流んちもずっとここに住んでいるでしょう？　だったら、その娘さんの血筋の人が壮流の先祖で、たまたまそういう血筋のふたりが〝タケル〟で八歳《さい》で、ここで出会って――っていうのはどう？」

「だったら俺は、赤兄の子孫でもあるってことになるじゃねぇか」

「いやなの？」

「あんまり嬉《うれ》しくない」

顔をしかめ、そんなことはさすがにないだろうと思いつつも壮流は、葛城が妙《みょう》に自分を可愛がってくれたのは、壮流の中に自分の血を見出したからなのかもしれない、などと考えたりもした。

「まあそれはいいとして、おまえはなんでタイムスリップしたんだ？　ひとりだけ時期がズレてて、タケルでも八歳でもなくて」

「私は、お兄ちゃんを助けに行ったんです」

「また、ざっくり過ぎ」

「あ、あとは有間さまを助けに行ったんだよ、きっと」

「おまえはスーパーヒーローか」

「とにかく、海南市に行ってみようよ」

真秀《まほ》と壮流のやりとりを面白そうに聞いていたお兄ちゃんが、言った。

「藤白《ふじしろ》神社ってとこがあって、その境内《けいだい》には有間皇子《ありまのみこ》神社もあるみたいだし」

「何かおいしいものもあるかな?」

真秀は、それにも興味がある。

「あとで調べてみようね」

兄妹で盛り上がっていると、壮流もその気になってきたようだ。

春の陽《ひ》はすっかりかたむき、あたりは薄闇《うすやみ》に沈《しず》みはじめている。楽しく夏休みの旅の計画を立てながら、三人は丘《おか》を降りた。

世界は不思議に満ちている——。

自分の言葉を思い出しながら、真秀は後ろを振《ふ》り返る。木々の向こうに空があり、月はどこかとさがしたけれど、まだ出てはいなかった。

「私、ここが好きだなあ」

「え、なんだ？」

先を行く壮流《たける》が振《ふ》り向く。

「なんでもないよ」

微笑《ほほえ》み、真秀《まほ》は足を速める。

飛鳥は、とても美しい。

真秀はきっといつか、ここに住まうことになるだろう。この美しい飛鳥が、真秀は本当に大好きだ。

ここには、真秀たちが経験した不思議以外にも、さまざまな不思議や夢が埋《う》もれているはずだ。いつか、それをひもといてみたい。

そんな願いを抱《いだ》きながら、真秀はふたりのタケルの後を追った。

あとがき

真秀《まほ》ちゃんの、古代飛鳥への旅と冒険《ぼうけん》、楽しんでいただけましたか？　最後までお読みくださり、ありがとうございました。

有間皇子《ありまのみこ》という人は、ご存知だったでしょうか？

飛鳥時代の悲劇の皇子《みこ》として知られる有間皇子は、現代でもとても人気のある人です。大王《おおきみ》の座をめぐる政治や人間関係の中、翻弄《ほんろう》されつづけ、たった十九歳《さい》で終わってしまう悲しい人生は、今も人の心を惹《ひ》きつけてやみません。

私は日本史が大好きなのですが、実は、最初に興味を持ったのが飛鳥時代でした。きっかけは、真秀ちゃんとおなじく額田王《ぬかたのおおきみ》です。小学生のころ、額田がヒロインの漫《まん》画《が》を読んでこの時代に引きこまれました。

当時はその時代についての詳《くわ》しいことなんて何も知らず、ただきれいで悲しい恋物《こいもの》語《がたり》に惹かれただけだったのですが、そののち、いろいろと調べてますます飛鳥時代が大好きになってゆきました。

有間皇子の生涯《しょうがい》は、日本書紀（奈良《なら》時代に完成した日本の歴史書）などの書物の中から、うかがい知ることができます。

乙巳《いっし》の変が起きた年、有間は六歳でした。時の大王《おおきみ》は、第三十五代の、皇極《こうぎょく》天皇。物語の中で宝さまと呼ばれていた女帝《じょてい》です。当時「天皇」という言葉はまだなかったので、物語のなかでは「大王」としました。

乙巳の変は、皇極天皇にとって特に、とても残虐《ざんぎゃく》な事件でした。外国からの使者を迎《むか》える儀式《ぎしき》の最中、自分の目の前で時の権力者・蘇我入鹿《そがのいるか》が討《う》たれる――しかも、剣《つるぎ》を取ったのは息子《むすこ》・葛城皇子《かつらぎのみこ》だったのですから。

皇極天皇はすっかりショックを受け、大王の位から降りてしまいます。変わって大王となったのが、第三十六代の、孝徳《こうとく》天皇――有間の父。皇太子《ひつぎのみこ》（次に天皇になる予定の人）には葛城皇子がなりました。

孝徳天皇と葛城皇子との仲は、あまり良いものではなかったようです。乙巳《いっし》の変ののち、都が飛鳥から難波《なにわ》（今の大阪《おおさか》）に移されたことをめぐるエピソードにそれが表れています。

系図

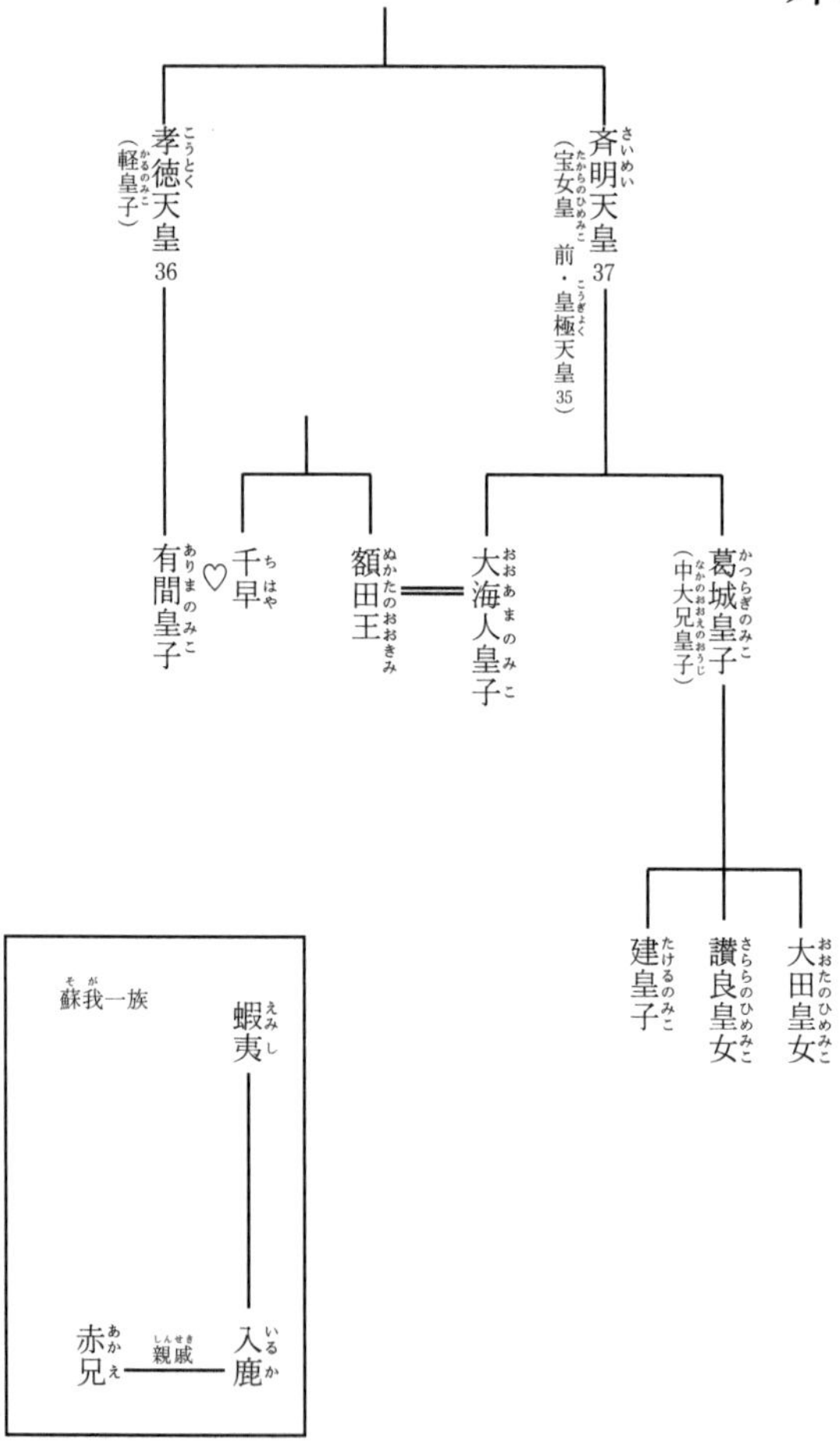

※物語に関係のない人物は省略してあります。

葛城は、難波《なにわ》への遷都《せんと》をよしとせず、飛鳥に戻《もど》ることを提案。しかし孝徳天皇がそれを受け入れずにいると、葛城や皇族、臣下の者たち、そして皇后までが天皇を置いて飛鳥へ帰ってしまった――。

孝徳天皇は、皆《みな》に去られた絶望の中、亡くなりました。

そのとき有間は十五歳《さい》。大人になりかけた年齢《ねんれい》です。皇太子《ひつぎのみこ》・葛城が次の大王《おおきみ》になれば、有間が皇太子となってもおかしくはない。

ところが孝徳天皇の後を継《つ》いだのは葛城ではなく、以前、大王を降りたはずの皇極天皇でした。これが、斉明天皇。皇太子は、そのまま葛城皇子です。

この決定により、自分も皇太子の座の近くにいた有間の存在は微妙《びみょう》なものになりました。いつ謀反《むほん》を企《くわだ》て大王の座を奪《うば》おうとするかもわからない危険な人物と見られるようになったのです。

有間は、自分に謀反の意思はないと証明するため病を装《よそお》ってみたりもするのですが、結局、罠《わな》にはまり、乗せられて謀反を企て、発覚して処刑《しょけい》された――。

それが、現代に伝わる書物の中に描《えが》かれた有間皇子の生涯《しょうがい》です。

でも、それはすべて真実なのか？

なにしろ、千年以上前の書物です。その時代の事情に合わせて事実を変えられたり、ちょっとした嘘《うそ》が混じったりしていても、おかしくはない。

有間皇子《ありまのみこ》は、実際にはどんな人生を送ったのだろう。現代の女の子がタイムスリップして有間皇子に出会ったら、歴史の中に眠《ねむ》るその〝真実〟を見ることが出来るかな？

そんな想像をふくらませながら考え始めたのが、このお話です。

有間が幸せに生きていたのならいいな、妻がいたとは伝わっていないけれど素敵なパートナーがいたらいいな。そう思い、千早という架空《かくう》の人物を出してもみました。

飛鳥は本当に、しみじみと美しい地です。機会があったらぜひ訪ねてみてください。

有間や葛城《かつらぎ》、赤兄《あかえ》……みんなの足跡《あしあと》に、きっとどこかで出会えるはずです。

倉本 由布

倉本 由布（くらもと ゆう）

1967年6月14日生まれ。
静岡県浜松市出身。共立女子大学文芸学部卒業。
浜松市立高等学校在学中の1984年「サマーグリーン―夏の終わりに」で
第3回コバルトノベル大賞に佳作入選。
「むすめ髪結い夢暦」シリーズ（集英社文庫）など著書多数。

装画　いつか
装幀　鈴木久美

まほろばトリップ　時のむこう、飛鳥

2020年7月15日　初版発行

著者　倉本 由布
発行人　田辺 直正
編集人　山口 郁子
編集担当　郷原 莉緒
発行所　アリス館
東京都文京区小石川5-5-5　〒112-0002
TEL 03-5976-7011　FAX 03-3944-1228
http://www.alicekan.com/
印刷所　株式会社光陽メディア
製本所　株式会社難波製本

ISBN978-4-7520-0939-9　NDC913　256P　20cm

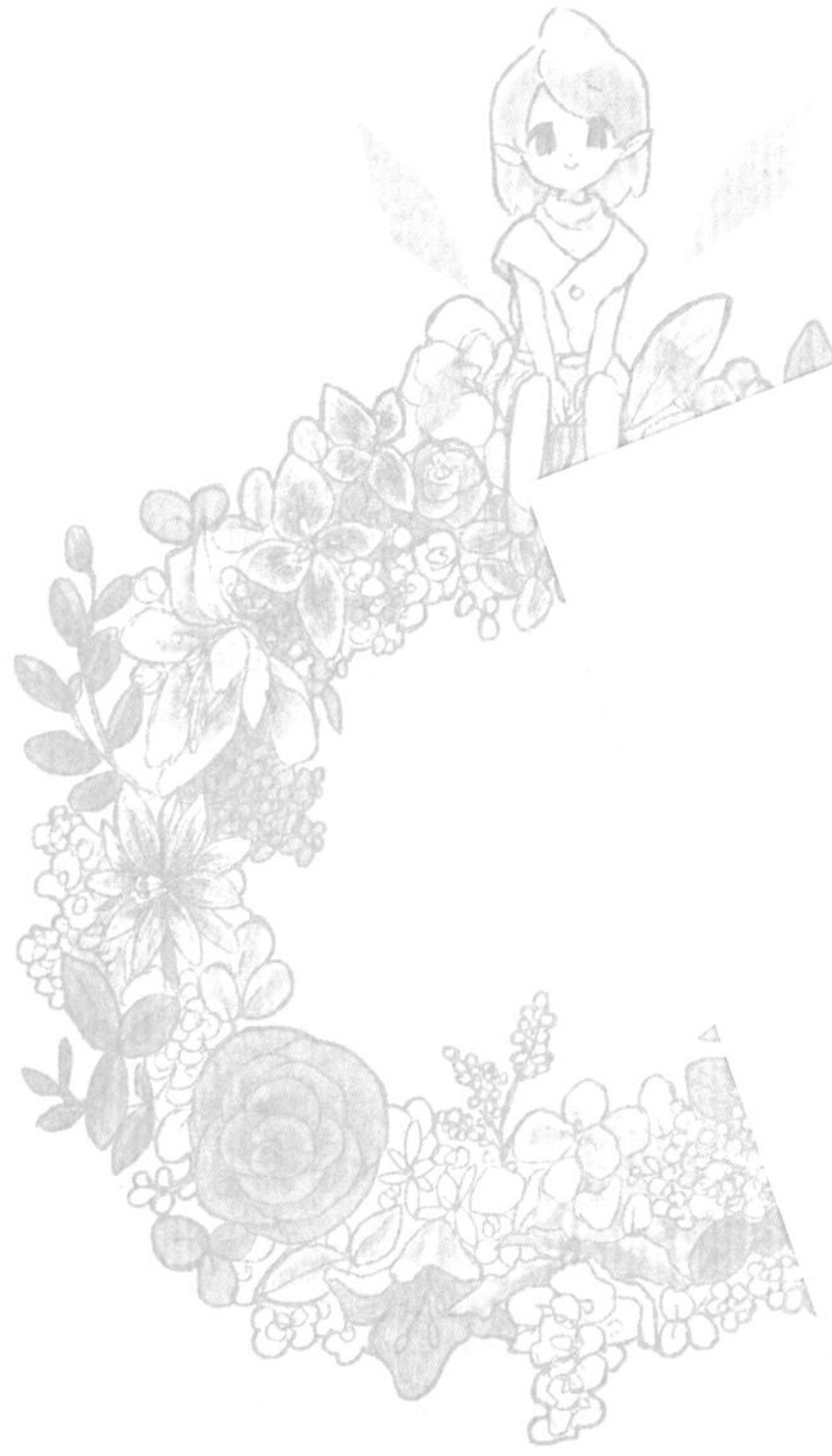

旅する妖《よう》精《せい》

有間カオル

絵＝飯田愛

旅する妖《よう》精《せい》たち

有間カオル
絵＝飯田愛

✳ もくじ ✳

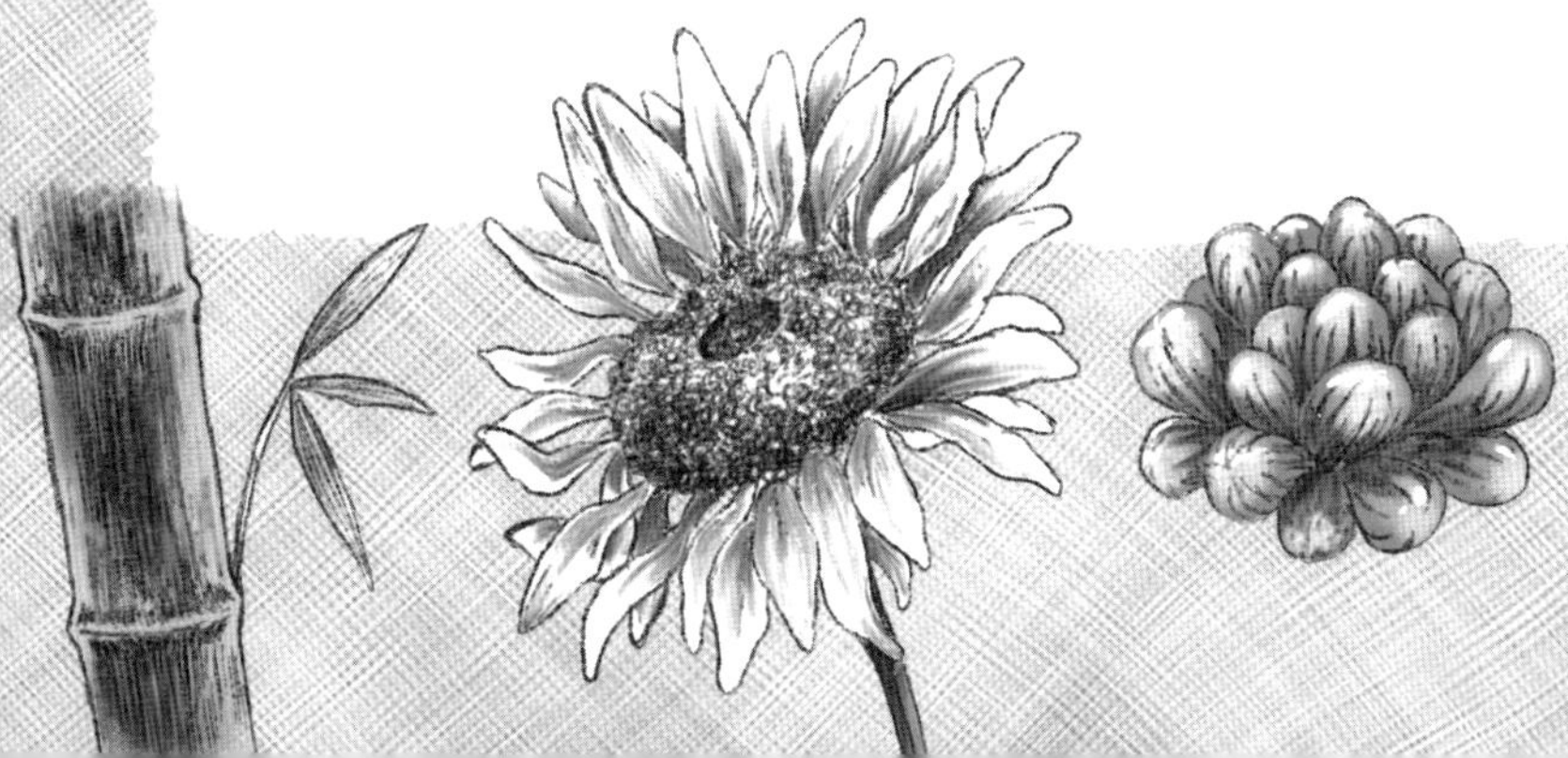

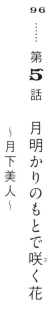

プロローグ

深い底に沈《しず》む倒木《とうぼく》や岩がはっきり見える透明《とうめい》な湖に、太陽の光が白い矢のように降《ふ》り注いだ朝。

春のあたたかい風が湖の上を走っていくと、たくさんの波が生まれ、波はたくさんの泡《あわ》を作ります。

ひときわ大きな銀色の泡が水面を転がりプチンと弾《はじ》け、中から光を映《うつ》した鏡のように輝《かがや》く髪《かみ》と体を持った妖精《ようせい》が生まれました。

生まれたばかりの妖精は、半透明のまだ頼《たよ》りない羽で湖から飛び立とうとしましたが、波に足をすくわれて水面に倒《たお》れ込《こ》んでしまいました。

生まれたばかりで、うまく羽を動かすことができないのでしょう。しかたなく、妖精《ようせい》はそのまま水の上でたゆたいながら、大きな青い空をぼんやりとながめることにしました。

風がどこからか、甘《あま》い花の香《かお》りを運んできました。次にみずみずしい若葉《わかば》の香りが流れてきます。

妖精の鼻がピクピクと動いて、半透明《はんとうめい》の羽が水中でプルプルと震《ふる》えました。植物の香りをかぐたびに、頭の中にポコン、ポコンと水底から上がる泡《あわ》のように、いくつかの言葉が浮《う》かんできます。

光、水、土、緑、探《さが》す、見つける……。

自分はなにものなんだろう。なんでここにいるのだろう。

これからどうすればよいのだろう。

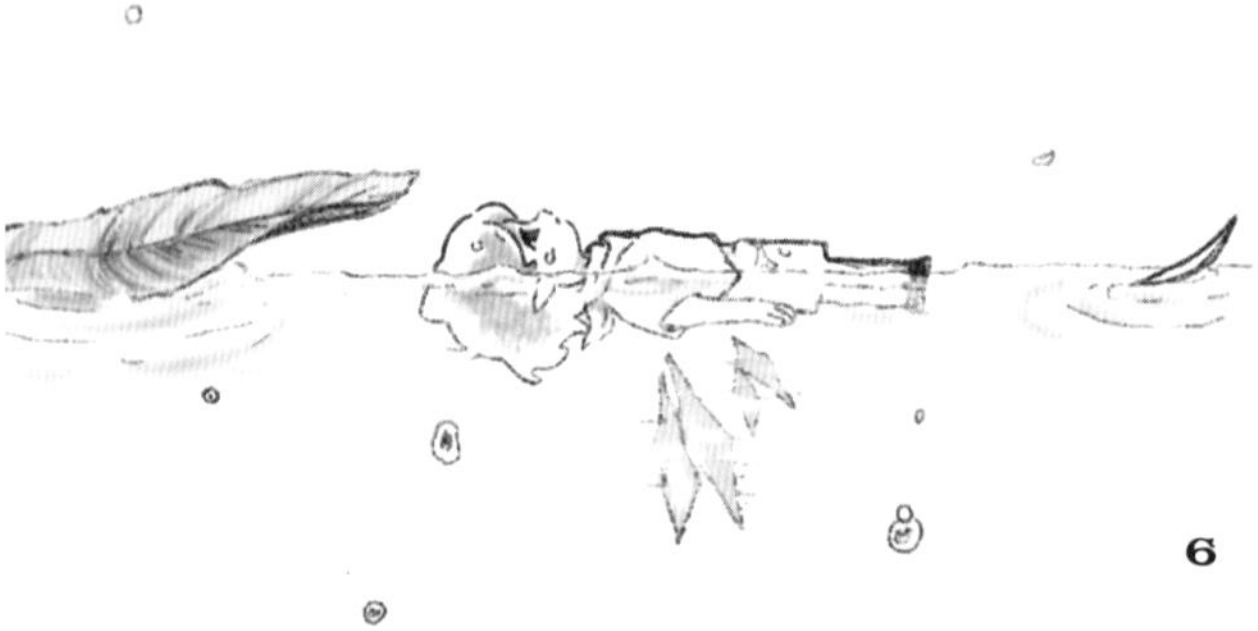

妖精の目にうっすらと涙《なみだ》が浮かんできました。

どうしていいのかわからないだけではなく、なんだか胸《むね》の奥《おく》がとてもさびしく感じるのです。なにかをすくい取られて、大きな穴《あな》が空いてしまったように、とても不安になるのです。

妖精の足に、コツンと水ではないなにかが触《ふ》れました。なにかの葉でした。厚《あつ》みがあって、つややかな深い緑色の大きな葉です。妖精は葉の上によじ登りました。

まるでボートのように、妖精を乗せて波に揺《ゆ》られながら進んでいきます。

太陽の光が髪《かみ》や羽に降《ふ》り注ぎ、気持ちよくて少しだけ元気が出ました。

葉の端《はし》に手をかけて、そっと水面をのぞき込むと、自分の姿《すがた》が映《うつ》っています。

「まぶしい……」

髪も瞳《ひとみ》もガラスのように、キラキラと輝《かがや》いています。

「……キララ」

頭の中でシャボン玉がパチンと弾《はじ》けたように、名前が浮かびました。

「ボク、ボクはキララ。きっと、そうだ。ボクの名前はキララだ」

乾《かわ》いて軽くなった羽を大きく広げます。

生まれたばかりの妖精《ようせい》、キララはコロンと寝転《ねころ》がりました。葉は木から落ちたばかりなのか、みずみずしくて青い香《かお》りがします。なぜか、なつかしく思う香りです。

その香りをかいでいると、頭の中で散らかっていた言葉が、ゆっくりと近寄《ちかよ》って、少しずつつながっていくのを感じます。

光、水、土、緑、探《さが》す、見つける……。

ジグソーパズルのピースがつながって、じょじょに絵があらわれていくように、自分自身のことがわかりかけてきました。世界を描《えが》く地図が、頭の中に浮《う》かんできた気がします。

「ボクのさびしい部分には、パートナーとなる植物の魂《たましい》が必要なんだ」

キララは自分の正体を知りました。光と水から生まれたキララは、光と水で育つ植物の妖精なのです。

植物の妖精たちは、生涯《しょうがい》を共にする植物を見つけ、永遠《えいえん》の約束を交《か》わしてお互《たが》いに守り守られて生きていくのです。

「探さなきゃ。ボクと永遠の約束を交わしてくれる植物を」

キララは起き上がり、優《やさ》しく葉をなでます。

「キミにも、約束を交わした妖精はいたのかな？」

キララは周りを見回します。水の上には植物なんてありません。

湖の果てに森が見えますが、小さな妖精にとってはあまりにも遠い距離《きょり》です。薄《うす》い羽では、休みなく湖の上を飛んでいくのは不可能《ふかのう》です。

今吹《ふ》いているそよ風では、葉の舟《ふね》はほとんど進みません。かといって、強風では、キララが飛ばされてしまうかもしれません。

植物と出会えるのかという不安、ひとりぼっちのさびしさ。キララはギュッと、ひざを抱《かか》えました。

湖の静けさが、キララの心をますます押《お》しつぶしていきます。ふたたび目に涙《なみだ》がたまってきました。

ポロン、と一粒《ひとつぶ》の涙《なみだ》がひざに落ちたとき、キララの耳に陽気な歌声が流れてきました。

驚《おどろ》いて歌声のするほうへ顔を向けると、白い水鳥が水面を滑《すべ》るように近づいてきます。

「キミが歌っていたの？」

水鳥に話しかけると、「ちがう、アタシ」と、さきほどの声がしました。鳥のくちばしは動いていません。

不思議だな、と首をかしげていると、鳥の背中《せなか》から、太陽のような金色の髪《かみ》をした妖精《ようせい》が、ぴょこっと顔を出しました。短くてツンツン立っている髪の毛は、本当に太陽のようです。

はじめて見る自分以外の妖精の姿《すがた》に、キララは目をしばたきます。なにも言えずに固まっていると、別の声がしました。

「ひとりなの？」

今度は金髪《きんぱつ》の妖精の背後《はいご》から、赤とオレンジの長い髪を、炎《ほのお》のように揺《ゆ》らしている妖精が現《あらわ》れました。

ドキドキしながら、キララは答えます。

「うん。それにボクはたった今、生まれたばかりなの」

「そうなんだ。一緒《いっしょ》に、旅をしない？」

赤髪《あかがみ》の妖精がキララに向かって手を伸《の》ばしました。


キララの旅が始まります。

第1話

フカフカの絨毯《じゅうたん》 〜苔《こけ》〜

羽毛《うもう》におおわれた水鳥の背《せ》はとてもフカフカで温かく、葉の上とは違《ちが》う心地《ここち》よさを感じます。

その感触《かんしょく》にうっとりしているキララに、赤髪《あかがみ》の妖精《ようせい》が名乗ります。

「アタシの名前はアカツキ。朝焼けを映《うつ》した美しい水から生まれたのよ」

アカツキは髪《かみ》を自慢《じまん》げにかきあげます。炎《ほのお》のような色の髪は、朝焼けの光が溶《と》け込《こ》んだものなのでしょう。

「ボ、ボクはキララ」

水面に映った自分の髪がキラキラ輝《かがや》いていたからと言う前に、アカツキがうんうんと大きく首を縦《たて》にふります。

「いい名前ね。アンタにふさわしいと思う。髪も目も、鏡みたいにキラキラしているもの」

キララは名前をほめられて、ちょっぴりうれしくなります。

「ワタシはピッピ」

金髪《きんぱつ》の妖精、ピッピは短くてツンツンした金色の髪を指さして、困《こま》ったように眉《まゆ》を八の字にします。

「よくわからないけれど、鳥たちがよくワタシの髪をつついてくるの」

「きっと巣の材料にしたいのよ」

アカツキがフフフと笑いながら、ピッピの頭をわしゃわしゃとなで回します。

「ピッピの髪って、柔らかくてなにかの綿毛《わたげ》みたいだもん」

ピッピの髪がモジャモジャになって、本当に鳥の巣のようになってしまいました。

ピッピはほおをふくらませます。

「ピッピの名は、寄《よ》ってくる鳥たちの中で、一番愛らしい鳴き声からもらったの。その鳥は今日の空のように青くて、ピッピピピピッって鳴くの。こうよ、ピッピピピピ」

ピッピは両腕《りょううで》を翼《つばさ》のように羽ばたかせて鳥のマネをしてみせました。どこか滑稽《こっけい》なモノマネに、キララとアカツキは噴《ふ》き出してしまいます。

「なんで笑うのっ。しつれいよ」

ピッピが腰《こし》に手を当てて、キララとアカツキをにらみつけます。

怒《おこ》らせてしまったかと、キララはオロオロしますが、アカツキはまだ笑っています。笑いながら、アカツキはキララに言います。

「仲間がふえて心強い」

「……仲間」

キララの胸《むね》がドキドキと、うれしさに波打ちます。妖精《ようせい》たちは髪《かみ》の色、目の色はそれぞれ違《ちが》いますが、背中《せなか》に半透明《はんとうめい》な四枚《まい》の羽がついているのは一緒《いっしょ》です。

水鳥が話しかけます。

「ところで妖精さんたち、そろそろ巣に帰りたいんだけど」

ピッピが長い水鳥の首にしがみつきます。

「えー、水の上に放り出されたら困《こま》っちゃう。もっと歌ってあげるから」

「なら、あの森に連れて行けばいい？」

水鳥がくちばしで湖の端《はし》に見える森を指します。

「連れて行ってってくれるの」

ピッピが声を弾《はず》ませます。

「泳ぎじゃ時間がかかるから飛ぶよ。しっかりつかまってね」

水鳥が真っ白な翼を大きく広げました。キララは慌《あわ》てて羽毛《うもう》を両手でしっかりつかみます。

「わぁっ！」

下から突《つ》き上げられるような感覚に、キララが悲鳴をあげます。まるで発射《はっしゃ》した弾丸《だんがん》のように、体が一瞬《いっしゅん》で空へと向かっていきます。落とされないように、必死に羽毛《うもう》にしがみつきます。

けれどすぐに体への衝撃《しょうげき》は消えました。鳥が水平飛行にうつると、もうフカフカのベッドにいるようなものでした。

アカツキとピッピはなれているのか、リラックスしたようすで、鳥の背《せ》に寝転《ねころ》がっておしゃべりを始めます。

「キララはどんな植物とハーフソウルになりたい？」

「ハーフソウル？」

「約束を交《か》わす植物《あいて》のことよ」

二人と違《ちが》い生まれてはじめて空を飛んだキララは、まだ緊張《きんちょう》していて羽毛をしっかりと抱《だ》きかかえたまま考えます。そもそもキララはまだ、どんな植物がいるのかよく知りません。

「アタシは絶対《ぜったい》、きれいな花が咲《さ》く植物がいいわ」

アカツキは炎《ほのお》のような自分の髪《かみ》を手ぐしで整えながら言います。

「この美しい髪に似合《にあ》うほどの、きらびやかな花がいいわ。キララもそう思わない？」

「ワタシは大きく生長する木がいいな。できれば実がなって鳥たちがやってくるような木。鳥たちが訪《たず》ねてくれれば、毎日にぎやかで楽しいに違いないよ。キララは？」

「ボクは……」

キララは周りを見回します。水鳥はもう湖ではなく、湖を囲《かこ》む森の上を飛んでいます。キララにとっては、森の木々がはじめて見る植物です。それ以外の植物はまだ知りません。

木の他にどんな植物がいるのだろうかと、勇気を出して身を乗り出したときでした。突然《とつぜん》、強い風が吹《ふ》いて、キララの体が水鳥の背からはがされました。あっという間に、森へと落下していきます。

「キララ！」

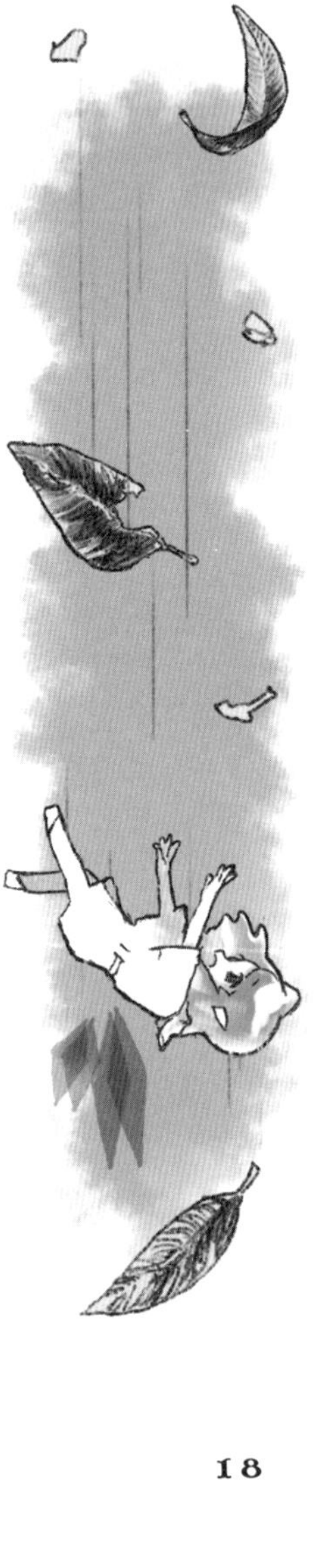

アカツキとピッピの叫《さけ》び声も、すぐに小さくなってしまいました。

どんどん落ちていくキララは、抵抗《ていこう》するように羽を力いっぱい羽ばたかせます。

しかし、妖精《ようせい》の薄《うす》い半透明《はんとうめい》な羽は、鳥のように大きくたくましい翼《つばさ》とは違《ちが》います。

強い風には勝てないし、鳥のように長い距離《きょり》を飛ぶこともできません。

「わあぁぁぁ」

キララの体は、すごいスピードで森の中に落ちていきます。

ボスッと、大きな音を立てて、木の葉に体がぶつかりました。やわらかい葉ですが、高いところから落ちてきたキララの体は強い衝撃《しょうげき》を感じます。次々と葉を叩《たた》くようにして地面に向かって落ちていきます。

「わっ、わっ！」

このままかたい地面に落ちてしまったらどうなるのだろう？　体がバラバラになって、消えてなくなってしまうかもしれない。

キララは覚悟《かくご》して目をギュッと閉《と》じました。

パフッという音がして、キララの体は止まりました。もう落下はしません。

予想に反して、体のどこにも痛《いた》みはありません。

キララはゆっくりと目を開けます。見えたのは葉の天井《てんじょう》。木漏《こも》れ日《び》がストローのようにキララのそばに降《ふ》り注ぎます。

キララの体は、とてもやわらかいものに包まれていました。羽毛《うもう》とは違うフワフワな感触《かんしょく》。水を含《ふく》んで、やわらかさの中にしっとりとした心地《ここち》よさがあります。

「空から妖精が落ちてくるなんて、おどろいた」

「おどろいた」

「おどろいた」

プチプチと泡《あわ》が弾《はじ》けるように、キララの周りから小さな声がします。

キララは注意深く体を起こして、自分がフカフカの緑の中にいることを知ります。

このフカフカのおかげで、ケガもなくすんだのでしょう。まるで美しい緑の絨毯《じゅうたん》のような植物は、大きな木の根から地面をおおい尽《つ》くすように広がっていました。

「うわっ」

突然《とつぜん》、緑の絨毯がうねりだしました。キララから少し離《はな》れた場所で、緑の絨毯が空気を入れた風船のようにふくらみ始めます。

「うわわわっ」

キララは恐怖《きょうふ》のあまり、這《は》いつくばって逃《に》げようとします。けれど、フカフカの植物に手足をとられて、うまく体を動かせません。

ふくらみから笑い声がします。

「ははは。怖《こわ》がらないで」

ふくらみに小さな亀裂《きれつ》が入り、そこからするりと妖精《ようせい》が現《あらわ》れました。深い緑色の髪《かみ》を持った妖精です。

「オレはスイ。ここ一帯に生えている苔《こけ》を見守る妖精だよ。はじめまして」

「はじめまして」

「はじめまして」

「はじめまして」

スイがしゃべると、周りの苔たちがマネをして、小さなボールがポンポンと弾《はず》んでいくように声が広がります。

「オレ以外の妖精に会うのが久《ひさ》しぶりだから、ちょっと興奮《こうふん》しているんだよ」

スイは腰《こし》をおろすと、優《やさ》しく周りの苔をなでます。すると、広がっていく声が止まりました。

「ところでキミは誰《だれ》？」

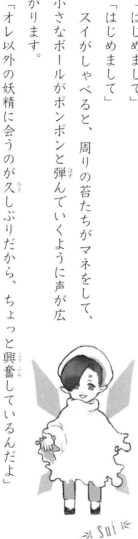

「ボクはキララ。生まれたばかりなんだ」

「キララか」

「キララ」

「キララ」

スイが人差し指を口元にあてて「しーっ」と言うと、苔《こけ》たちがふたたび静かになりました。

「どうして空から落ちてきたの？」

「アカツキとピッピと一緒《いっしょ》に、鳥の背中《せなか》に乗ってハーフソウルを探《さが》しに行く途中《とちゅう》だったけど、風にあおられて落ちてしまったの」

「それは大変だったね。落ちたのが苔の上でよかったよ」

スイが立ち上がり、ほこらしげに両手を広げます。

「ここの苔たちはとてもやわらかく、色もきれいでよく生長しているだろ」

キララは自分を受け止めてくれた苔たちを見つめます。

みずみずしくて、つややかで、生き生きとした色をしています。とても健康な証《しょう》拠《こ》です。なによりも、苔たちがよろこびに満ちています。

「スイがいるから」

「スイがいる」

「スイが」

「スイが」

苔たちが弾《はじ》けるポップコーンのように声をあげます。

「妖《よう》精《せい》と永《えい》遠《えん》の約束をした植物は、そうでない植物よりもずっと生長しやすいし、強くなれるんだよ。そして、植物は妖精の永遠なる安らぎの場となる」

スイはゴロンと苔の上に寝《ね》転《ころ》がり、気持ちよさそうに大きくのびをします。スイの周りの苔がキラキラと輝《かがや》き、それが波打つように広がっていきます。拍《はく》手《しゅ》がどんどん大きくなっていくようです。

スイの幸せそうな笑《え》顔《がお》。苔には顔がありませんが、キラキラにはスイと同じ笑顔が見える気がしました。

ああ、これが魂《たましい》の半分を得《え》たということなんだな、とキラキラはうらやましさと憧《あこが》れのまなざしでスイを見つめます。

「ボクも……ボクも永遠《えいえん》の約束を交《か》わせる植物に出会えるかな？」

運良くアカツキたちに見つけられ、鳥の背《せ》に乗ってハーフソウル探《さが》しの旅に出たのに、すぐに風にあおられ落ちてしまいました。こんな自分と永遠の約束を交わしてくれる植物なんているのか、と不安が心の中でふくらんでいきます。背中の羽が、枯《か》れた花びらのようにクシュッとしぼんでしまいました。

キララは森を見上げます。頭上をおおう葉は、ブナの葉です。この森には、百本近くのブナの木が生えています。

「この森には、まだ永遠の約束を交わしていない植物があるのかな？　ボクの羽じゃ、遠くまで飛べそうにないし」

スイが笑いだします。

「そういえば、鳥から落っこちたんだっけ。ドジだなぁ」

キララの羽が、ますます小さくなります。

「大丈夫《だいじょうぶ》。この森はとても豊《ゆた》かなんだ。キミを乗せてくれる鳥や虫と、いくらでも出会えるさ。それまでここで過《す》ごせばいいよ」

スイは上半身を起こして、キララの頭をポンポンとなでます。

「約束を交わした妖精《ようせい》が、どんな日々を過ごしているか教えてあげるよ」

まだ不安は消えませんが、とりあえず居場所《いばしょ》ができたことに胸《むね》をなでおろします。

でも、アカツキとピッピは心配しているかな、とキララは葉のすきまから見える空を見上げて思います。

キララたちを乗せてくれた水鳥は、今どこを飛んでいるのでしょう。目尻《めじり》に涙《なみだ》がたまってしまいます。それを見たスイがフワリと浮《う》き上がって、キララの手を取ります。

「キララ、おいで。苔《こけ》の素晴《すば》らしさを教えてあげる」

スイに引《ひ》っ張《ぱ》られるように、キララは苔《こけ》の上を飛んでいきます。

「よく見てごらん。木漏《こも》れ日《び》の当たりやすい場所、日陰《ひかげ》が多い場所、先端《せんたん》のほう、根に近いほう、それぞれ色がびみょうに違《ちが》うだろ」

深い緑、淡《あわ》い緑、つややかな緑、光を吸《す》い込《こ》む緑。多彩《たさい》な緑色の上に、木漏れ日が揺《ゆ》れて、まるで音楽を奏《かな》でているようです。

「すごい！　きれい！」

はしゃぐキララに、スイがほほ笑《え》みます。

「スイ」

「スイ」

遠くからスイを呼《よ》ぶ声がしました。二人は声のするほうへ飛んでいきます。そこは木と木の間が広くて、とても日差しの強い場所でした。

スイを呼ぶ苔は細い葉がうなだれて、元気がなさそうでした。

「あのね、スイ」

「最近、変なの」

「なんか疲《つか》れちゃうの」

「だるいの」

「気分が重いの」

スイは体を低くして、優《やさ》しく苔たちをなでます。

「ここ一帯のキミたちは、確《たし》かに疲れているようだ。しばらく眠《ねむ》ろうか」

スイの言葉に、苔たちが不安そうに震《ふる》えます。

「しばらくって？」

「どれくらい？」

「どれくらいなの？」

「ちゃんと起きられる？」

「起きられる？」

スイはそっと苔の上に横たわります。

「大丈夫《だいじょうぶ》だよ。その時が来たら、ちゃんとオレが起こすから。安心して、ゆっくりおやすみ」

――おやすみ、おやすみ、愛《いと》しい子

――おやすみ、おやすみ、永遠《えいえん》の友

――おやすみ、おやすみ、眠《ねむ》りの森へ

――目覚めたら、まぶしい世界

――目覚めたら、抱《だ》きしめてあげる

スイが子守歌《こもりうた》を歌い出すと、周りの苔《こけ》たちが静かになりました。苔たちが落ち着きを取り戻《もど》して、子守歌に身をゆだね始めます。

苔たちにまぶたはありませんが、目を閉《と》じてリラックスしているようにキラキラには見えます。

ああ、よかったとキラがホッと息を吐《つ》いたとき、信じられないものが目に飛び込《こ》んできました。

苔の色が緑色から少しずつ茶色になって、水分がなくなりカラカラになっていきます。

枯《か》れるというのは、植物の死です。

キララが恐怖《きょうふ》に身を震《ふる》わせます。スイはキララを落ち着かせるように、手を握《にぎ》って子守歌を歌い続けます。

苔は完全に茶色になって萎《しお》れました。

「枯れてしまったの!?」

キララは叫《さけ》びます。

「怖《こわ》がらないで。枯れたふりをしているだけだよ。この姿《すがた》なら、水や光がなくても大丈夫なんだ」

「本当に？」

スイはまだ恐《おそ》ろしがっているキララの手を取って高く飛び上がり、近くの木の枝《えだ》に座《すわ》らせました。木々の根元をおおう苔が広がっている姿が見えます。目をこらせば、枯《か》れているような苔《こけ》が他にもありました。

「この辺りはずっと雨が降《ふ》っていなくて、地面がカラカラなんだ。それに日々気温が高くなってきているだろう。苔にはちょっと厳《きび》しいんだ。特に木陰《こかげ》にならない場所はね」

確《たし》かに茶色の苔の場所は、木と木の間隔《かんかく》が広くて、木陰にならない場所です。

「でも大丈夫《だいじょうぶ》。もう少ししたら雨の季節がやってくる。水がたくさんになったら、ちゃんと起こすよ。苔は小さいけれど、とても強い植物なんだ。何百年も眠《ねむ》っていたときだってあるんだよ」

「百年……」

キララが目をパチクリさせ、スイが笑います。

「生まれたばかりじゃわからないよな。オレたちの寿命《じゅみょう》は、植物と同じ。永遠《えいえん》の約束をした植物と。植物によっては千年以上も。それだけに、約束する植物は慎重《しんちょう》に選んだ方がいいよ。オレのように長寿《ちょうじゅ》の植物と約束すると、百年なんてあっという間だよ」

キララの目がますます大きくなります。もう、恐《おそ》ろしさはすっかりどこかへ行ってしまいました。

「スイはどうやって苔のことを学んだの？　教えてもらったの？」

キララは自分が植物の妖精《ようせい》とわかったけれど、植物のことをまったくわかっていないことに気づきます。

「約束を交《か》わして一緒《いっしょ》にいれば、自然とわかるよ」

「あらあら、すっかり先輩《せんぱい》きどりさね。そっちはまだ約束を交わしていない新人かい？」

頭上から降ってきた新しい声に顔を上げると、キララたちのさらに上、木の葉の間に長い栗色《くりいろ》の髪《かみ》をした妖精が、こちらをみて笑《え》みを浮《う》かべていました。

「ウチはブナの木の妖精、ジュジュ。この辺りのブナの木と約束を交わしたんよ。上はウチ、下はスイがこの森を守っている感じさ」

「ボクはキララ」

キララは上下左右、首を回して森をながめ回します。

「じゃあ、もうこの森には妖精《ようせい》を待つ植物はないのかな」

シュンとなるキララに、ジュジュが教えます。

「そんなことはない。妖精のついていない植物もあるだろう。でも、この森は広いからキミの羽で探《さが》すのはつらいかもね」

スイもうんうんとうなずきます。

「待っていれば、そのうち鳥や虫に会えるよ」

「あせるなよ」

スイとジュジュに励《はげ》まされますが、キララの心は晴れません。

植物の知識《ちしき》のこと、永遠《えいえん》の約束のこと、別れてしまったアカツキとピッピのこと。

心配なことが多くて、不安はふくらむばかりです。

「さてと、ウチは見回りに行ってくる。キララ、ウチの木の葉でゆっくり休んでいいんよ」

ジュジュは木のてっぺんを指さします。

「今日は風が気持ちいいから。じゃあね」

ジュジュは二回宙返《ちゅうがえ》りをすると、飛んで行ってしまいました。

「すごいなぁ」

キララはブナのてっぺんを見つめて感心します。

ブナの木はとても大きな木です。幹《みき》は太くて、たくさんの枝《えだ》には青々とした葉がたっぷりと茂《しげ》っています。一本でも圧倒《あっとう》されてしまうのに、ジュジュはこの辺りの百本以上あるブナの木と約束を交《か》わしているのです。

ますますキララの自信がしぼんでいきます。

スイがキララの肩《かた》をポンと叩《たた》きます。

「オレも苔《こけ》たちのようすを見て回ってくるけど、キララはどうする？　生まれたばかりなのに、いろいろなことが起きて混乱《こんらん》しているだろう？　木の上で休んでもいいし、苔《こけ》のベッドで眠《ねむ》ってもいいんだよ」

スイに声をかけられると、キララはずいぶんと疲《つか》れていることに気づきます。しばらくフカフカの苔の上で寝転《ねころ》がっていたい気分ですが、心にたまった不安が反抗《はんこう》します。

「森を見て回る。もしかしたら、鳥や虫と出会えるかもしれない」

「無理はするな」

スイは戒《いまし》めるようにキララの頭をなでてから飛んでいきました。キララはスイを見送った後、木の上を目指して飛びます。

キララたちを乗せてくれた水鳥は、背《せ》の高いブナの木のさらに上を飛んでいました。いっぺんに頂上《ちょうじょう》まで飛べないことはわかっているので、キララは枝《えだ》から枝へ、休みながら上を目指します。

ようやくてっぺん近くに来たときには、疲れ切っていました。

もともと妖精《ようせい》の羽は薄《うす》くて、強くありません。それに、キララはまだ飛ぶことになれてもいません。

息が上がったまま、周囲《しゅうい》を見回します。

思った以上に森は大きく、その先にも緑が広がっています。どれくらいの植物が存在《そんざい》しているのか、キラには想像《そうぞう》もつきません。

「ボクもスイやジュジュのようになれるのかな……」

キラはため息と共に空を仰《あお》ぎます。すると、視界《しかい》の端《はし》に、小さな白いものが見えました。雲にしては小さすぎると思っていたら、それは素早《すばや》く動いてキラの視界から消えました。

なんだったんだろうと考えていると、ふたたび白いものが現《あらわ》れ、どんどんキラに近づいてきます。

正体は白い水鳥でした。

「いたー！」

「見つけた！」

水鳥の背《せ》には、アカツキとピッピが乗っていました。キララに向かって手をふります。

アカツキとピッピが水鳥の背から飛び出し、キララのそばに飛んできます。水鳥は妖精《ようせい》たちの再会《さいかい》を確認《かくにん》すると、そのまま巣へと飛び去っていきました。

「ボクを……探《さが》してくれたの？」

「あったりまえでしょ」

「仲間だもん」

アカツキとピッピは胸《むね》を張《は》って言いました。キララの目に涙《なみだ》が浮《う》かびます。生まれてから何度か涙が浮かんできましたが、今までとは違《ちが》い、どこか温かく感じる涙でした。

✧ 小さくても強い苔《こけ》の秘密《ひみつ》 ✧

　コンクリートのすきまや、日当たりの悪いじめっとした場所など、いろいろなところで見ることができる植物だ。苔は世界に約1万8,000種、日本にはその1割《わり》、約1,800種以上の苔が存在《そんざい》するよ。苔は最も古い植物のひとつで、4億年前に出現《しゅつげん》したともいわれているんだ。4億年前なんて、まだ恐竜《きょうりゅう》もいなかった時代だよ。

　苔には根がない代わりに、仮根《かこん》で木やコンクリートなどにひっついたり、苔同士がつながって水分をやりとりできるんだ。みんなで力を合わせて生きているんだよ。

　苔は死んだふりが上手にできるんだ。水分が少ない、寒すぎるなど条件《じょうけん》が悪くなると、一見枯《か》れてしまうんだ。でも、環境《かんきょう》がよくなると緑色に復活《ふっかつ》するんだよ。何百年も氷漬《こおりづ》けにされた苔が、新しく生長を始めたというケースもあったんだって。

第2話

森の女王　～ブナの木～

キララ、アカツキ、ピッピの三人は、今日も苔《こけ》の上で、ゴロゴロと寝《ね》そべっています。

苔のベッドはフカフカで、ひんやりと湿《しめ》り、ほんのり水のにおいがします。ときどき吹《ふ》いてくる風に揺《ゆ》られる木漏《こも》れ日《び》の柱は、まるで優雅《ゆうが》にダンスをしているようです。

やわらかな苔の上で、温かい風になでられながら、ぼんやりと頭上の葉をながめていると、あっという間に一日が経《た》ってしまいます。

「ダメ！」

突然《とつぜん》、アカツキが立ち上がりました。

「このままじゃダメ！　ここがすっごく居心地《いごこち》がよくて、気持ちいいから忘《わす》れそうになったけど、アタシたちハーフソウルを見つけに行かなきゃ！」

プププ……。

フフフ……。

ククク……。

苔たちの笑い声が波紋《はもん》のように広がっていきます。

ピッピが眠《ねむ》たそうに目をこすりながら言います。

「そう言ってワタシたち、森を抜《ぬ》けようとがんばって飛んできたんだよ」

三人は朝から一生懸命《いっしょうけんめい》森の外へ向かって飛びました。けれど、薄《うす》い羽はすぐに疲《つか》れてしまいます。まだ太陽がてっぺんに昇《のぼ》る前に、三人は羽をだらりとおろして苔のベッドに沈《しず》むことになってしまったのです。

しかも昨日も、一昨日《おととい》も同じことをしていたのです。苔《こけ》たちに笑われてしまうのもしかたありません。

「ハーフソウルのスイがいるから、ここの苔はこんなにやわらかくみずみずしく、気持ちいいのかな」

ピッピが苔にほおずりしながら続けます。

「ああ、気持ちいい。この苔たちは、スイ以外の妖精《ようせい》をダメにする植物だね。もうこのままでいい気がする」

アカツキが激《はげ》しく首をふり、赤い髪《かみ》が宙《ちゅう》に広がります。

「だめよっ！　永遠《えいえん》の約束を交《か》わさなければアタシたちは――」

ザワザワと頭上のブナの葉が騒《さわ》ぎだし、ジュジュが姿《すがた》を現《あらわ》しました。

「おやおや、今度はこっちにいたの？」

木の上からキララたちを見下ろして、呆《あき》れた口調で言います。

「あなたたち、同じところをぐるぐる回っているけれど、大丈夫《だいじょうぶ》かい？」

キララたちの眠気《ねむけ》が吹《ふ》っ飛びます。

「えっ、どういうこと？」

「森の外へ、ちっとも近づいていないの？」

ジュジュがちょっぴり哀《あわ》れみの表情《ひょうじょう》でうなずきます。

地図を持たないキララたちは、太陽の光を頼《たよ》りに進んでいましたが、途中《とちゅう》で眠ってしまい、同じ方向へ進んでいるつもりでそうではなかったのです。しかも、森の中はどっちへ行っても同じような景色が続き、ほぼ同じ場所を動いていたのです。

一週間以上の時間を無駄《むだ》にしていたと知り、キララたちはしょぼんと脱力《だつりょく》します。

十二枚《まい》の羽は、力なく垂《た》れ下がります。

「この森は広いんだ。動物の力を借りなければ、森の外に出るのはむずかしいんじゃないかい？」

「でも、ずっと動物には出会わなかったよ」

「この森は静かだわ」

ジュジュはほおに手を当てて考え込《こ》みます。

「そうだねえ。ドングリが実る季節は、リスやネズミの姿《すがた》をよく見るけど」

「ええっ、ドングリ！　素敵《すてき》！」

ピッピが声を上げます。

「ワタシ、動物や鳥が集まる、実のなる植物と約束を交《か》わしたいの。そんな植物がこの森にいる？」

ジュジュは首を横にふります。

「この辺りのブナはウチと約束しているから。他には実のなるような木はないさねえ」

ピッピはしょぼんとします。ツンツンと立った金髪《きんぱつ》まで、ペタンと寝《ね》てしまったようです。

「やっぱり、森を抜《ぬ》けるしかないのね」

「そうよ。ここにはきれいな花を咲《さ》かせる植物はないし。とにかく、森を出なきゃ！」

アカツキが力強くピッピに同意します。でも、どうすればいいのか、迷《まよ》うキララたちに、ジュジュがアドバイスします。

「リスやネズミは森の外までは行けないから、鳥にお願いするのがいいんじゃない？」

「鳥に出会うには、空の近くにいたほうがいいの？」

ピッピの質問《しつもん》に、ジュジュは得意《とくい》げに答えます。

「そうさね。渡《わた》り鳥や湖に住んでいる鳥が、よく森の上を飛んでいくさ」

キララたちはブナの木を見上げます。

「キララが目立つから、鳥が集まってくるかもね。それにワタシの歌声もあるし」

ピッピは胸《むね》に手を当てて、歌い始めます。小鳥たちのさえずりのような、かわいらしくテンポのよいメロディーです。

「ちょっと、まだ早いわよ」

アカツキがピッピを肘《ひじ》で小突《こづ》きます。

「森に住んでいる鳥もいるから、運がよければすぐ出会えるんじゃないかね。グッドラック！」

ジュジュは栗色《くりいろ》の髪《かみ》をなびかせて、森の奥《おく》に飛んで行ってしまいました。

キラたちは顔を見合わせて、力強くうなずき合います。

「じゃあ行くわよ。まずはあの枝《えだ》まで」

アカツキが指をさしますが、ここから見える枝はたくさんあって、どの枝のことなのかわかりません。

アカツキが飛び立つと、キララとピッピも慌《あわ》てて後を追います。

アカツキは木にそってぐんぐんと上がっていきます。一番近くに見えた枝を追い越《こ》して、さらにさらに飛んでいきます。

「ア、アカツキって飛ぶの上手だね」

キララの息が上がっているのを見て、ピッピがアカツキに呼《よ》びかけます。

「ねえ、ちょっと休もうよっ」

アカツキがふり返り、キララとピッピのもとまで戻《もど》ってきます。

「キララは生まれたばかりで、まだ飛ぶことになれていないのよ」

アカツキは腰《こし》に手を当てて、くちびるを尖《とが》らしキララをにらみます。

「でも、木の上にいたじゃない。飛べるでしょ？」

「い、いっぺんには、無理……。あの時も、なんども休み休みだったんだ」

キララは申《もう》し訳《わけ》なさそうに言います。

アカツキは大きくため息をついて、一番近くの枝《えだ》に座《すわ》りました。

「わかった。少し休みましょ。本当は、もう少し上まで行きたかったけれど」

キララとピッピも同じ枝に腰を下ろします。顔を上げると青々と茂《しげ》る葉のすきまに、少しだけ空が見え始めています。でもまだ、てっぺんは遠いようです。

ピッピが歌い始めました。さっきの歌とは違《ちが》い、そよ風のような、やわらかいメロディーです。

キララを元気づけてくれているのでしょうか。少しずつ、体力が戻ってくる気がします。

「さ、そろそろ出発よ」

アカツキが勢《いきお》いよく立ち上がります。

もう少し休みたいところですが、アカツキの勢いに押《お》されてキララも引《ひ》っ張《ば》られるように立ちました。ピッピも、もう少し歌っていたかったようで、ほおをぷうっとふくらませましたが、素直《すなお》に飛び立ちました。

キララはアカツキとピッピに手を取られながら、がんばって飛び続けます。だんだん葉が少なくなっていき、木のてっぺんが近くなってきました。

キララは美しい青空が広がっているだろうと、期待をこめて顔をあげます。ところが空は薄暗《うすぐら》い灰色《はいいろ》でした。

一番先にてっぺんにたどり着いたアカツキは、不安なようすで空をながめます。

「雨が降《ふ》るのかしら。雨が降ったら、鳥たちは飛ばない……」

アカツキの言うとおり、広い空に鳥の影《かげ》は見えません。

キララたちは、しばらく空を見上げて鳥の姿《すがた》を探《さが》します。

ふいに、空が光りました。

キララの視界《しかい》が真っ白になって、空も森もアカツキもピッピも消えました。そして、体が砕《くだ》けそうな、轟音《ごうおん》が響《ひび》きました。

「キララ！」

驚《おどろ》いて後ろに倒《たお》れそうになったキララを、アカツキとピッピが支《ささ》えます。

「カミナリよ！」

「隠《かく》れなきゃ」

「カ、カミナリ？」

白かった世界は一瞬《いっしゅん》で、すぐに元に戻《もど》りましたが、体は恐怖《きょうふ》にすくんだままで、キララは羽を動かすことができません。

「ちょっと、キララ！」

「……動けない」

アカツキはキララの右腕《みぎうで》を抱《だ》きかかえます。

「ピッピ、キララを運ぶわよ」

ふたたび空が光り、大地が割《わ》れるような爆音《ばくおん》がしました。

ピッピは急いで、キララの左腕をとります。

「行くわよ、せーのっ」

アカツキのかけ声に合わせて、キララを両側から抱《かか》えた二人は、下の枝《えだ》へ、下の枝へと、飛び降《お》りるように移動《いどう》します。

「キララったら、けっこう重いのね」

ピッピの顔は真っ赤です。

「しゃべってないで、急いで。羽が雨にぬれたら、飛べなくなっちゃう」

アカツキが言い終わるやいなや、雨が降《ふ》りだし、葉が激《はげ》しく揺《ゆ》れます。雨粒《あまつぶ》が葉を叩《たた》く激しい音も、キララにとってははじめての経験《けいけん》で、恐《おそ》ろしさはますますふくらんでいきます。

「あそこに穴《あな》がある！」

ピッピが幹《みき》に空いた穴を見つけました。

「そこで雨宿りしよう」

アカツキとピッピは、キララを引きずるようにして穴に飛び込《こ》みました。

三人の妖精《ようせい》は、へたりと座《すわ》り込んで、大きく呼吸《こきゅう》をします。

穴の中は静かでした。激《はげ》しく葉を打つ音も、小さく聞こえます。雨は入ってこず、木にすっぽりと守られているような気分です。

キララの緊張《きんちょう》もほどけていきます。口が動くようになって、アカツキとピッピにお礼を言います。

「あ、ありがとう。ボクひとりじゃ、どうしていいかわからなかった。とっても怖《こわ》かった……」

ピッピがなぐさめるように、キララの頭をなでます。

「はじめてカミナリにあったんだもん。怖いのは当たり前」

「空が光って、大きな音がするの。その後は、たいてい激しい雨が降《ふ》るのよ」

「優《やさ》しい雨は好きだけど、激しい雨は困《こま》るよね」

アカツキは穴の入り口に立って、激しく揺《ゆ》れる枝葉《えだは》のすきまから顔を出す空を見上げます。

「今日はあきらめよう」

「そうだね。今日はここで一晩《ひとばん》すごしたほうが……痛《いた》い！」

ピッピが悲鳴を上げました。

キョーン、キョーンという鳴き声と、羽ばたきの音が穴の中にけたたましく響《ひび》いて、アカツキとキララは耳を塞《ふさ》ぎます。

小さな雛《ひな》が、ピッピの髪《かみ》をくちばしでつまんでいました。

穴の奥《おく》は暗いので、黒い雛が二羽《わ》いることに三人は気づけませんでした。

「ちょっと、ちょっと、ワタシは虫《エサ》じゃないわよ」

ピッピの声に、雛《ひな》たちが驚《おどろ》いて離《はな》れます。そして、キララたちを、大きな目でじっと見つめます。

「キミたちは何？」

「なんで巣にいるの？」

二羽《わ》の雛が、首をかしげながらたずねます。どうやら妖精《ようせい》を見るのは、はじめてのようです。

「アタシたちは妖精よ」

「勝手に巣に入って、ごめんなさい」

雛たちがプルプルと震《ふる》えながら、キララたちに涙声《なみだごえ》でうったえます。

「お父さんも、お母さんも帰ってこないの」

「お母さんはエサを探《さが》しに行って」

「お父さんは他の鳥を追い払《はら》って行って」

「そして、どっちも帰ってこないの」

「心配だよ」

「さびしいよ」

ドドーンとカミナリの音が落ちました。

「キャ！」

「わぁ！」

二羽と三人の妖精は、お互《たが》いを抱《だ》きしめるように身を寄《よ》せました。

「大丈夫《だいじょうぶ》よ。鳥の翼《つばさ》は大きくて立派《りっぱ》だもん。こんな雨や風に負けないわ」

「どこかで雨宿りしているんだよ」

アカツキとピッピは、雛に抱きつきながら励《はげ》まします。キララも雛たちを元気づけたいと思いましたが、なにを言えばいいのかわからず、言葉の代わりにまだ小さい翼を優《やさ》しくなでました。

「カミナリのときの雨は激《はげ》しくても、長く降《ふ》り続くことはあまりないから」

「光と音のすきまが大きくなっている。きっと、カミナリの終わりは近いよ」

キララは自分の知らないことをたくさん知っている二人を、すごいなぁと感心します。

「お昼寝《ひるね》しているうちに、雨がやんで、お父さんとお母さんも帰ってくるよ」

雛《ひな》たちがプルプルします。

「とてもじゃないけど」

「心細くて眠《ねむ》れないよ」

「じゃあ、ワタシが子守歌《こもりうた》を歌ってあげる」

ピッピがコホンコホンと小さく咳《せき》をして喉《のど》を整えると、さっそく歌い始めます。

――おやすみ、おやすみ、あなたはいい子
ピッピのやわらかい歌声が、巣の中で優《やさ》しく反響《はんきょう》します。ピッピの明るさに包まれているようで、楽しく穏《おだ》やかな気分になっていきます。

いつの間にか、雛たちの震《ふる》えが止まり、寝息《ねいき》が漏《も》れてきます。

ピッピは本当に歌が好きなんだなと思いながら、キララも楽しい夢《ゆめ》の世界へ旅立って行きました。


大きな羽ばたきの音で、キララは目覚めました。

雨音はすでに消えて、朝日が巣の中に差し込《こ》んできています。お昼寝どころか、朝までぐっすり眠ってしまったようです。

ブナのてっぺんまで飛んだ疲《つか》れと、ピッピの歌声の心地《ここち》よさのせいでしょう。

寝ぼけまなこで巣の入り口を見ると、クマゲラの親鳥がこちらをのぞいていました。全身真っ黒で、頭だけが赤い鳥です。

「わあっ！」

キララの悲鳴に、雛やアカツキたちも目を覚ましました。

「お母さん！」

「お父さん！」

雛《ひな》たちがうれしそうに鳴きます。

「雨風が強くて、戻《もど》ってこられなかったけど」

「ちゃんとお留守番《るすばん》できたようね」

キョーン、キョーンと雛たちが、うれしそうにクチバシと翼《つばさ》を動かします。

親鳥の目がキララをとらえます。

「この森では見ない妖精《ようせい》ね」

キララは緊張《きんちょう》しながら自己紹介《じこしょうかい》します。

「ボクはキララ。ちょっと前に、この森に来たの」

「アタシはアカツキ。ちょっと雨宿りさせてもらったの」

「ワタシはピッピ。雛を寝《ね》かせるつもりで、一緒《いっしょ》に寝ちゃった」

雛たちが、親鳥にすり寄《よ》ります。

「妖精たちが、子守歌《こもりうた》を歌ってくれたの」

「だから、怖《こわ》くなかったよ」

親鳥が優《やさ》しく雛たちを突《つ》つきながら、キララたちに話しかけます。

「ずいぶんと世話になったみたいだね」

「ところで妖精さんたちは、ずっとこの森に？」

キララたちは首を横にふります。

「ハーフソウルを求めて森の外へ行こうとしているんだけど」

「アタシたちにとって、この森は大きすぎる」

クマゲラは羽を整えて、妖精たちの顔をのぞきこみます。

「なら、オレが森の外まで、送ってあげよう」

キララたちが顔を見合わせます。

「いいの？」

「いいさ。エサを探《さが》すついでだよ」

「やったぁ！」

「ありがとう！」

キララたちは手を取り合って、ピョンピョン跳《は》ねました。
三人の髪《かみ》が、日差しを受けてキラキラと輝《かがや》いています。

森の女王様　ブナの木

森の女王様とも呼《よ》ばれるブナの木。なぜ女王様なのって？

ブナの木は、北海道から九州まで日本全国に生えているのさ。日本を制覇《せいは》しているんだね。それなら、女王じゃなくて、王様でいいじゃない、と思ったかい。女王と呼ばれるのは、ブナの木の美しさからさ。

幹《みき》はまっすぐに伸《の》び、葉は濃《こ》い緑色で光沢《こうたく》があり、秋には葉が黄色や赤に色づく。その美しさを女王様にたとえたんだよ。

また、みんなも大好きなドングリは、ブナ科の木になるのさ。ドングリはリスやネズミのような小動物から、イノシシや鹿などの大きな動物のエサになる。

みんなを育てる偉大《いだい》なる母のようさね。

赤いベレー帽《ぼう》をかぶった おしゃれなキツツキ、クマゲラ

クマゲラはキツツキ科の鳥。全長は40センチ前後。カラスぐらいの大きな鳥だよ。全身真っ黒で、頭部だけが鮮《あざ》やかな赤色。ベレー帽をかぶっているように見えるんよ。黒と赤のファッションなんてモダンだよね。

木に穴《あな》を開けて巣にし、そこで卵《たまご》を産んで子育てをするんよ。今では天然記念物で、なかなか出会えない希少な鳥。もし見かけたら、すっごいラッキーさね。

第3話

猫《ねこ》を酔《よ》わせたり、薬になったり

～マタタビ～

クマゲラの背《せ》に乗って、キララたちは森を旅立ちました。

「すごい、もう森の果てが見える」

キララが興奮《こうふん》して声を上げます。

永遠《えいえん》に続くと思われた森が、途中《とちゅう》で消えています。境界線《きょうかいせん》が引かれているかのように、高い木がなくなり、低木と花で埋《う》め尽《つ》くされた高原が広がっています。

「花が咲《さ》いている」

「美味《おい》しい実のなる木はあるかな？」

今までいたブナと苔《こけ》だけの森とは違《ちが》い、様々な植物が生えているのを見て、アカツキとピッピも興奮気味に声を上げます。

「この辺りでいいかな？」

クマゲラは急下降《きゅうかこう》し、キララたちの髪《かみ》がすごい力で後ろに引《ひ》っ張《ぱ》られます。地面がハッキリ見えると、クマゲラはスピードを落とし、自身が羽毛《うもう》のように、ふわりと地面に降《お》りました。

「ありがとう、クマゲラさん」

「とても素敵《すてき》な場所に連れてきてくれて」

キララたちはお礼を言って、クマゲラの背から下りました。

森とは違う植物の青い香《か》に包まれます。若《わか》い草や、甘《あま》い花の香《かお》りが混《ま》じっているのです。

「じゃあ、幸運を祈《いの》るよ」

クマゲラは雛《ひな》たちのエサを探《さが》しに飛び去っていきました。

キララたちは周囲《しゅうい》の植物を見回して、顔を輝《かがや》かせます。ここにはいろいろな花が咲《さ》いていて、小鳥や虫も多くにぎやかです。

ピッピはピョンピョンと、葉から葉へとスキップするように移動《いどう》しながら歌い始めます。歌もスキップのように、明るく弾《はず》んだメロディーです。

「もー、ピッピったら浮《う》かれちゃって」

アカツキは髪《かみ》をかき上げて、ヤレヤレと肩《かた》をすくめます。そして、キララのほうに顔を向け、ビシッと宣言《せんげん》します。

「アタシたちは、真剣《しんけん》にハーフソウルを探《さが》すわよ。いいわね」

「う、うん」

返事はしたものの、キララはどうしていいかわかりません。オロオロとアカツキの顔をうかがっていると、いきなり手を引《ひ》っ張《ぱ》られました。アカツキに引かれるままに、キララはブナの木よりもずっと、小さい木の間を飛んでいきます。

「妖精《ようせい》たちがいる」

「妖精が来るのは久《ひさ》しぶり」

植物たちがざわつきます。

「この辺りには、約束を交《か》わした植物は少なそう。チャンスね」

アカツキがキララにウインクします。

「どこへ向かっているの？」

「とても甘《あま》いにおいがするでしょ。豪華《ごうか》な花が咲いているかも」

キララはクンクンと鼻をならします。甘いにおいがどんどん強くなってきます。

アカツキが探している花が近いようです。

アカツキは小さな紫色《むらさきいろ》の花をつけた細いツルをイス代わりにして腰《こし》を下ろしました。それはアケビのツルでした。

甘いにおいは、この小さな花からただよってきたようです。

アカツキは明らかにガッカリした表情《ひょうじょう》です。もっと大きくて、華《はな》やかな花を想像《そうぞう》していたのでしょう。

「もうっ！　置いてくなんて」

少し遅《おく》れてやってきたピッピが、キララの隣《となり》にヘナヘナと座《すわ》り込《こ》みます。

「こんにちは、妖精《ようせい》さん。アケビだよ」

植物が声をかけてきました。

キララは緊張《きんちょう》しながらこたえます。

「こんにちは。ボクはキララ。ここには妖精と約束を交《か》わした植物はいないの？」

「うん。ここにはあまり妖精が訪《たず》ねてこない。みんなこの高原を通り過《す》ぎて、その先へと行ってしまうから。アケビもまだ約束を交わしていないんだ」

ピッピは好奇心《こうきしん》に目をきらめかせて、紫《むらさき》の花をのぞきこみます。

「なんだか、いいにおいがする。あなたは美味《おい》しい実をつける植物？」

アケビは自信満々に答えます。

「大きくて、甘《あま》い実をつけるよ。花と同じ、紫色の皮をもつ実さ」

ピッピの羽がよろこびに震《ふる》えます。

「もっと、あなたのことを教えて」

ふわりとアケビの香《かお》りが、キララたちを包み込みます。思わず目を閉《と》じたキララのまぶたに、不思議な映像《えいぞう》が映《うつ》り始めました。

春はとっくに過ぎて、夏らしい青い空に大きな白い雲が見えます。花はすでに散り、代わりに小さな実がなっていました。その実はどんどん大きくなって、美しい紫の楕円形《だえんけい》になりました。やがてパカリと分厚《ぶあつ》い皮が割《わ》れ、中からやわらかな白い果実が姿《すがた》を現《あらわ》しました。待ってましたとばかりに、鳥や虫がやって来ます。少し遠くから猿《さる》もやって来ました。アケビに群《むら》がっていた鳥がいっせいに飛び立ちます。羽ばたき

と葉のこすれる音が爆発《ばくはつ》するように響《ひび》き、キララたちは耳を塞《ふさ》ぎます。けれど、すぐに先ほどの騒《さわ》がしさがウソのように静まり、猿《さる》がアケビを食べる音だけになりました。猿が食べこぼして地面に落ちた実の欠片《かけら》に、すかさずアリが群《むら》がってきます。アリはアケビの実の中に入っている種が大好きなのです。

さらに飛んでいった鳥も戻《もど》ってきて、近くの木に止まり、サルが去って行くのを待っていたり、アリに混《ま》じって実の部分をつついたりして、どんどんにぎやかになっていきます。

アケビはほこらしそうに言います。

「まるでお祭りのようなにぎやかさだろ。秋になると毎日楽しい気分なんだ」

アケビの記憶《きおく》から帰ってきたキララは、長い長い夢《ゆめ》から戻ってきた気分で、しばらくボーッと空を見つめました。

キララは生まれてはじめて、植物の記憶を見たので、頭の中がまだ上手に整理整《せい》

頓《とん》できずにクラクラしています。アケビの記憶が流れてきただけなのに、鼻の奥《おく》にみずみずしく甘《あま》い実の香《かお》りが残っています。

けれど、アカツキとピッピはなれているようで、ボンヤリとしているキララとは違《ちが》い、すぐにアケビとおしゃべりし始めます。

「とても素敵《すてき》な実がなるのね」

紫《むらさき》の花びらが、つややかに光ります。

「今は目立たない花だけど、やがて大きくて甘い実をつけるよ」

ピッピは興奮《こうふん》して、胸《むね》に手を当ててたずねます。

「秋の実がなる季節には、たくさんの動物がやってくるの？」

周りを見回すと、静かな森のはずれです。

「今は花の蜜《みつ》を目当てにやってくる虫が多いけど、秋には鳥や動物たちが来て、けっこうにぎやかになるのさ」

アケビの花がそよ風を受けて、笑っているようにゆらめきます。

「どう？　永遠《えいえん》の約束を結ばない？」

ピッピがプルプルと羽を震《ふる》わせます。

「アタシ、はじめて植物のほうから申し込《こ》まれたわ」

キララも胸《むね》がドキドキしてきました。植物と妖精《ようせい》が約束を交《か》わすところを見ることができるかもしれません。

「ねえ、ボクだって実をつけるのよ」

近くから遠慮《えんりょ》がちに声がしました。キララたちは声の主を探《さが》して、キョロキョロとあたりを見回します。

「ここよ」

ふたたび声がしましたが、やはり見つかりません。

「ここよ、ここ。マタタビよ」

マタタビはアケビに似《に》たツルの植物ですが、アケビよりも頼《たよ》りなく、他の木に巻《ま》き付いていたので気づきませんでした。木の陰《かげ》に隠《かく》れてしまっていたのです。

「ねえ、ボクの記《き》憶《おく》も聞いてよ」

マタタビのお願いにこたえて、キララとアカツキはアケビから飛び立ちます。

ピッピはちょっと迷《まよ》ってから、ふたりに少し遅《おく》れてマタタビの葉に腰《こし》を下ろしました。

今は葉しかなく、木の陰に隠れた地味な姿《すがた》ですが、もう少しすれば小さな白い花が咲《さ》きます。そして、秋にはドングリのような緑色の実がなります。実は緑から黄色、そして赤色に変化します。

「ボクの実はアケビよりも小さいし、ツルも弱くて他の木に寄《よ》りかからなくてはならないし、だから日陰にいることが多いし」

マタタビはか弱い羽音のような声で話します。

「黄色い髪《かみ》の妖精さん。だからキミのような、太陽のように明るい妖精がそばにいてくれると、毎日がとても楽しくて、素晴《すば》らしいものになると思うんだ」

「すごいね、ピッピ！　どうするの？」

キララが興奮《こうふん》してたずねると、ピッピはうれしいというよりも、困《こま》ったような顔をしています。

「さっき歌っていたのはキミだよね？　すっごく楽しくて、幸せな気分になれたよ」

マタタビが熱心にうったえますが、ピッピは迷《まよ》っているようで、口を開きません。

「だめかな？」

マタタビのツル先が、さびしげに垂《た》れました。

約束を交《か》わせる植物は一つだけ。ピッピはアケビとマタタビに誘《さそ》われて、迷っているのでしょう。キララは単純《たんじゅん》によろこんだ自分を反省します。なんとなく気まずい雰囲気《ふんいき》がただよいます。

「うーん、つまんない」

重たくなる空気を蹴散《けち》らすように、アカツキが大きなあくびをします。アカツキが興味《きょうみ》を持つような、ゴージャスな花を咲《さ》かせる植物がいないので、退屈《たいくつ》してしまったようです。

「ねえ、近くにボタンとか、ユリとか、バラとかはいないの？」

マタタビが巻《ま》きついている木が答えます。

「バラ？　バラなら、ここからもう少し南に行くといるよ」

「本当!?」

アカツキが飛び上がり、マタタビの細いツルも一緒《いっしょ》に跳《は》ね上がります。

「ねえ、バラに会いに行こう」

アカツキが、キララとピッピの手を取ります。

「ピッピだって、考える時間が必要でしょ」

髪《かみ》の毛を緋色《ひいろ》にきらめかせたアカツキによって、なかば強引《ごういん》にキララたちは南へと飛んでいきました。

「アカツキはバラと約束を交わしたいの？」

草葉の間を飛びながら、キララがたずねます。

「バラって、とってもきれいなのよ。花びらが多くて華《はな》やかで、いい香《かお》りがするの」

アカツキがうっとりとした表情《ひょうじょう》で説明します。

「大きさも色もいろいろなの。できれば大きくて、赤やピンクの鮮《あざ》やかな色のバラがいいな。どんなバラなんだろう。ドキドキする」

三人はアカツキを先頭に、南へ南へと飛びますが、バラらしき花はちっとも見えてきません。

「今は花咲《さ》く季節じゃないのかな？　バラさーん。バラさんは、どこですか？」

アカツキが大声で呼《よ》びかけると、すぐ近くで反応《はんのう》がありました。

「それはオレのことかな？」

声の主は、五枚《まい》の花びらをつけたピンク色の花。可憐《かれん》でかわいらしい花ですが、アカツキの言うような、幾重《いくえ》もの花びらがある豪華《ごうか》な花ではありません。

これがバラなのかな、とキララが疑問《ぎもん》に思ってアカツキを見ると、なんだかすごくガッカリしたようすです。炎《ほのお》のように輝《かがや》いていた髪《かみ》が、シュンと垂《た》れています。

「あなた、本当にバラ？　今まで出会ってきたバラよりも、ずっと小さくて、花びらも少ないようだけど」

「ふーん、そんなバラもいるんだね。オレは野バラだよ」

「野バラ……」

「オレには、まだパートナーとなる妖精《ようせい》はいない。でも、キミたちは、なんだか……その、派手《はで》だな。ちょっと、オレには合わないかな」

「アタシだって合わないと思う！」

アカツキが声を荒《あら》らげました。

「もう疲《つか》れたから休もう」

アカツキは来たときのように、キララとピッピの手をつかむと、強引《ごういん》にその場を立ち去りました。

星が空に散らばり、月の光が太陽に代わって妖精《ようせい》たちの髪《かみ》を輝《かがや》かせます。

三人の妖精たちは、小鳥が巣立って空になった鳥の巣に寝転《ねころ》んでいます。小枝《こえだ》で作られた巣には、鳥たちが残していった羽毛《うもう》が散らばっていて、とてもぜいたくなベッドです。

「それでピッピは、アケビかマタタビと約束を交《か》わすの？」

アカツキの声は少しとんがっています。ピッピは怯《おび》えるように体を丸めて、か細い声で言います。

「まだ、わからない」

「あんたはドングリとか、果物の木とか、実がなる大きい木がいいって言ってたじゃない。マタタビなんて、他の木に巻《ま》き付かないと生きていけないツルよ。やめときなさい」

なぜかアカツキは怒《おこ》っているような口調です。どうしてだろう、とキララが考えていると、ふいにアカツキが話しかけます。

「キララ、あんたはどんな植物がいいの？」

突然《とつぜん》の質問《しつもん》に、キララはとまどいながらも、スイやジュジュのことを思い出して話します。

「ボ、ボクはその……出会った瞬間《しゅんかん》に、お互《たが》いになにか引きつけられるような気持ちがするような」

「あいまいねぇ」

アカツキがあきれたように肩《かた》をすぼめます。

「でも、あんたは生まれたばかりで、まだいろんな植物を知らないから、しかたないかもね」

その通りで、キララの知識《ちしき》はまだ少ないのです。

「アタシは絶対《ぜったい》に、大きくてきれいで豪華《ごうか》な花の植物と約束するんだから」

アカツキは星をつかむように、両腕《りょううで》を夜空へと伸《の》ばします。

キララは広がる頭上いっぱいに輝く星と、まだ見ぬ植物と、どっちが多いのかなと考えます。
ピッピはずっと静かなままです。もう眠《ねむ》ってしまったのでしょうか？

猫《ねこ》の好物マタタビ

「猫にマタタビ」と言われるように、猫がマタタビの実を食べるとお酒を飲んだようにフニャフニャになってしまうの。猫だけでなく、ネコ科の動物はみんなそうなるらしいよ。ライオンが酔《よ》っ払《ぱら》う姿《すがた》、見てみたいね。人間にも食べられるマタタビもあるのよ。有名なのはキウイ。キウイはマタタビ科。庭で育てると、猫が寄《よ》ってくるかもね。

花は小さな白色。花が咲《さ》く時期には、葉っぱも白くなってしまうのよ。面白《おもしろ》いね。

実はドングリのような形。でも、花が咲いたときにマタタビアブラムシやマタタビミタマバエに寄生《きせい》されると、デコボコの虫こぶになってしまうのよ。虫こぶは「木天蓼《モクテンリョウ》」と呼《よ》ばれて、生薬になるんだって。

素朴《そぼく》な姿《すがた》の野バラ

花の女王とも呼ばれるバラ。その種類はなんと4万種以上とも言われているの。

みんながお花屋さんで見るような、花びらが何枚《なんまい》もある大きなバラのほとんどは、人間がより美しさを求めて交配させ作ったものなんだって。

野バラはバラの原種。人間の手が入っていない、自然にもともと生えていたバラよ。

日本で野バラと言えば、ノイバラのことを指すことが多いの。豪《ごう》華《か》さはないけれど、素朴で可憐《かれん》な姿には、
多くのファンがいるのよ。

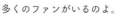

第4話

世界中で愛される花

～カーネーション～

キララたちは、鳥の巣から空を見上げています。

「だめねぇ」

アカツキがつぶやき、そしてため息をつきます。

目覚めてからずっと鳥の姿《すがた》を探《さが》して空を見上げていますが、どこまでも美しい水色が広がっているだけです。

「ねえ、あっちに蝶《ちょう》が飛んでいるよ」

キララが指さす方向に、白い蝶が飛んでいました。アカツキは首をふります。

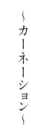

「できれば鳥がいい。虫だとアタシたちを一緒《いっしょ》に乗せるには小さいし、鳥のほうが遠くまで飛べるし」

「そうだね。ボクたちの羽も、鳥のように強くて大きければいいのに」

そうすれば、もっと遠くへ自由に行けて、たくさんの植物たちと出会えるのに、とキララは自分の半透明《はんとうめい》な羽を見つめます。

その横では、ピッピが珍《めずら》しく無言のまま、ぼんやりと空をながめています。

ピッピは朝からほとんど、おしゃべりしていません。歌も歌っていません。

アカツキはチラリとピッピを見て、決心したように立ち上がります。

「でも、ずっとここにいても仕方ない。あのミツバチたちにお願いしてみよう」

言うが早いか、巣に絡《から》まった羽毛《うもう》を蹴散《けち》らして飛んで行きます。

キララはあわてて後を追おうとして、ピッピがまだぼんやりと空を見ていることに気づきます。

「ピッピ、出発するって」

「……え？」

ピッピは声をかけられても、どこか上の空のままです。キララはピッピの手を引いて、アカツキを追います。

アカツキは野バラの前にいました。

周りにはミツバチたちが、あっちの花からこっちの花へと、ダンスステップをふむように飛び渡《わた》っています。

キララとピッピも、近くの野バラの葉に座《すわ》りました。

ブーン、ブーン、と羽音が近づいてきました。

「ずいぶんとキラキラした妖精《ようせい》ね」

ミツバチは興味《きょうみ》深そうに、キララに近寄《ちかよ》ってきます。大きな目が迫《せま》ってきて、キララは後ずさりしてしまいます。ミツバチはキララよりも小さいけれど、働き者でとてもエネルギッシュです。なんだか圧倒《あっとう》されてしまいます。

「こ、こんにちは、ボクはキララ」

「アタシはアカツキ」

アカツキが会話に入ってきました。

「花の咲《さ》いている場所を知っている？」

ミツバチが花粉《かふん》を丸めながら不思議そうに首をかしげます。

「花ならここにも、たくさん咲いているじゃない」

「もっと大きくて、豪華《ごうか》な花がいいの。花粉や蜜《みつ》を集めるあなたたちは、花の咲いている場所にくわしいのでは？」

「ここから少し南に、花畑があるけど」

「すてき！」

アカツキが手を叩《たた》きます。

「花畑は遠いの？」

「少し遠いかな。でも、大丈夫《だいじょうぶ》。連れて行ってあげるよ」

「連れてく？」

しかし、ミツバチの体は小さくて、キララたちを乗せて飛ぶのは無理そうです。

「オレたちは力持ちなんだ。自分の体重の半分ぐらいの花粉《かふん》や蜜《みつ》を運ぶんだからね。妖精《ようせい》は花びらのように軽いから、どうってことないよ」

ミツバチが羽を細かく震《ふる》わせて、近くにいる他のミツバチを呼《よ》びます。ほどなくして、二匹《ひき》のミツバチがやってきました。

「さあ、足をつかんで」

ミツバチの細い足をつかむのに、キララはためらってしまいます。

アカツキはすでにミツバチの足につかまっています。以前にもミツバチに運んでもらったことがあるようです。

一匹《いっぴき》に一人、三人はバラバラに飛び立ちます。

はじめての体験で、キララは少し心細く思います。万が一、離《はな》ればなれになったらどうしようと、胸《むね》がドキドキします。

けれど、すぐにその不安は消えました。

空気を切るように飛ぶ鳥とは違《ちが》って、ミツバチたちはふんわりと漂《ただよ》うように進んでいきます。このスピードなら、はぐれることはないでしょう。

「金髪《きんぱつ》の妖精《ようせい》さん！」

マタタビの声がしました。いつの間にかキララたちは、昨日のマタタビのそばを飛んでいたのです。

マタタビの葉がきらめいているのは、ピッピが戻《もど》ってきてくれたと思ったのでしょう。

ピッピは一瞬《いっしゅん》泣きそうな顔をしてから、ほほ笑《え》みます。

「ごめんね。ワタシ、まだ旅を続けるわ」

「……そうか。それは残念だ」

輝《かがや》いていた葉が、元気をなくします。

「でも、キミにはキミの理想があるんだよね。キミの歌は本当に素敵《すてき》だった。よい旅になることを祈《いの》っているよ」

「……ありがとう」

空は気持ちよく晴れ渡《わた》り、さわやかな風が吹《ふ》いているのに、キララは不思議と雨のにおいを感じました。

断《ことわ》られたマタタビは気の毒《どく》だけれど、まだ三人で旅ができることをよろこんでしまうことに、キララは少し罪悪感《ざいあくかん》を持ってしまいます。

野バラやマタタビのもとを離《はな》れ、ミツバチたちはフワフワとそよ風のように進み、やがて花咲《さ》く広場が見えてきました。

どこまでも広がる青空と花畑。

「わあ、すごーい」

アカツキが興奮《こうふん》しながら、ミツバチの足から手を離しました。

そこには赤やピンク、白、黄、色とりどりのカーネーションが咲きほこっていました。カーネーションはフリルのように波打つ花びらが何枚《なんまい》も重なった華《はな》やかな花です。

ミツバチはカーネーションの上に、そっと降《お》りました。

キララもミツバチから離れて、一面に咲きほこるカーネーションを見渡します。

鮮《あざ》やかな花が、これほどにたくさん咲《さ》いているのを見たのははじめてです。

ミツバチたちは花の上で、しばらく休憩《きゅうけい》するようです。羽を止めて、カーネーションの花粉《かふん》や蜜《みつ》を探《さぐ》っています。

アカツキはカーネーションにたずねます。

「はじめまして。あなたたちには約束した妖精《ようせい》はいるの？」

「いるよ」

アカツキがガッカリして、黄色い花の上にポスンと座《すわ》り込《こ》みます。

「そっかぁ。もう、いるのね」

「この辺り一帯を守っているんだ。今はもっと南にいる。呼《よ》ぼうか？」

「べつにいい」

アカツキはふてくされて、花の上に倒《たお》れ込みます。そのままゴロゴロと寝転《ねころ》がって、花びらのやわらかさを堪能《たんのう》し始めました。キララもそれにならって、カーネーションの花びらを抱《かか》えるようにして寝そべります。

やわらかさと、甘《あま》い香《かお》りに包まれて、眠《ねむ》くなりそうなほど気持ちよくなり、ついウトウトしてしまいます。

一匹《いっぴき》のミツバチが羽を震《ふる》わせました。ブーンという音と一緒《いっしょ》に、花から浮《う》かび上がります。

「そろそろ帰ろうか」

「そうだね」

他の二匹《ひき》も羽を震わせ宙《ちゅう》に浮かびます。三匹《びき》のミツバチが、やって来た方へと飛び立とうとした時です。

「待って！」

ピッピが叫《さけ》び、ミツバチたちがふり返ります。

「ワタシも連れて行って」

「ピッピ！」

アカツキが叫びます。

「ちょっと、どういうこと」

アカツキがピッピに詰《つ》め寄《よ》ります。

「ごめん、アカツキ。でも、大きくなるの」

「なにが？」

ピッピは胸《むね》の辺りに手を当てます。

「なんか、心の中にすきまができて、それがどんどん大きくなっていくの。ワタシ、マタタビと約束を交《か》わしたいんだと思う」

「マタタビっ!?」

アカツキが髪《かみ》を振《ふ》り乱《みだ》します。

「ピッピの理想と、ぜんぜん違《ちが》うじゃない！」

「そうだけど、でも、そうじゃない」

いつもハネているピッピの髪が、今日はシュンと、うなだれているようにまとまっています。

郵 便 は が き

料金受取人払郵便

小石川局承認

7814

差出有効期限
2025年8月
31日まで

郵便切手はいりません

112-8790

089

東京都文京区
小石川5-5-5

株式会社 アリス館

編集部 行

あなたのおなまえ　さい

お子さまのおなまえ　さい

ご住所 〒

ご職業

この本を何でお知りになられましたか？

●書店で（　書店　店）　●広告で　●書評で

●人にすすめられて　●その他（　）

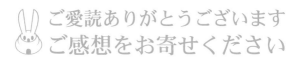

ご愛読ありがとうございます
ご感想をお寄せください

この本のなまえ

ニックネーム　　　　さい

※ご記入いただいたニックネーム・ご感想などの情報を、
弊社宣伝物、ホームページで利用させていただくことがあります。

「理想のように大きな木じゃないし、実も小さくて、集まってくる動物や虫も少なそう。ワタシはずっと、鳥や虫がやってくるにぎやかなところで、お話ししたり歌ったりしたいと思っていた」

「なら、なんでっ」

アカツキが声を荒《あら》らげます。

「マタタビはワタシの歌をほめてくれた。必要だと言ってくれた。そして、気づいたんだ。最初からみんなが集まるのではなくて、ワタシの歌で虫や鳥が集まってくれたら、もっとうれしいし、楽しいと思うの。そうなれば、マタタビのさびしさも消える。お互《たが》い、もっと幸せになれる。それがハーフソウルになるってことじゃないかな」

ピッピの決意はかたいようです。アカツキは言いかけた言葉を飲み込《こ》んで、苦しそうにうつむきます。

ピッピはアカツキの両手を取ります。

「アカツキ、ずっと一緒《いっしょ》に旅してくれて、ありがとう」

それから、キララのほうに顔を向けます。

「短い間だったけれど、キララもありがとうね」

ブーン、ブーンとミツバチが近づいてきます。ピッピはなごり惜《お》しそうにアカツキの手を離《はな》します。

「アカツキも、キララも元気でね」

ミツバチが三匹《びき》そろって飛び立ちました。

キララはあわてて手をふります。

「ピッピも元気でね！」

ピッピがふり返ります。金色の髪《かみ》が、ミツバチの動きに合わせて跳《は》ねています。

ピッピと三匹の姿《すがた》はどんどん遠くなり、やがて黄色い小さな点になって消えてしまいました。その瞬間《しゅんかん》、キララの胸《むね》にポコッと穴《あな》が空いた気がしました。

アカツキが花の上に、へたりこみます。

「アタシ、ちゃんとお別れを言えなかった」

アカツキの目から涙《なみだ》がこぼれ落ちました。

「おめでとう、って言えなかった」

キララはどうしていいかわからずに、アカツキの周りをオロオロと飛び回ります。

「妖精《ようせい》さん、妖精さん」

キララたちを見かねたのか、カーネーションたちが優《やさ》しく声をかけます。

「しばらくここで休みなさいな」

「ほら、やわらかい花びらで包んであげる」

キララはポスンと、アカツキの隣《となり》の赤い花に座《すわ》り込《こ》みます。花びらのみずみずしい感触《かんしょく》と、甘《あま》い香《かお》りに包まれます。

「アカツキ、泣かないで。ボクはどうしたらいい？」

キララが声をかけても、アカツキは花に突《つ》っ伏《ぷ》して泣き止みません。

花が風に合わせて、ゆっくりと揺《ゆ》れます。なんだかゆりかごの中にいるような気持ちよさで、キララはいつの間にか眠《ねむ》ってしまいました。

「キララ、キララ」

名前を呼《よ》ばれて、キララはそっと眠りから覚めます。まぶたを開くと、周りは真っ暗で、頭上にあまたの星がまたたいています。

暗くてよく見えないけれど、アカツキはとても悲しそうに、ひざを抱《かか》えてうつむいていています。月明かりに照らされたアカツキの髪《かみ》が、風に揺《ゆ》れて赤くキラリと光ります。

「ピッピとは、一年も一緒《いっしょ》に旅していたの」

星の明かりだけが美しい暗い世界で、アカツキの声が響《ひび》きます。

「春と夏と秋と冬。一緒にたくさんの植物と会ってきたの。どんな植物と約束を交《か》わしたいか、理想を毎日話し合っていた」

アカツキが小さく鼻をならします。まだ、完全に涙《なみだ》は止まっていないようです。

「今ね、心がぐちゃぐちゃなの。ピッピにおめでとうってお祝いの言葉をかけられなかったのは、うらやましかったからだわ。アタシ、しっとしたのよ」

「どうして？」

「アタシが理想とする、大きくて華《はな》やかな花は、すでに他の誰《だれ》かと約束を交わしているの。きっと人気なのね。このままずっと、約束を交わせなかったらどうしよう」

「交わせなかったらどうなるの？」

「もし……交わせなかったら……」

アカツキは頭をふります。長い髪から、赤い光が飛び散ります。

「アンタは生まれたばかりだから大丈夫《だいじょうぶ》よ」

どう大丈夫なのだろう、とキララは少し不安になります。

「アタシの胸《むね》にもすきまができてる。これ、そのうちなくなるのかな？」

「アカツキ？　苦しいの？」

アカツキはうずくまったまま、ずっと沈黙《ちんもく》しています。

ピッピも胸《むね》にすきまができて、苦しそうでした。

キララは自分の胸に手を当てて考え込《こ》みます。スイと苔《こけ》の仲の良さ、信頼《しんらい》の深さを思い出します。

ピッピはマタタビと約束を交《か》わして、心地《ここち》よい夜を過《す》ごしているのでしょうか？

「ピッピが幸せなら、ボクはいい」

けれど、隣《となり》で辛《つら》そうにしているアカツキには、どうしたらよいのでしょう。

「ボクはピッピの代わりにはなれないかな？」

月が西に沈《しず》み、星がゆっくりと光に溶《と》けても、キララは眠《ねむ》れずにアカツキを見つめていました。

人間の生活を支《ささ》える ミツバチ

あまーいハチミツ、みんなは好きかな？　ミツバチはハチミツを作る以外にも、すっごく人間の役に立っているのよ。

虫は受粉《じゅふん》の手伝いをしているの。でも、虫と花には相性《あいしょう》があって、どんな花でもいいってわけじゃないの。

ミツバチは野菜や果物など、人間の食糧《しょくりょう》になる植物の受粉に大きく関わっているんだ。もし、ミツバチがこの世からいなくなったら、食糧不足になって人間も滅《ほろ》びるっていう学者もいるわ。

そして、恐《おそ》ろしいことに、今ミツバチの数はどんどん減《へ》っているんだって。理由は気候変動や自然破壊《はかい》らしいわ。

身近なところから、環境《かんきょう》問題に少しでも興味《きょうみ》をもってくれたらうれしいな。

世界中で愛される花 カーネーション

華《はな》やかなカーネーションは、園芸や贈《おく》り物として世界中で愛されている花。とくに「母の日」のプレゼントの定番。

世界中で母へ感謝《かんしゃ》を示す日はあるけれど、日本で「母の日」が広がったのは、青山女学院長のアレクサンダー女史《じょし》がアメリカの母の日を紹介《しょうかい》し、それがキリスト教関係者によって広められたのが始まりといわれているわ（諸説《しょせつ》あり）。

カーネーションは赤、ピンク、白だけでなく、黄、紫《むらさき》、青など、いろんな色があるんだ。だから、自分のお母さんの好きな色を贈るのもいいかもね。

第5話

月明かりのもとで咲《さ》く花
～月下美人～

ピッピと別れてから、アカツキはずっと元気がないままです。

今日もカーネーションの上に座《すわ》って、ぼんやりと空をながめています。

このままでは、旅が続けられません。新しい花と出会いたい気持ちがふくらみますが、アカツキを置いて旅をする気にはなれません。

アカツキが心配だし、一人で旅をするのは、心細くてとても不安だからです。

「どうすれば、アカツキは元気になると思う？」

キララがカーネーションに話しかけたとき、強い風が吹《ふ》いて、体が花の上で大きく跳《は》ね上がりました。

「いじけてふて寝《ね》している妖精《ようせい》とは、キミのことかな？」

キジバトに乗った妖精が、キララを見下ろしています。金色の髪《かみ》をした妖精で、一瞬《いっしゅん》、ピッピが戻《もど》ってきたのかと思いました。

でも、ピッピよりも少し髪が長くて、ピンク色の瞳《ひとみ》です。

カーネーションたちが口々に告《つ》げます。

「違《ちが》うよ、マーミ」

「ふてくされているのは、赤い髪の妖精だよ」

「あっちの妖精だよ」

マーミと呼《よ》ばれた妖精は羽を広げ、キジバトの背中《せなか》を離《はな》れて、キララの隣《となり》の花に立ちました。

「ワタシはマーミ。ここら一帯に咲くカーネーションの妖精だよ。あいさつが遅《おく》れたね」

「ボクはキララ。あそこにいるのはアカツキ」

「キミたちが、最近やってきた妖精《ようせい》だね。好きなだけいていいんだよ。ここは居心《いごこ》地《ち》がいいだろ」

マーミはほこらしそうに腕《うで》を広げます。

「人間に捨《す》てられて、元気がなくなったカーネーションたちと約束を交《か》わし、ワタシが復活《ふっかつ》させたのさ」

「ニンゲン?」

知らない言葉にキララは首をかしげます。ニンゲンとはなにかとたずねる前に、カーネーションたちが合唱するようにしゃべり始めました。

「そうそう、マーミのおかげ」

「マーミがいるから毎日楽しい」

「マーミがいたら、ボクたちは元気」

マーミが愛《いと》おしそうに、近くのカーネーションをなでながら言います。

「カーネーションが元気だと、ワタシも幸せ」

マーミの姿《すがた》が、ピッピと重なりました。ピッピはマタタビと幸せにすごしているのだろうと、キララはうらやましく思います。でも、しっとはありません。ピッピがいなくなって、さびしくはありますが、アカツキほど落ち込《こ》んではいません。

「アカツキはさびしいんだ。長く一緒《いっしょ》に旅していたピッピと別れたから」

ピッピと一緒にいた時間は、キララよりもずっと長いのです。その間には、いろいろな思い出もあったでしょう。

マーミは花の上をピョンピョンと跳《は》ねて、アカツキのそばに寄《よ》ります。

「こんにちは、アカツキ」

アカツキは顔を上げると、いきなり叫《さけ》びました。

「ピッピ！」

マーミはビックリして、花の上に尻餅《しりもち》をつきます。

「……じゃない」

一瞬《いっしゅん》輝《かがや》いたアカツキの瞳《ひとみ》が、しぼんだように暗くなります。あわててキララもそばに寄《よ》ります。

「マーミ、大丈夫《だいじょうぶ》？」

マーミが笑い出します。

「キララから聞いているよ。ピッピっていうのは、一緒《いっしょ》にここに来た妖精《ようせい》だろ。約束を交《か》わす植物を見つけて、去って行ったんだってね」

アカツキが泣きそうな表情《ひょうじょう》でうなずきます。

「さみしいんだね。わかるよ。ワタシもここにたどり着くまで、一緒に旅していた妖精《ともだち》がいたから」

マーミは立ち上がり、アカツキのそばに寄ります。

「たくさんの妖精《ようせい》たちや植物と出会い、別れてきたんだ」

マーミは励《はげ》ますようにアカツキの髪《かみ》をなでます。

「旅は続けなきゃ。さびしくても、悲しくても、イラついていても、怒《おこ》っていても」

アカツキはうつむいたまま、マーミの声に耳を傾《かたむ》けています。

「でも、疲《つか》れたら休んでいいんだよ。旅を続けるには、休息が必要だから」

マーミはキララのほうを向きます。

「そうそう。あいさつが遅《おく》れたのは、倒《たお》れた妖精の手当てをしていたからなんだ」

「倒れた妖精？」

「そう。太陽の光が苦手で、昼間に動き回りすぎて、倒れてしまったんだ」

「太陽が苦手⁉」

キララとアカツキが同時に声を上げます。

太陽が苦手なんて、考えられません。植物の妖精は、美しい水と光から生まれるのです。植物に水と日光が必要なように。

「今はカーネーションの陰《かげ》で休ませているよ。長いこと一人で旅しているんだ。よかったら、仲間に加えてやってくれないか？」

「長い……？　それはどんな妖精？」

たずねたのはアカツキでした。

「ワタシから説明するより、会ったほうがはやいよ。案内しようか」

「会ってみたいわ」

アカツキが即答《そくとう》します。驚《おどろ》きと好奇心《こうきしん》が、アカツキを少し元気にしてくれたようです。マーミはしてやったりと言わんばかりに、ニヤリと口の端《はし》を上げます。

「なら、キジバトさんに連れて行ってもらおう」

マーミと一緒《いっしょ》に、キララとアカツキもキジバトの背中《せなか》に乗り、カーネーション畑の東へと飛びます。

そこは畑の端っこで、岩場の陰《かげ》になって少し暗くて、涼《すず》しい場所でした。しかし、どの花にも妖精《ようせい》の姿《すがた》はありません。

「こっちよ」

マーミがキジバトから降《お》りて、キララたちを手招《てまね》きします。マーミは一番大きなオレンジの花の下に潜《もぐ》り込《こ》みます。

茎《くき》から伸《の》びている細長い葉っぱをくぐりながら、下へ下へと進んでいくと、地面に近い大きい葉の上に、黒髪《くろかみ》の妖精が横たわっていました。

「イザヨイ、気分はどう？」

イザヨイと呼《よ》ばれた黒髪の妖精は、ゆっくりと体を起こします。

「ありがとう、マーミ。昨日よりも、ずっと気分がいいよ」

イザヨイはアカツキとキララを見上げてつぶやきます。

「炎《ほのお》のような妖精と、氷のような妖精がいる」

「炎がアカツキ、氷がキララ。キミと同じ、旅の途中《とちゅう》だよ。よければ、一緒に行くといいよ」

どうかな、とマーミはアカツキとキララに視線《しせん》をむけます。キララは仲間が増《ふ》えるのは大歓迎《だいかんげい》です。でも、アカツキはどうでしょう？

「オレはイザヨイ。月の光から生まれたんだ」

ふわりと葉っぱから離《はな》れて、イザヨイはアカツキとキララの前にやってきます。

「月明かりから生まれたって、本当？」
アカツキがたずねると、イザヨイは少しさびしげにほほ笑《え》みました。

「時々、オレみたいに生まれるヤツがいるようだ。月が映《うつ》った水面から生まれる妖《よう》精《せい》が」

イザヨイの真っ黒な髪《かみ》は、暗い夜空の色を切り取ったのでしょう。瞳《ひとみ》は月のようにやわらかな薄《うす》い黄色です。

「強い太陽の光が苦手。だからあまり昼間に移動《いどう》できないんだ。暗い森の中や、雨の日や、曇《くも》りの日は大丈夫《だいじょうぶ》だけど、天気の良い日が続くと、今みたいに弱ってしまうかもしれない。キミたちのお荷物になるかもしれないけど、一緒《いっしょ》に旅できたらうれしいよ」

二日後、キララはキジバトに乗り、マーミに別れを告《つ》げて、カーネーション畑を去りました。キジバトの背中《せなか》には、アカツキとイザヨイもいます。

今日は曇り空で、太陽は雲の中に隠《かく》れています。それでもイザヨイは、カーネーションの葉で編《あ》んだ笠《かさ》をかぶっています。

「太陽が苦手な妖精《ようせい》なんて。いったいどんな植物と約束を交《か》わすの？」

アカツキの疑問《ぎもん》はもっともです。植物は日光と水で育ちます。太陽の照っている昼間こそ、植物の活動の時間なのです。

「オレが探《さが》しているのは、夜に花を咲《さ》かせる植物だよ」

「ずっと旅してきたけれど、そんな花に出会ったことない」

「キミたちは眠《ねむ》ってしまうから、気づかないだけだよ」

アカツキが不服そうに口をとがらせ、その顔を見てイザヨイが噴《ふ》き出します。

「誰《だれ》かと旅をするって、楽しいや」

「今までずっと、ひとりでいたの？」

「そうじゃないけど、ひとりだった時間のほうが長かったよ」

イザヨイは今までのことを、キララたちに語ります。

イザヨイが生まれたのは、満月から一夜過《す》ぎた夜でした。少しだけ欠けた月の明かりが、静かな川面に落ちて、イザヨイが生まれました。月しかない闇《やみ》の中で、はじめて感じたのは、さびしさと不安でした。

そして、さびしさと不安は、どんどん育っていきました。

はじめて迎《むか》えた朝、太陽が昇《のぼ》るほどに、体が熱くなり、頭がクラクラして、とても耐《た》えられなくなりました。そのときは、生まれたばかりだからだろうと思いましたが、何度朝を迎えても同じでした。

妖精たちとも出会いました。一緒《いっしょ》に旅をしたこともありますが、すぐに別れることになりました。

なぜなら、太陽の光がさんさんと降《ふ》り注ぐ気持ちのいい空の下の旅は、イザヨイには辛《つら》く、共にいることがお互《たが》いに苦痛《くつう》になってしまうからです。

朝が来ること、晴れた日になること、それは植物にも妖精にもよろこばしいことです。けれど、イザヨイだけは一緒によろこべないのです。

それどころか、夜になると眠《ねむ》ってしまう妖精《ようせい》たちをよそに、逆《ぎゃく》に目がさえて元気になってしまうのです。

「どうしてオレは、みんなと違《ちが》うのだろう」

みなが寝静《ねしず》まった夜、月に語りかけます。

「こんな体では旅もできないし、オレと約束を交《か》わしたい植物なんていないだろう。オレはあきらめるよ」

イザヨイは枯《か》れた木のうろを家にして、ずっとここにいようと決めました。このままさびしさに埋《う》もれて消えてしまうかもと、つらい孤独《こどく》な日々が続きました。

ある日、一匹《いっぴき》のガが迷《まよ》い込《こ》んできました。

「おや、こんなところに妖精さん」

久《ひさ》しぶりの話し相手に、今までのさびしさをうめるように、イザヨイはしゃべりつづけました。ガはいたわるようにイザヨイの話に耳を傾《かたむ》け、そして言いました。

「キミのような妖精に会ったことがあるよ」

「本当に!?」

太陽を好きになれない妖精が、自分以外にもいるなんて、信じられません。

「ボクの背《せ》に乗りなよ。連れて行ってあげる」

「夜でも飛べるの？」

ガは自慢《じまん》の触角《しょっかく》を伸《の》ばします。

「夜のほうが得意《とくい》さ。ボクは夜目がきく。夜は敵《てき》が眠っている。いいことだらけさ」

ずっと、うろの中で過《す》ごしていたイザヨイは、昼間に飛ぶ鳥や虫のことしか知りませんでした。うろの中から、青空を横切る彼《かれ》らを、うらやましく見ているばかりだったのです。

空を飛ぶなんて、久しぶりのことです。おそるおそる、ガの背中に上ります。

「しっかりつかまるんだよ」

ガが黒い空に向かって羽ばたきました。イザヨイはガのように夜目がないので、どこへ向かっているのか、まったくわかりません。景色が変わらないので、時間がどれだけたったかもわかりません。

やがて、甘《あま》い香《かお》りが漂《ただよ》ってきました。ガの背《せ》から地面をのぞきこむと、白い光が宙《ちゅう》に浮《う》かんでいるのが見えました。

ガはゆっくりと、光の中へと向かっていきます。近づいていくと、光は白い花へと姿《すがた》を変えました。

光の正体は、月下美人の花だったのです。月の光を受けて、純白《じゅんぱく》にきらめく美しい花びら。とても神秘的《しんぴてき》な光景に、イザヨイはうっとりと花の上に降《お》り立ちます。

「ありがとう、ガさん。すてきな場所に連れてきてくれて」

「どういたしまして。どうだい。夜の世界もなかなか、にぎやかだろう」

ガは得意《とくい》げにウインクして去って行きました。

イザヨイは夢見心地《ゆめみごこち》で、月下美人の白い花の上を渡《わた》り歩きます。頭の上では、イザヨイが、今まで知らなかった虫が飛んでいます。

イザヨイは他の妖精《ようせい》とは違《ちが》うといじけて、ずっとうろの中に閉《と》じこもっていたから、気づけなかったのです。

「おや、久《ひさ》しぶりに妖精がたずねてきた」

金色の髪《かみ》と黒い瞳《ひとみ》、ちょうどイザヨイの髪と瞳の色を反対にした妖精が近づいてきました。腰《こし》まである金髪《きんぱつ》が、月の光を受けてキラキラ輝《かがや》いています。

「ワタシはツキヤ。ここに咲《さ》く月下美人の妖精だよ」

「オレはイザヨイ」

「キミも月光から生まれた妖精だね」

「ツキヤもなの!?」

イザヨイは自分だけみんなと違うと、ずっと悩《なや》んできました。まさか仲間がいるとは、想像《そうぞう》もしていなかったのです。

「少数派《しょうすうは》だけど、ワタシたちのように月光から生まれる妖精はいるんだ。強い光や暑さに弱いけれど、夜は得意。だから、月下美人のように、夜に活動する植物と約束を交《か》わしたんだよ」

イザヨイにずっとまとわりついていた孤独感《こどくかん》が、夜風に吹《ふ》かれたように消えてしまいました。体が軽くなって、花の上でくるりくるりと三回転しました。

「オレもツキヤのように、夜の花を探《さが》すよ。でも、ひとりで夜中に旅をするのはさびしいな」

ストンと花の上に腰《こし》を下ろします。

ツキヤが笑いながら、イザヨイの隣《となり》に座《すわ》りました。

「必ずしも、夜の植物と約束を交《か》わさなくてもいいんだよ」

「でも昼間のオレは、役に立たないよ」

「少しずつ訓練すればなれてくるよ。ワタシも月下美人と出会うまで、昼間も旅をしていたんだ。生まれたばかりのときは辛《つら》かったけれど、だんだん平気になってきたよ」

「でも、月下美人と約束を交わしたんだ」

「うん。月明かりの下で広がる、美しい白い花に一目惚《ひとめぼ》れしたんだ」

ツキヤが照れくさそうにはにかみ、そして付け加えます。

「生まれつきの特性《とくせい》はあれど、可能性《かのうせい》はいくらでも広げられるよ。イザヨイが思う希望に、きっと出会えるよ」

「オレはツキヤが教えてくれたように、笠《かさ》や羽織《はおり》を身につけ、少しずつ昼間も移動《いどう》できるよう訓練していた。かなり、太陽と仲良くなれたよ。と、思っていたんだけど……」

イザヨイは気まずそうに、ほおをかきます。

「ちょっと調子に乗りすぎて、カーネーション畑で倒《たお》れてしまったんだ」

「ボク、夜に花を咲《さ》かせる植物があるなんて知らなかった」

キララはまだまだ自分の知らないことが、多いのだと思いました。もっといろいろなことを知ることで、自分が求める植物、求められる植物、ハーフソウルが見つかるのだと。
アカツキやイザヨイと一緒《いっしょ》に旅をするのが、ますます楽しくなってきました。

夜の世界に生きる植物たち 月下美人など

夜の闇《やみ》に隠《かく》れて狩《か》りを行う動物や虫がいるように、夜に活発になる植物もいるんだよ。太陽が沈《しず》む夕方から明け方に、花を咲《さ》かせたり、香《かお》りが強くなったりして、夜に活動する虫を引き寄《よ》せるんだ。

夜に咲く花の代表ともいえる花、月下美人。月の下の美人なんて、いかにもって名前だね。朝になるとしぼんでしまう、一夜限《かぎ》りの美しさ。

月下美人の他にも、夜に咲く花はたくさんあるよ。

たとえばヨルガオ。みんなが知っているアサガオに似《に》た花を夜に咲かせるんだ。ちなみに、昼に咲くヒルガオ、夕方に咲くユウガオもあるよ。

アサガオ、ヒルガオ、ユウガオ、ヨルガオ。まるで4人兄弟のようだけれど、ユウガオだけはヒルガオ科ではなく、ウリ科で仲間はずれなんだ。

他にはカラスウリ、マツリカ、イエライシャン、サガリバナなど。興味《きょうみ》があったら、ぜひ図鑑《ずかん》などで調べてみてね。

夜に咲く花は暗くても目立つように、白色や黄色が多いんだ。

第6話

きらめく宝石《ほうせき》の葉

〜多肉植物〜

雨の日が多くなってきました。

鳥も虫も、雨宿りしているのでしょうか。キララたちはもう一週間ちかく、ハスの池で足止めです。

ハスが一面に生えている池で、キララたちは葉に落ちる雨の音を聞いています。

今日は昨日のように激《はげ》しい雨ではなく、トントントンと小さなリズムを刻《きざ》むような雨です。

「あぁ、もう退屈《たいくつ》。キララ、なにか面白《おもしろ》い話をしてよ」

アカツキは大きなハスの葉の上で、ゴロゴロと体を横転させせます。

「面白い話なんて、知らないよ」

「なによ、役に立たないわね」

アカツキはほおをふくらませて、プイッと顔をそむけます。

キララは困《こま》ってしまいます。アカツキは雨が降《ふ》り始めてから、なんだかずっと不《ふ》機《き》嫌《げん》です。

理由は二つありました。雨が降ると旅が進まないこと。もう一つは、ハスにはすでに約束を交《か》わした妖《よう》精《せい》がいたこと。

大輪の花を咲《さ》かせるハスは、アカツキの理想にピッタリでした。

キララはアカツキから逃《に》げるように、そっと羽を広げます。互《たが》い違《ちが》いに広がっているようなハスの葉の間をぬって、上へ上へと飛んでいきます。

「不機嫌なアカツキはちょっと怖《こわ》いけれど、悲しんでいるよりはいいや」

キララはアカツキを、しばらくそっとしておくことに決めました。

一番上の葉までたどり着くと、灰色《はいいろ》の雨空が広がっていました。その下で、イザヨイとロタが、足元の水滴《すいてき》を散らしながら踊《おど》っていました。

「とても楽しそうだね」

キララが近寄《ちかよ》ります。ロタはキララの手を取って、クルクルと回り始めます。

「ハスは池の中で育つぐらいだもん。水は大好き。雨も大好き」

「オレも雨は好きだ。昼間でも、全然大丈夫《だいじょうぶ》。笠《かさ》もいらない。自由だ」

「それに雨の季節が過《す》ぎたら、花が咲《さ》くよ。大きな花が咲くよ」

ロタは、ここのハスと約束を交《か》わした妖精《ようせい》です。この池の色と似《に》ている、水色の髪《かみ》をなびかせています。

ロタとキララの手が滑《すべ》って離《はな》れます。キララは糸の切れたタコのように、クルクルと回りながら葉の上に落ちます。目も回っています。

「大丈夫？」

いつの間にか、アカツキがキララのそばに座《すわ》っていました。踊り疲《つか》れたのか、イザヨイとロタも、キララのもとにやって来ました。

「アカツキ、調子はどう？」

声をかけてくれたロタに、アカツキはぶっきらぼうに答えます。

「まあまあ、かな」

「それなら、よかった」

ロタは羽を震《ふる》わせて、飛沫《しぶき》を飛ばします。

「つぼみが生まれているから、見てくるね。キミたちは、いくらでもここで、ゆっくりしていくといいよ。あと半月もすれば、池は満開の花で美しくなるよ」

ロタは手をふりながら去って行きました。

「どんなにきれいな花でも、すでに約束した妖精がいるなら無意味よ」

アカツキは灰色の空をにらみつけます。

「どうして、そんなにあせるんだい？」

イザヨイが不思議そうに、アカツキのそばに寄ります。

「だって……急がなければ。アタシ、消えてしまう」

アカツキは今にも泣き出しそうな顔で、ひざをかかえます。

キララはびっくりして、ひっくり返ります。

「ど、どういうこと？　アカツキ、消えちゃうの？」

「アンタは生まれて間もないから知らないんだ。ハーフソウルに会えない妖精《ようせい》は、胸《むね》に穴《あな》が空いて、それがどんどん大きくなって、やがて消えるの」

アカツキは胸に手を当てます。

「ピッピと別れてから、胸がジクジク痛《いた》むの。もうすぐ季節が二周してしまう。アタシの胸には、もう穴が空き始めているのかも。きっと、そうよ」

キララはあわてて自分の胸をのぞき込《こ》みます。

イザヨイが笑い出しました。

「急ぐ必要なんかないさ。オレは季節を五回、いやもっと巡《めぐ》っている妖精に会ったことがあるよ。すっごく元気で、旅を楽しんでいたよ」

「本当にっ!?」

アカツキがイザヨイに詰《つ》め寄《よ》ります。

「本当だよ。それに、アカツキはピッピと別れて、ずっとさびしかったんだね」

アカツキがうなだれます。イザヨイという新しい仲間が増《ふ》え、アカツキはピッピが去ったさびしさから、立ち直ったとキララは思っていましたが、そうではなかったのです。

アカツキの胸には、まだ大きなさびしさがあるのです。

「ハーフソウルが見つかれば、きっとそれも消える。でも、美しい花は人気だもん。出会ってきた花、みんなすでに約束を交《か》わしているの」

アカツキはくちびるを噛《か》みます。

「アタシ、ロタがうらやましい。ハスのような、大きくて華《はな》やかな花と約束を交わせて」

イザヨイが首をかしげます。

「アカツキは花ばかりにこだわっている。葉や木が美しい植物もたくさんあるのに」

「葉っぱや木が、美しいってなによ」

「植物の美しさには、いろいろあると思うんだ。たとえば……、そうだ、樹齢《じゅれい》千年の木を見たことはあるかい？」

樹齢とは、木の年齢《ねんれい》です。樹齢千年とは、千年も生きている木です。

「千年育った木だから、そりゃ大きいんだ。もう、大きいって、言葉だけじゃあらわせないいな」

イザヨイは空を見上げて、懐《なつ》かしそうに語り始めます。

「木のてっぺんは、空まで届《とど》くぐらいに高く、一日じゃたどり着けなかった。幹《みき》の周りを飛ぶのでさえ、大変だった。その雄々《おお》しさ、力強い姿《すがた》は、圧巻《あっかん》の美しさだよ」

「よく、わからない。そんな木、見たことないもの」

「じゃあ、探《さが》してみようよ。時間はたっぷりあるんだし」

イザヨイの提案《ていあん》に、アカツキはしばし迷《まよ》ってから、ゆっくりとうなずきました。

キララは、空まで届くような大きな木を想像《そうぞう》してみましたが、うまくいきません。

でも、大きな木が、アカツキを元気にしてくれたらうれしいなと思います。


次の日、雨が上がりました。

曇《くも》り空の下ですが、餌《えさ》を探しにやって来た鳥や虫たちで、久《ひさ》しぶりににぎわっています。

大きなカラスが、キララ目がけて飛んできました。迫《せま》ってくる鋭《するど》いクチバシに、キララは驚《おどろ》いて池に落ちそうになりました。

カラスが真っ黒なくちばしを引っ込《こ》めて、キララに話しかけます。

「おやおや、妖精《ようせい》さんかい。宝石《ほうせき》と間違《まちが》ったよ。キミの髪《かみ》が、まるで水晶《すいしょう》のようだったから」

カラスがクワックワッと笑います。

イザヨイが近づいて、カラスに大きな木を知らないかとたずねます。

「大きな木なら、巣の近くにあるから、ちょっと道草して連れて行ってやるよ」

キララたちはロタに別れを告《つ》げ、カラスに乗ってハスの池から飛び立ちます。旅の再開《さいかい》です。

しばらくすると、小さな森が見えてきました。

「あれは人間が大切にしている森だよ」

「ニンゲン!?」

キララが声を上げます。前に一度聞いたことがある言葉です。

「キララはまだ、人間に会ったことがないのか」

イザヨイが人間について説明しようとしたとき、カラスが急降下《きゅうこうか》しました。キララたちは、落ちないようギュッと目をつぶって羽毛《うもう》にしがみつきます。

「着いたよ」

キララが目を開けて周りを見ると、そこは森の中のようでした。

「どこに大きな木が？」

カラスがまた、クワックワッと笑います。

「今、キミらはそこにいるんだよ」

キララは周りを見回します。細い木と葉しか見えません。

「じゃあ、もう少し上にいってみるか」

カラスは翼《つばさ》を広げ、枝葉《えだは》をくぐり抜《ぬ》けて上昇《じょうしょう》します。そして、キララたちは知りました。自分たちが大樹《たいじゅ》の枝葉の中にいたことを。

キララが細い木と思っていたのは枝でした。キララが今まで見てきた木の太さぐらいあります。幹《みき》は大きな岩が、いくつも合体したようなごつさです。キララの薄《うす》い羽で幹を一周したら、疲《つか》れ果ててしまいそうです。小さな妖精《ようせい》にとっては、一つの森のような迫力《はくりょく》です。

「ワレはクスノキ。植物の妖精たちよ」

木がキララたちに話しかけました。その声は、地面の深く奥《おく》から響《ひび》いてくるようでした。
キララとアカツキは、木の迫力《はくりょく》に震《ふる》え上がります。

「ワレは妖精《ようせい》とは約束をせん」

「どうして？」

キララが素朴《そぼく》な疑問《ぎもん》を投げます。

「妖精と約束を交《か》わさぬまま、人間たちとの関わりが、あまりにも長くなってしまった。いまさら、約束を交わそうと思わない。ある意味、人間と約束を交わしたようなものだ」

キララが下をのぞきこむと、見たことのない生き物が、木の前に立っていました。キララたちに似《に》た姿《すがた》ですが、羽がなく、色とりどりの布《ぬの》をまとっています。彼《かれ》らは、木の前で手を合わせて頭を下げます。

キララには事情《じじょう》がよくわかりませんが、この木が人間たちに大切にされているのはわかりました。

羽はないけれど、自分たちに似た人間は、自分と同じように植物を愛しているのだと思いました。妖精とは違《ちが》うやり方で、約束を交わしているのでしょうか？

キララは興味津々《きょうみしんしん》に人間たちをながめます。

「どうだい、アカツキ」

イザヨイがアカツキに声をかけます。クスノキの迫力《はくりょく》に驚《おどろ》き、ぼう然となっていたアカツキは、イザヨイの言葉で我《われ》に返ります。そして、ツンと顔をそむけました。

「すごいけど、約束できないなら意味ないっ！」

「でも、ずーっと見入っていたよね。口を開けっぱなしで」

イザヨイにからかわれて、アカツキはますます意固地になり、口を尖《とが》らせて背《せ》を向けました。

「美しさって、相手の魂《たましい》を奪《うば》うような力のことだと思うんだ。ほら、キララをごらんよ」

キララは目も口も大きく開けて、石像《せきぞう》のように上を見つめています。空の代わりに、クスノキの枝葉《えだは》がどこまでも広がっていて、まるで空を乗っ取ってしまったようです。幹《みき》は太すぎて、まるで世界を区切っている壁《かべ》のようです。

まさに今のキララは、魂を奪われたというのにふさわしいようすです。

アカツキは大きく息を吐《つ》いて、カラスにたずねます。

「ねえ、カラスさん。きれいな植物を知っている？」

カラスは首をかしげて、少し考え込《こ》みます。

「そういえば、宝石《ほうせき》のような植物を知っているよ。今日のように間違《まちが》えてつまむところだった」

「宝石っ！」

アカツキが飛び上がります。

「会いたい！　会ってみたいわ。お願い、連れて行って」

「うーん。まあ、いいか」

キララたちは、ふたたびカラスの背に飛び乗ります。

カラスが着地した場所は、日当たりが良く、乾《かわ》いた土地でした。イザヨイはちょっと辛《つら》そうに、クスノキからもらった葉で作った笠《かさ》を深くかぶります。

「朽《く》ちた家がある。きっと、人間が捨《す》てていったんだ」

イザヨイが「ほら」と言って指さしたほうには、屋根が半分崩《くず》れて雨ざらしになった無人の家がありました。

壁《かべ》も崩れ、家の中まで土埃《つちぼこり》や瓦礫《がれき》、どこからか飛んできたゴミが散乱《さんらん》しています。

庭であったであろうところには、萎《しお》れて半分以上が土と化している植物たちの残《ざん》骸《がい》があって、キララはイザヨイの腕《うで》にギュッとしがみつきました。

「人間がいたのに、どうして枯《か》れてしまっているの？　人間はどこかに行ってしまったの？　なんで？」

「キララ、落ち着いて。怖《こわ》がらないで」

「だって、クスノキは人間と約束したんでしょ」

約束を交《か》わした植物と妖精《ようせい》は、離《はな》ればなれになることはありません。

「人間は植物の世話ができるけど、オレたちのように約束は交わせないよ」

風が吹《ふ》くと、砂埃《すなぼこり》が舞《ま》い上がりました。

キララたちは吹き飛ばされないよう、身をかがめて丸くなります。

「あっ！」

イザヨイの笠が飛ばされてしまいました。すでに遠く、取り戻《もど》すのはむずかしいでしょう。

「家の中にかくれよう」

キララとイザヨイは、崩れた壁の穴《あな》から家の中に逃《に》げ込《こ》みます。

落ちた屋根の残骸や、壊《こわ》れた家具や食器。キララははじめて目にする物ばかりで、人間のことやイザヨイのことも忘《わす》れて、家の中を見回します。

「まるで墓場《はかば》のようじゃない。こんなところに、宝石《ほうせき》のような植物があるの⁉」

アカツキの叫《さけ》び声で、キララはここに来た目的を思い出します。

ここには、そもそも植物がいません。

ボロボロになった屋根で羽づくろいしていたカラスが、カアッと大きく鳴いて、そのまま家の壁《かべ》のそばに降《お》り立ちました。キララたちのいるところから、少し離《はな》れた場所でした。

「ほら、ここさ」

崩《くず》れかけた家の延長《えんちょう》のように、レンガがゴロゴロと土の上に転がっています。

不審《ふしん》な表情《ひょうじょう》でアカツキがカラスのそばにやってきます。キララとイザヨイは、家の中の日陰《ひかげ》を利用しながら、慎重《しんちょう》にアカツキの近くへと移動《いどう》します。

「はじめまして。シズクイシだよ、妖精《ようせい》さん」

レンガの中から、小さな声がしました。

キララたちが見つけたのは、地面から直接《ちょくせつ》生《は》えている、ぷっくりとした丸みのある葉でした。その葉は、透《す》き通っていて、薄緑色《うすみどりいろ》の水晶《すいしょう》みたいでした。

「こんな植物、見たことない」

アカツキはシズクイシに近寄《ちかよ》り、そっと葉に触《ふ》れます。

「妖精さんの髪《かみ》、とてもきれい」

「あなたのほうが、ずっと、ずっときれい」

日差しを受けて、アカツキの赤い髪と、シズクイシの緑の葉が輝《かがや》いています。

「人間がいなくなって、雨に頼《たよ》るしかなくなったの。去年の夏はとても暑くて、みんな枯《か》れてしまったよ。シズクイシは砂漠《さばく》の植物だから、生き残れたんだ」

「そうだったの」

「でも、さびしくて、次の夏がきたら、だめかもしれない……」

「大丈夫《だいじょうぶ》。アタシがいるから」

アカツキは丸い葉をそっと抱《だ》きしめます。

シズクイシのぷっくりした葉が、さらにキラキラと輝き、つややかさが増《ま》しました。

風になびくアカツキの髪も、火の粉《こ》を散らすようにキラキラと光っています。

「まるでペリドットとルビーだ。美しいね」

崩《くず》れた壁《かべ》の欠片《かけら》から顔だけをちょこっと出して、イザヨイがつぶやきました。

——美しさって、相手の魂《たましい》を奪《うば》うような力のことだと思うんだ。

キララはイザヨイの言葉を思い出します。きっと、アカツキはシズクイシに魂を奪われ、シズクイシもアカツキに魂を奪われたのだと思いました。

アカツキは運命の植物に出会えたんだなと、キララはちょっぴり羨《うらや》ましく、そしてさびしく感じます。けれど、それ以上に、うれしさが心の中に広がっていくのでした。

宝石《ほうせき》のような植物
シズクイシ

肉厚《にくあつ》な茎《くき》や葉に水を貯《た》めることのできる多肉植物は、育てやすいと人気の観葉植物よ。

その中でも人気な、雫石《しずくいし》（ハオルチアオブツーサ）は、丸みを帯びた葉が透《す》き通っていて、薄緑色《うすみどりいろ》の水晶《すいしょう》のようで、本当にきれいなの。まさに、植物の宝石。もちろん花もつけるのよ。茎が伸《の》びて、その先に小さな花が咲《さ》くの。葉に比べたら、ちょっと地味だけど、かわいいよ。

他にもエケベリアやグラプトペタルムという多肉植物は、葉自体が花のような姿《すがた》で、色も多色あって、こちらも人気。

そうそう、サボテンも多肉植物の仲間なのよ。もともとは水の少ない、砂漠《さばく》のような場所にいた植物。だから、育てやすいのね。

害虫に強いから長生き
クスノキ

クスノキは虫除《よ》けの成分である樟脳《しょうのう》がとれるの。また、環境汚染《かんきょうおせん》にも強いと言われている。だから害虫に強く、長寿《ちょうじゅ》なのね。

樹齢《じゅれい》1,000年以上のクスノキは、たくさんあるみたい。

長寿ゆえか、神社やお寺のご神木になっている木も多いのよ。

キララたちが出会ったクスノキも、きっとどこかのご神木だったのね。

第7話

太陽の花　〜ヒマワリ〜

太陽が空に顔を出す時間が、どんどん長くなっていきます。

「もうすぐ夏だね」

イザヨイは葉の陰《かげ》から空をのぞき見てつぶやき、そして、深く息を吐《つ》きました。

「オレはそろそろ、昼間に移動《いどう》するのがきつくなってきた」

アカツキがシズクイシと永遠《えいえん》の約束を交《か》わしたあと、キララはイザヨイと二人で旅を続けていました。

二人は今、ヒマワリたちの大きな葉の陰の中にいます。

大きくて黄色いヒマワリの花は、まるで太陽のようです。けれど、二人のいるところは、とても暗くて深い森の中のようです。

小さな妖精《ようせい》にとっては、ヒマワリは背《せ》の高い木のようです。たくさんのヒマワリが、肩《かた》を寄《よ》せ合うように咲《さ》いているので、葉と葉が重なり合い、何重もの屋根になり、太陽の光と熱をさえぎります。

地面に近い葉の上に寝転《ねころ》がりながら、キララはアリの行列を見下ろしています。今日のアリたちは、白い塊《かたまり》を背中に乗せています。それは人間の家から運んできた砂糖《さとう》でした。

とくにすることがないので、毎日アリを観察しています。時々、アリたちに話しかけますが、彼《かれ》らはいつも忙《いそが》しく、軽くあいさつするだけで会話が終わってしまいます。

隣《となり》で一緒《いっしょ》にアリをながめていたイザヨイが、ふいにキララに告《つ》げます。

「キララ、オレを置いていってもいいいんだよ」

突然《とつぜん》の、予想もしないイザヨイの言葉に、キララは飛び上がります。

「置いていくなんて!?」

イザヨイが、少しさびしげにほほ笑《え》みます。

「ずっとここにいて、そろそろ退屈《たいくつ》だろう?」

ヒマワリの周辺には、サクラ、アサガオ、ツツジ、アジサイ、キンモクセイなど、他にもたくさんの植物が生えていました。

キララはヒマワリをはじめ、それらの植物と言葉を交《か》わしましたが、どうもお互《たが》いしっくりこず、約束を交わすことはできませんでした。

「置いていくなんてしないよ」

キララは力いっぱい首を横にふります。羽も激《はげ》しく震《ふる》わせます。

「オレは大丈夫《だいじょうぶ》だよ。夏は、一人のほうが多かった。なれているよ」

「ボクは、なれていないよ」

キララは一人旅をした経験《けいけん》がありません。ひとりぼっちで旅を続けるなんて、さびしくて、不安です。それ以上に、暑さに弱っているイザヨイを、一人にすることが不安です。

「急ぐ必要ないって、イザヨイが言ったんだよ」

「そうだったね」

イザヨイは、ちょっぴり安心したように顔をほころばせてつぶやきます。

「もっと涼《すず》しいところへ行きたいな」

「たとえば？」

うーん、とイザヨイはうなりながら考えます。

「森……とか。もっと、もっと、大きな植物に囲《かこ》まれた場所」

キララはスイたちのいる森を思い出します。湖の次に知った世界。高い木と、地面をおおうコケ。

水鳥の背《せ》から風に飛ばされて森に落ちたキララを、探《さが》しに来てくれたアカツキとピッピ。二人は今、約束を交わした植物と楽しい日々を送っているんだろうな、とうらやましく思いながら、ちょっぴり切なくなります。

だいぶ遠くに来てしまったので、もうスイたちのいる森がどの方向にあるのかさえわかりません。

イザヨイはいつの間にか眠《ねむ》っていました。暑い日が続くようになって、疲《つか》れやすくなっているようです。

キララはイザヨイを起こさないよう、空気を優《やさ》しくなでるように羽を動かして、ヒマワリの茎《くき》にそって上っていきます。

何枚《なんまい》もの葉をすりぬけて、やがて空の見える花の上までやって来ました。大きな大きなヒマワリの花は、まるで巨大《きょだい》なベッド。太陽の光がさんさんと降《ふ》り注ぎ、真《ま》っ青《さお》な空が、キララの頭上に広がっています。イザヨイには強すぎる日差しも、キララには気持ちよく感じます。つい浮《う》かれて、ヒマワリの花の上でジャンプしたり、寝転《ねころ》がったりしていると、体が花粉《かふん》まみれになってしまいました。

蜜《みつ》を求めてやってきた虫たちが、キララにも集まってきます。

「ちょっと、ちょっと。ボクは花じゃないよ。蜜はないよ」

ストローのような口吻《こうふん》を伸《の》ばすチョウや、針《はり》のような口吻を刺《さ》そうとするハチに、キララはあわてて言います。

「あ、間違《まちが》えた」

「なんだ、妖精《ようせい》さんじゃないか」

あわてふためくキララの姿《すがた》に、ヒマワリの花たちが笑います。

キララは頭をふったり、羽を震《ふる》わせたりして、花粉を体から落としながら、チョウたちにたずねます。

「ねえ、チョウさん。ボクたち森に行きたいんだけど、遠いのかなあ？」

チョウよりも早く、ヒマワリが言いました。

「おや、妖精さん。もう旅立つの？」

「もっと、ゆっくりしていってもいいんだよ」

「ここは気持ちいいだろう？」

キララは周りを見回します。

ヒマワリたちが言うように、ここにはいろいろな植物がいて、鳥や虫もやってきて、とてもにぎやかです。けれど、イザヨイのことを考えると、もっと涼《すず》しい場所に行くほうがいいと思うのです。

それにキララ自身、約束を交《か》わせる植物に早く出会いたいという気持ちもあります。ここにハーフソウルになってくれる植物がいないのなら、新しい場所に行ってみたい気がします。

まるでキララの心を読んだかのように、ヒマワリたちが言いました。

「ごめんね、ハーフソウルになれなくて」

「こればかりは、運命だから」

キララはあわてて、フルフルと首をふります。

「大丈夫《だいじょうぶ》、わかっているよ。ハーフソウルになれないのは、残念だけれど」

太陽のようなヒマワリとハーフソウルになれたら、きっと毎日を明るく楽しく過《す》ごせるでしょう。夏が楽しく、夏が終わったら次の夏をワクワクしながら待つ日々にちがいありません。

夏が苦手なイザヨイとは、相性《あいしょう》が悪いのはすぐに感じました。でも、キララは太陽が大好きです。

けれども、なんかちょっと、しっくりこない気がしました。ヒマワリのほうも同じ思いを抱《いだ》いたようです。どちらからとも、約束を交わそうという言葉は出てきませんでした。

キララには、まだどんな植物と約束を交わしたいか、はっきりわかりません。

「ここの植物たちは、妖精《ようせい》を必要としていないのかな?」

しょぼんと、キララが独《ひと》り言《ごと》のようにつぶやきます。

「……そんなことはないと思うけど……」

ヒマワリが、ためらいながら言いました。

「ここは人間が多くやってくるから、ハーフソウルがいなくても、うまくやっていけているのかも」

キララたちよりも大きくて、羽がない代わりに、いろいろな布《ぬの》を身にまとっている不思議な生物の姿《すがた》を思い出します。

そして、人間に見捨《みす》てられ、枯《か》れた植物の姿も思い出します。

「人間とは、永遠《えいえん》の約束を交《か》わせないんだよ」

「知ってるよ」

ヒマワリたちが口々に答えます。

「でも、いろいろと世話を焼いてくれるの」

「ワタシたち、人間に育てられたんだ」

「今は夏休みで、人間たちはいないけれど」

「もう少ししたら、小さな人間たちがいっぱいやってくるよ」

「その頃《ころ》には、種がいっぱいできているから」

「それを人間がとっていくんだ。そして、どこかにまいてくれるんだよ」

「人間だけじゃなく、鳥やネズミも種を目当てにやってくるよ」

「ここはとても、にぎやかなんだ」

ヒマワリたちの楽しげな声を聞いていると、キララは少し安心します。もし人間たちが去って行ったとしても、ここの植物たちは大丈夫《だいじょうぶ》そうです。

キララはヒマワリの上で、ひざを抱《かか》えてうずくまり、しばらく考え込《こ》みます。

石のように固まったまま、ずっとしゃべらないキララの姿を心配して、ヒマワリたちが声をかけます。

「どうしたの、妖精《ようせい》さん？」

「どこか痛《いた》いの？」

キララは首をふり、少し弱々しい笑《え》みを浮《う》かべます。

「大丈夫。どこも痛くないよ。ただ、ボク、不安なんだ」

「なにが不安なの？」

「だって、こんなに植物がいるのに、ボクと約束を交わしてくれる植物はいないいんだよ。今までだって、すでに約束の妖精《ようせい》がいたり、ボクとは相性《あいしょう》が合わなかったり、それに……人間って」

キララはひざをさらに強く引き寄《ひよ》せて、顔をうずめます。

「人間が気になるの？」

「気になるよ。だって、人間がいたら、植物はなかなか妖精と約束してくれないいんだもん」

「そうとは限《かぎ》らないと思……うけど……」

ヒマワリは歯切れ悪く、最後はゴニョゴニョと言葉が消えました。ヒマワリだけでなく、この周りで永遠《えいえん》の約束を交《か》わした植物はありません。

キララは森から出てきて、クスノキのそばではじめて人間を見るまでは、その存在《そんざい》さえ知りませんでした。けれど、旅を進めるほど、人間と出会っていきます。人間はどんどん増《ふ》えていくような気がします。そうなれば、妖精と約束を交わす植物たちが、減《へ》ってしまうかもしれません。キララがハーフソウルと出会える可能性《かのうせい》が、どんどんなくなってしまうのかもしれない、と不安になるのです。

「それにボクは、どんな植物と約束を交わしたいのか、理想がよくわからないんだ」

ピッピは果実がなる木がいいと言っていました。それは、鳥や虫が寄ってきて、にぎやかになるからです。歌好きのピッピは、多くの生きものたちに歌を聞いて欲《ほ》しいのでしょう。

でも、約束を交わしたのは、植物の陰《かげ》でひっそりと生きるマタタビでした。実はなるけれど、たくさんの鳥や虫がやってくるようではありません。けれど、ピッピは自分の歌で、みんなを呼《よ》び寄せ、さびしがり屋のマタタビを楽しませることを選びました。

そしてきっと、ピッピ自身も楽しんで、いずれはたくさんの虫や鳥がやってくるでしょう。

アカツキは大きくて美しい、華《はな》やかな花の植物を求めていました。けれども選んだのは、花ではなく、葉が美しい植物でした。アカツキが想像《そうぞう》していたものとは違《ちが》っても、炎《ほのお》のような髪《かみ》のアカツキにふさわしいと思いました。

そして、キララも美しいのは花だけでないことを知りました。

雄々《おお》しいクスノキの美しさ、宝石《ほうせき》のようにぷっくりとした葉の美しさ、いろいろな美しさがあることを。

ヒマワリたちは、悩《なや》めるキララにどんな言葉をかければいいのかわからず、黙《だま》り込《こ》みます。

キララは、しばらく夏の風に身をゆだねていました。

少し風が涼《すず》しくなったなと顔を上げると、空には一番星が光っていました。西の空は赤く、東の空は深い群青色《ぐんじょういろ》です。いつの間にか、夕暮《ゆうぐ》れになっていました。

ぼんやりと暮れゆく空をながめていると、キララを呼《よ》ぶ声がしました。

ふり返ると、イザヨイが葉の陰《かげ》から現《あらわ》れました。

「夜が近づいてきたね」

昼間のけだるさがうそのように消えて、元気そうです。

イザヨイはキララの隣《となり》に座《すわ》って、空を見上げます。

星が一つ、二つ、三つと増《ふ》えていきます。

「ボク……、ハーフソウルに出会えるかな」

キララは不安をイザヨイに打ち明けます。

「どうして、そう思うんだい？」

「人間がボクたちのハーフソウルをうばっているようで。それに、ボクには理想の植物もまだわからなくて」

キララはヒマワリたちに打ち明けたことを、イザヨイにも話します。

キララは少し離《はな》れた大きな建物を見つめます。昼間は白い建物ですが、今は不気味な黒い影《かげ》の塊《かたまり》のようです。ヒマワリが言うには、あの建物にたくさんの人間が集まるのだそうです。

イザヨイは優《やさ》しい笑《え》みを浮《う》かべて、キララが吐《は》き出す不安や疑問《ぎもん》を受け止めます。

「ピッピもアカツキも、描《えが》いていた理想とは違う植物と約束を交《か》わしただろ」

「でも、一番重要なところは変えていないよね」

自分の理想という、幹《みき》のような一本の信念がハーフソウルへ導《みちび》くのではないかと思うのです。

「あせることはないよ。オレだって、理想なんてよくわからない」

「イザヨイは、夜に活動する植物でしょ」

「そうだよ。でも、それは理想とかじゃなくて、オレが太陽の光が苦手だから。自分で選んだんじゃない」

イザヨイのハンディを突《つ》きつけられて、キララはますます混乱《こんらん》します。心がモヤモヤでいっぱいになりますが、それを上手に言葉にできません。

「キララには、そんな足枷《あしかせ》はない。だから迷《まよ》うんだよね。でもそれは、たぶん、いいことだよ」

「いいこと?」

「迷うのは、自由で、いろんな道があるってことさ」

二人が同時に見上げた空には、うっすらと星の道が浮《う》かんでいました。どこから始まって、どこに続いていくのかわからない、淡《あわ》い光の道です。

「世界は広いんだ。キララがまだ出会っていない植物も、たくさん、たくさんいるんだよ」

「広いって、どのくらい？　森はいくつあるの？」

「いくつあるか知らないな。だって本当に、世界は広いんだから。それを知って、一度はあきらめたけれど、ふたたび旅をすることにした。想像《そうぞう》以上に、長い旅になって、今でも旅が続いている」

イザヨイがキララの髪《かみ》をつまみます。

「キララは夜でもキラキラしていて、見失わなくていいや。心強い旅仲間だ」

イザヨイはいろいろなことを教えてくれます。

ボクもイザヨイの力になれたらいいな、キララはそう思います。

月が空高くのぼるほどに、輝《かがや》きを増《ま》していきます。

ぼんやりと夜空をながめていたら、二人の頭上を、黒い影《かげ》が横切っていきました。鳥とは思えない、不格好《ぶかっこう》な影でした。

「今、なんか変な鳥が飛んでたね」

去って行った鳥が戻《もど》ってきて、キララたちがいる隣《となり》のヒマワリに降《お》りました。目の前に現《あらわ》れたのは、鳥とはまったく違《ちが》う姿《すがた》をしています。顔はネズミとブタと犬を混《ま》ぜ合わせたようで、翼《つばさ》は薄《うす》くて奇妙《きみょう》な形をしています。

キララははじめて見る奇妙な姿に驚《おどろ》いて、イザヨイの陰《かげ》に隠《かく》れようとしました。

「コウモリだよ」

コウモリはよくわかりませんが、イザヨイが怖《こわ》がっていないので、大丈夫《だいじょうぶ》なのでしょう。イザヨイの力になりたいと思った矢先に、これです。キララは恥《は》ずかしくなって、ヒマワリの葉の陰に隠れたくなります。

「夜ふかしの妖精《ようせい》なんて珍《めずら》しい」

コウモリが口を開くと、鋭《するど》く長い牙《きば》が見え、キララの肩《かた》がビクッと跳《は》ねます。

「怖がるなよ。妖精なんか食べないし」

コウモリはヒマワリの上で、ゴロゴロと寝転《ねころ》がり、花粉《かふん》でできたフワフワのベッドを楽しみます。

「気持ちいいけど、なんか逆《さか》さになっていないと、落ち着かないな」

コウモリは「うーん」と、翼を大きく広げました。

はじめて見る不思議な形の翼を見て、キララはおずおずとたずねます。

「コウモリさんは、遠くまで飛べるの？」

「なんだい？　どこかに連れて行ってほしいのかい？」

キララはちらりとイザヨイの顔を見ます。

「森に行きたいの。世界は広くて、たくさん森があるんでしょ。この近くにもあるの？」

「森？　森かぁ」

コウモリは顔を上げて、つぶれたような鼻で風のにおいをかぎます。

「森ってのは、背《せ》の高い植物がたくさん生えている場所だろ。そんなに大きくないけど、そういう場所、知ってるよ」

キララはピョンピョンと、花の上で跳《は》ねながら言います。

「よかったね、イザヨイ。森に行けるよ」

「まあ、こんな夜に旅立つの」

ヒマワリが呆《あき》れます。

「なにを言っている。夜こそが、我《わ》が舞台《ぶたい》さ」

キララたちに代わって、コウモリがうやうやしく翼《つばさ》を広げます。

✧ 太陽の花　ヒマワリ ✧

英語では、太陽の花《サンフラワー》。太陽のような姿《すがた》は、見ているだけで元気になれるよね。

人間とのかかわりは深く、大昔から食用として育てられていたんだ。種をそのまま食べるだけでなく、すりつぶしてお菓子《かし》やパンの生地《きじ》にしたりしていたんだって。パンを焼く油もとれるんだよ。

また、ヒマワリは弱った土を元気にする能力《のうりょく》もあるんだよ。

ヒマワリの根は太く土の深いところまで伸《の》び、土を耕《たがや》してくれるんだ。そして、土の栄養分、リンを吸《す》い上げるよ。

ヒマワリを刈《か》り取らず、そのまま土に混《ま》ぜて耕せば、栄養いっぱいの畑になって、作物が元気に育つんだ。

元気をもらえるだけじゃなくて、いろいろと人間の役に立っている花なんだね。

✧ 空を飛べる唯一《ゆいいつ》の哺乳類《ほにゅうるい》　コウモリ ✧

みんなはコウモリに、どんなイメージを持つ？　暗い洞窟《どうくつ》の中に住んでいる？　それともドラキュラの子分？

じつは、みんなが生活している住宅地に住み着いているコウモリもいるんだよ。夕方の空で見かけたことあるかもしれないね。

コウモリは前足が羽のようになっていて、哺乳類なのに鳥のように自由に空を飛べるんだ。羽の正体は、手のひらが進化したもの。長い五本の指の間に、伸び縮みする膜《まく》がはってあるような仕組みなんだ。

前足が発達した代わりに、後ろ足は弱いんだって。だから助走をつけて飛び立つことができないんだ。ぶら下がっていれば、足を離《はな》すだけで飛び立てるからね。

コウモリが暗闇《くらやみ》でも飛べるのは、超音波《ちょうおんぱ》（レーダー）を発しているから。発した超音波がなにかに当たって返ってきた方向や時間で、障害物《しょうがいぶつ》やエサの場所を知るんだって。すごいね。

第8話

百年目の開花

～竹～

サヤサヤサヤサヤサヤサヤと乾《かわ》いた音に起こされて、キララはゆっくりと目覚めます。

コウモリに連れてきてもらったときには、暗くてわかりませんでしたが、ここはキララの知るような森ではありませんでした。

茶色い太い幹《みき》の代わりに、緑色の細い木が天まで伸《の》びています。高いところに枝《えだ》がついていて、細い葉が空をおおっています。右も左も、前も後ろも、上さえも全てが緑色の世界。

キララは目を丸くして、辺りを見回します。そして、イザヨイの姿《すがた》がないことに気づき、地面を蹴《け》って飛び上がります。

「イザヨイ！　イザヨイー！」

不安に羽を細かく羽ばたかせ、キララはイザヨイを探《さが》します。

「大丈夫《だいじょうぶ》よ、妖精《ようせい》さん」

「もうひとりの妖精は、この奥《おく》にいるわ」

そう教えてくれた、細長い緑色の植物は竹です。ここは竹林でした。

「こっちよ、こっち」

竹たちが、キララを竹林の奥へと誘《いざな》います。

奥は太陽の光がほとんど届《とど》かない、ぼんやりとした緑色の薄《うす》闇《やみ》。夕暮《ゆうぐ》れのような場所でした。お皿のような平たく大きな石があって、イザヨイはその上で眠《ねむ》っていました。

キララはイザヨイを起こさないよう、そっと隣《となり》に座《すわ》って竹を見上げました。

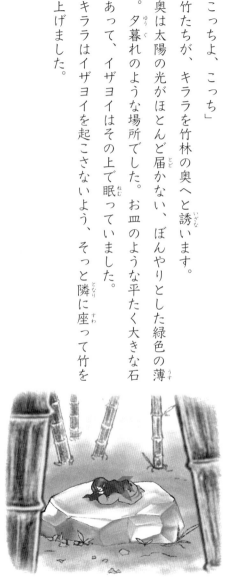

薄闇《うすやみ》でも、まっすぐに伸《の》びた姿《すがた》は凜々《りり》しく、気持ちのよいものでした。細い枝《えだ》の先には、細い葉がたくさんついています。

風に揺《ゆ》れた細い葉が、お互《たが》いを擦《す》り合《あ》って、カサカサと囁《ささや》くような音をたてます。どこか悲しげで、それでいて優《やさ》しい音に、うっとりと耳を傾《かたむ》けていると、イザヨイが目覚めました。

「おはよう、キララ。元気かい？」

イザヨイが大きくあくびをします。

「ここは涼《すず》しくて心地《ここち》よい。昨夜は気分がよくて、竹たちと話し込《こ》んでしまってね」

頭上高く葉がザワザワとゆらめきます。

「イザヨイ、よく眠《ねむ》れた？」

「突然《とつぜん》コウモリが、キミたちを連れてきてビックリしたよ」

「でも、昨夜は楽しかったわ」

「妖精《ようせい》とおしゃべりするのは、何十年ぶりだろう」

竹たちは、イザヨイに親しげに声をかけます。

キララは竹林にたどり着くと、移動《いどう》の疲《つか》れですぐに眠ってしまいましたが、夜に強いイザヨイは、彼《かれ》らとおしゃべりをしていたようです。もう、すっかり竹たちと仲良くなったみたいです。

「はじめまして、ボクはキララ」

キララは飛び上がり、竹の細い枝から枝へとピョンピョン跳《は》ねながらあいさつします。

「キララ、いい名前だね」

「薄暗いここでも、キラキラしていてきれいだ」

ほめられたキララは、ちょっぴり得意《とくい》になって、さらに大きくジャンプします。すると、ツルリと足が滑《すべ》って、枝から地面に落ちてしまいました。

地面には竹の落ち葉が積み重なっていたので、キララはその中に埋《う》もれてしまいました。

「キララ！」

イザヨイがあわてて、キララのもとへ飛びます。

落ち葉の海から、キララの足が伸《の》びています。イザヨイが足を持って引っ張《ひぱ》ると、
バサッと大きな音と一緒《いっしょ》にキララが引き抜《ぬ》かれました。

サワサワサワサワと、竹の笑い声が響《ひび》きます。

「大丈夫《だいじょうぶ》？」

「うん。ありがとう、イザヨイ」

頭についた枯葉《かれは》のカスを手で払《はら》いながら、お礼を言います。

笑いをおさめた竹は、キララたちに話しかけます。

「どうか、しばらくここに、いてくれませんか？」

「そばにいて欲《ほ》しいんだ」

イザヨイはちらりと横目でキララの顔を見ます。

「オレにとって、ここはとても居心地《いごこち》がいいから、長く、できれば夏が終わるぐら

いまでいたいよ」

竹の葉がキララたちの頭上で、サヤサヤと揺《ゆ》れます。葉擦《はず》れの音は、彼《かれ》らのよろこびの声です。

「でも、キララには暗すぎる場所かな？」

キララは首をふります。

「大丈夫。林の端《はし》に行けば、日光がたくさん降《ふ》り注ぐよ」

キララの言葉に、竹の葉がさらに揺れます。

「うれしい。妖精《ようせい》がふたりも」

「ありがとう」

「ゆっくりしていってね」

イザヨイが申《もう》し訳《わけ》なさそうにたずねます。

「いいのかい？」

「イザヨイが時間はたくさんあるって言ったんだよ。どちらかがハーフソウルを見つけるまで、ずっと一緒《いっしょ》にいるよ」

イザヨイが驚《おどろ》いたように目を見開き、それから花が開くようにそっと笑《え》みを浮《う》かべました。

「それに、竹とハーフソウルになれるか、確《たし》かめる時間が必要じゃないかな。竹はたくさんいるし、ボクかイザヨイか迷《まよ》うかもしれないし」

キララが言うと、二人を見守っていた竹の葉の動きがピタリと止まって、世界から音が消えたようになりました。

キララとイザヨイが顔を見合わせます。竹に声をかけようと口を開きかけたとき、足元の落ち葉がもり上がって、キララはびっくりしてひっくり返ります。

葉の間からピョコリと顔を出したのはモグラでした。黒いビロードのような毛玉から、長い鼻と、大きな手が生えているような姿《すがた》です。

「ごめん、ごめん。驚かすつもりはなかったんだ」

モグラは鼻をヒクヒクさせながらあやまります。

「竹たちの根から、激《はげ》しいよろこびが伝わってきて、いったいなにがあったのかと気になって地上に出てきたんだ」

はじめてモグラに出会ったキララは、興味津々《きょうみしんしん》で顔を近づけます。

「キミたち、妖精《ようせい》だね。オイラ、妖精に会うの、はじめてだよ」

モグラもキララを確かめるように、鼻を近づけてきます。モグラは土の中で生活するため、目が退化《たいか》していますが、そのぶん鼻と耳がいいのです。

「今まで嗅《か》いだことのない、不思議ないいにおいだ。竹たちがよろこぶわけだ」

「キミは土の中で生きているの?」

キララはモグラの大きな手に、そっと触《ふ》れてみます。

「そうだよ。だから、妖精に会えたモグラは、とっても幸運だってことさ」

モグラはギュギュギュと、絞《しぼ》り出したような笑い声をたてます。

「キミたちが来てくれてよかったよ。最近、竹たちの元気がないから心配していたんだけど、大丈夫《だいじょうぶ》そうだ。よかった」

キララは青々とした竹たちを見回します。つややかな竹稈《ちくかん》や、鮮《あざ》やかな緑色の葉が、元気がなかったなんて信じられません。

「さてさて、オイラは土の中に帰るよ」

「もう帰っちゃうの？」

「地上が苦手だからね」

なごり惜《お》しそうなキララの表情《ひょうじょう》を感じて、モグラは言います。

「オイラだいたい竹林の下にいるからさ、会いたいときは竹に伝言を頼《たの》むといいよ。竹たちの根は土の中で、つながっているからね」

言い終わるやいなや、モグラはスルリと土の中にもぐって行きました。

キララは興奮《こうふん》しながらイザヨイのそばに寄《よ》ります。

「土の中で生きる動物なんて！　ボク、まだまだ知らないことがいっぱいだ」

いつもはイザヨイを置いてすぐに眠《ねむ》ってしまうキララですが、この日の夜はなかなか眠れませんでした。

モグラのような不思議な動物に会ったことと、竹と永遠《えいえん》の約束を交《か》わせるかもしれないと思うと、胸《むね》がドキドキして目がさえてしまうのです。

まだ起きているイザヨイに話しかけます。

「イザヨイは、竹のハーフソウルになれそう？」

「うーん、どうかな？　でも、なれそうもなくとも、しばらくはここにいたいよ」

「ボクも。また、モグラさんに会って、お話ききたいな」

キララたちが見ているものは、いつも土から上の植物の姿《すがた》です。

「植物は土の下でどうなっているんだろう？」

「根を伸《の》ばしているんだよ。茎《くき》のように太いものもあれば、糸のように細いものもあるんだ」

キララの羽が大きく広がります。

「イザヨイは見たことがあるの!?」

「まさか。土の中には行けないよ。前にモグラに聞いたのさ」

「イザヨイはいろんなことを知っているね。すごいなぁ」

「それだけ長いこと、旅をしてきたってことさ」

イザヨイの声に、少し切なさが混《ま》じっていました。

長く旅をしているということは、ずっとハーフソウルに出会えていないということです。

キララは次の言葉が見つからず、星の見えない空を仰《あお》ぎます。

風が吹《ふ》くたびに、竹の葉がサヤサヤサヤサヤと音を奏《かな》でます。その音がなんだか子守歌《こもりうた》のように聞こえてきて、いつの間にかキララは眠《ねむ》ってしまいました。


キララが目覚めると、頭上の竹の葉の屋根が薄緑色《うすみどりいろ》になっていました。竹林の奥《おく》は直接日光が入ってきませんが、それでも透《す》けるような緑色の向こうに太陽を感じます。

辺りはうっすらと明るくなっています。

イザヨイはまだ眠っていました。

キララは羽を震《ふる》わせて、一番近くの枝《えだ》を目指します。細い枝に腰《こし》をかけて、竹に話しかけます。

「ねえ、竹さん。ボクかイザヨイ、どちらかはハーフソウルになれそうかな？」

キララの質問《しつもん》に、竹林が震えました。葉のざわめきが、なんだか不吉《ふきつ》な調べです。

その音にイザヨイも目を覚ましました。

「どうしたの、竹さん？」

音が止まりました。

竹たちが申《もう》し訳《わけ》なさそうに告《つ》げます。

「わたしたち、どんな妖精《ようせい》とも約束を結ぶつもりはないわ」

「もうすぐ花が咲《さ》く」

「花が咲くのよ」

キララは首をかしげます。

「花が咲《さ》くの？　なのに、どうして悲しそうなの？」

花は鳥や虫を呼《よ》び、その植物にとって、お祭りのように華《はな》やかな時です。花が散ったあとは実がなったり、種が飛んだり、仲間が増《ふ》えるよろこびにあふれているはずです。

それなのに悲しがるなんて、キララにはわかりません。けれど、竹の次の言葉で、体が凍《こお》りつきます。

「花が散ると同時に、わたしたちは枯《か》れるのよ」

「ボクたちが花を咲かせるのは最後だからだよ」

〝最後〟の言葉の不吉《ふきつ》さに、キララは身を震《ふる》わせました。

「わたしたちと約束を交《か》わしたら、一緒《いっしょ》に枯れてしまうわ」

「だから、約束は交わさないよ」

「約束を交わしても、すぐに終わってしまうから」

「そう。この竹林はもうすぐ消えるのさ」

キララは混乱《こんらん》しながら言います。

「ハーフソウルがいても？　ハーフソウルがいれば、花が咲いても枯れなくてすむことはないの？」

竹はさびしげに揺《ゆ》れます。

「ハーフソウルがいても変わらない」

「花を咲かせて枯れるのは、百年前から決まっていること」

キララは体をギュッと握《にぎ》りつぶされたような気持ちになります。黙《だま》ったまま、しばらくうつむいていると、竹たちがなぐさめるように声をかけます。

「わたしたちの花は小さいけれど、百年目にようやく咲くの」

「とても珍《めずら》しい花だよ」

キララはさびしさと悲しさを混《ま》ぜたような気持ちになり、イザヨイが恋《こい》しくなり戻《もど》っていきます。

イザヨイは、石の上にぼんやりと座《すわ》っています。

「どうしたの、キララ？　なんか泣きそうな顔をしている」

キララはイザヨイの隣《となり》にピタリと寄《よ》って座《すわ》ります。

「竹は……花、枯《か》れるの。だから、約束できないって」

胸《むね》が詰《つ》まっているキララは、うまく説明できません。

「うん。聞いていたよ」

イザヨイは励《はげ》ますようにキララの髪《かみ》をなでながら、しばし考えていました。やがて、心を決めたように晴れやかな表情《ひょうじょう》で、石から飛び上がり叫《さけ》びました。

「オレ、キミたちと永遠《えいえん》の約束を交《か》わしたいんだ」

竹がざわめきます。

「だめだよ、イザヨイ」

「ハーフソウルになったら、一緒《いっしょ》に枯れてしまうよ」

「見届《みとど》けてくれるだけでいいの」

イザヨイは両手を広げて、うったえます。

「いいんだ。オレは長いこと旅してきた。だから、そろそろ終わりにしてもいいと思うんだ」

「だめ！」

キララがイザヨイの腕《うで》に飛びつきます。

「だめだよ、終わりなんて」

「キララ……」

イザヨイはほほ笑《え》みながら、捕《つか》まれていないほうの手で、キララのほおに優《やさ》しく触《ふ》れます。

「オレは長い旅の間、さみしい時間が多かった。だからわかるんだ。今、竹はとてもさみしい気持ちだってこと。そんな時こそ、ハーフソウルが必要だと思わないか？」

イザヨイはキララの手を優しくふりほどき、竹林の中心へ飛んでいきます。

「オレはイザヨイ。キミたち竹と永遠の約束を交わしたい」

ざわざわと竹が小刻《こきざ》みに揺《ゆ》れます。キララは泣き出しそうな顔でイザヨイを見上げます。イザヨイに向かって伸《の》ばそうとした手が、中途半端《ちゅうとはんぱ》に止まっています。

「一緒《いっしょ》に枯《か》れてしまうよ」

「もうすぐ枯れるのよ」

竹の声に、イザヨイがこたえます。

「だからこそ、一緒にいるハーフソウルが必要だろ」

深く強い沈黙《ちんもく》が落ちました。その重さに潰《つぶ》れそうになったキララの目に、不思議な光景が広がります。

イザヨイの体が、月のように淡《あわ》い金色に輝《かがや》くと、その光が近くの竹から順々に広がっていくのです。

昼間でも薄暗《うすぐら》い緑の闇《やみ》が、内側から月明かりに照らされていくように、まぶしく輝いていきます。

お互《たが》いがお互いを受け入れ、輝きが増《ま》した瞬間《しゅんかん》です。

イザヨイが約束を交《か》わしても、なにもかわらずに、今まで通り穏《おだ》やかな日々が続きます。

ハーフソウルを得《え》たせいか、竹はますますつややかな緑色に見えます。涼《すず》しい竹林の中では、日中でもイザヨイは元気です。

キララは竹だけでなく、時々迷《まよ》い込《こ》んでくる虫とおしゃべりしたり、ちょっとだけ顔を出すモグラに土の中のことを聞いたりして、楽しく過《す》ごしています。

竹がもうすぐ枯れてしまうなんて信じられません。

もしかして、竹の言うもうすぐは、もっとずっと後のことなのかな、とキララは思い始めます。

あるいは、ハーフソウルを得たことで、緑に包まれた世界はまだまだ続き、キララはイザヨイと一緒に、このままずっと穏やかな日々を送るのかもしれないと。

けれど、その時はやってきました。

葉と葉の間に伸《の》びてきた、小さな稲穂《いなほ》のようなものを、キララは不思議そうに指でつついてみます。それが、竹の花だったのです。花とはわからないような姿《すがた》です。あんなに鮮《あざ》やかな緑だった竹が、どんどん灰色《はいいろ》になっていきます。まっすぐに伸びていた竹が、おじぎをするように曲がっていきます。

枝《えだ》もしおれ、ぽろぽろと葉が落ちていきます。

ゆっくりと溶《と》けていくような、世界の終わりでした。

「イザヨイっ！」

キララはイザヨイの姿を探《さが》します。

「……キララ」

弱々しく、キララを呼《よ》ぶ声がしました。

イザヨイは守られるように、枯《か》れた枝と葉につつまれていました。

キララはそばによって、イザヨイの手を握《にぎ》りしめます。

「キララ、一緒《いっしょ》に旅をしてくれてありがとう。最後までそばにいてくれてありがとう。どちらかがハーフソウルを見つけるまで一緒にいるよ、って言ってくれたの、本当にうれしかった」

イザヨイは日光が苦手という特異体質《とくいたいしつ》から、旅仲間が見つかっても、すぐに別れてしまうことが多かったのです。

「眠《ねむ》いのをこらえて、夜ふかしにつきあってくれてありがとう」

イザヨイは笑おうとしましたが、口の端《はし》が少し持ち上がっただけでした。

ハラリと、落ち葉がキララの羽の上をかすめていきました。

「キララ、泣くことはないんだよ。オレは今、すごく満たされた気分で幸せなんだ。

こんな体だから旅はなかなか進まず、ハーフソウルを見つけることはあきらめたんだ。だから、のんびりと旅をすることにした。ずっと旅することになるんだと思っていた。ひとりで」

キララはイザヨイに伝えたいことがあるのに、口から言葉が出てきません。出てくるのは、キララの髪《かみ》のように、水晶《すいしょう》のような涙《なみだ》ばかりです。

「キララも、いつかハーフソウルと出会えたらわかるよ。あせらないで、探《さが》すといい。よい旅を……」

イザヨイの目が閉《と》じられます。同時に、枯《かれ》葉《は》がイザヨイに向けて、激《はげ》しく落ちて来ました。

このままでは、キララも枯葉に埋《う》もれてしまいます。

イザヨイの手を離《はな》し、落ちてくる葉をよけるように飛び立ちました。

たわんでアーチのようになった竹に腰《こし》をかけて、イザヨイが横たわっていた場所を見つめます。そこはもう、枯葉の小さな山になっていました。

竹はすべて頭を垂《た》れ、枝《えだ》の葉は半分以上落ちていて、竹林そのものが、しぼんでしまったようです。

キララはしばらくぼう然《ぜん》としていました。

「ボク、泣くばかりで、なにも伝えられなかった。一緒《いっしょ》に旅をして楽しかったとか、いろいろなことを教えてくれてありがとうとか、言いたいこと、いっぱいあったのに」

一度は止まった涙がふたたびこぼれて、ひざのうえに落ちました。涙が光に反射《はんしゃ》して、キラキラ輝《かがや》いています。それを見て、キララはようやく自分の頭上に、青い空が広がっているのに気づきました。

久《ひさ》しぶりに見る、大きな空です。ふんわりとした白い雲が、いくつも浮《う》かんでいます。

やがて月が昇《のぼ》り、沈《しず》み、太陽が昇り、沈み、それが七回くり返された頃《ころ》、地面がガサガサと小さく震《ふる》えました。

なにが起きたのかと下をのぞき込《こ》むと、ヒョコッとモグラが顔を出し、キララと目が合います。

「やあ、妖精《ようせい》さん。ずいぶんと様変わりしたね。オイラ、びっくりだ」

モグラは枯葉《かれは》から頭だけを出し、キョロキョロと辺りを見回します。

キララは竹から降《お》りて、モグラのそばにやってきます。

「見ての通り竹は枯《か》れてしまったんだ。ハーフソウルだったイザヨイも一緒《いっしょ》に」

「そっか、枯れたのか」

モグラはあっけらかんと言います。

モグラの態度《たいど》に、キララは悲しみと怒《いか》りと切なさがわいてきます。

「ひどいよ。竹が枯れてしまったのに」

モグラはキョトンとしてキララを見上げます。

「なにを悲しんでいるの?」

「だって、竹が枯れて、ハーフソウルのイザヨイもいなくなってしまって……」

「根はそのままだよ。だからそのうち、芽が生えるだろう」

キララは驚《おどろ》き、しばらく動けませんでした。

「本当？　なら、イザヨイもそのうち復活《ふっかつ》する？」

期待に目を輝《かがや》かせて、キララはモグラの顔をのぞきこみます。

「妖精《キミたち》のことはよくわからないけど、きっとそうだろう。だって、ハーフソウルだろ。半分がよみがえったなら、もう半分だってよみがえるさ。それにしても、日差しがまぶしいな」

モグラは大きな手で、退化《たいか》して小さくなった目をふさぎます。

「オイラは暑いの苦手だから、もうしつれいするよ」

キララが声をかける間もなく、土の中に入ってしまいました。まるでイザヨイみたいと、キララはちょっとだけ笑《え》みを浮《う》かべます。

ピッピも、アカツキも、イザヨイも、ふさわしいハーフソウルを見つけました。見つけるまでには、いろいろな経験《けいけん》があったでしょう。出会いや別れ、よろこびや、悲しみ。

旅を続けるというのは、広い世界を知るというのは、そういうことなのです。楽しいことや、うれしいことばかりではありません。

「でも、旅を続けなきゃ」

キララは空を見上げました。

「ボクも、ボクを必要としてくれる植物を探《さが》さなきゃね」

キララは迷《まよ》い込《こ》んできたチョウに、大きく手をふります。

昔から生活にかかせない　竹

竹は世界中で約1,300種類、日本には約600種類あるらしいよ。みんなは春の味覚、タケノコは好きかな？　お店でよく見るタケノコは孟宗竹《もうそうだけ》の赤ちゃん。育つと立派《りっぱ》な竹になるよ。

竹は一本一本独立《どくりつ》しているように見えるけれど、土の中で根がつながっているんだって。つまり竹林自体が大きな一つの植物なんだね。だから一緒《いっしょ》に花を咲《さ》かせて、一緒に枯《か》れてしまうよ。

花が咲いて枯れるのは、タンポポやアサガオのような一年草と同じ。けれど、竹は芽が出て花を咲かせるまで、とても長い時間が必要なんだ。竹の種類にもよるけれど、60年から120年らしいよ。

ところで、笹《ささ》でくるまれたおにぎりやお寿司《すし》を見たことはあるかな？　これは笹の抗菌効果《こうきんこうか》を利用して、食べ物を腐《くさ》らせないようにしたんだ。冷蔵庫《れいぞうこ》のない時代は、笹をお皿やラップの代わりにしていたんだね。

それだけでなく、竹はかごや傘《かさ》などの材料として、いろいろな物に使われているよね。

美味《おい》しいだけじゃなく、人間の生活をいろいろと助けてくれているんだよ。

エピローグ

雪に閉《と》ざされた北の里にも、春はやって来ます。

雪解《ゆきど》け水に、太陽の光が白い矢のように降《ふ》り注いだ朝。キラリと光った水面から、妖精《ようせい》が生まれました。

周りに残っている雪と同じ、真っ白な肌《はだ》と髪《かみ》、そして空色の瞳《ひとみ》の妖精でした。

「今日は天気がいいね」

「雪だるまが溶《と》けちゃった」

「雪ウサギも溶けちゃった」

「あーあ。かわいい雪ウサギだったのに」

生まれたばかりの妖精の耳に、人間の子どもたちの声が響《ひび》きます。

やがて声は聞こえなくなり、辺りは静かになりました。

妖精は羽を羽ばたかせ、水たまりから飛び出そうとしますが、うまくできません。ぬれた羽では、体を持ち上げることができないのです。

妖精は飛ぶことをあきらめて、手足を動かしてみました。

水たまりは浅く、妖精は体を起こし、水底に座《すわ》ることができました。ひざを抱《かか》えて、ぼんやりと青い空を見上げていると、頭の中に言葉が浮《う》かんできます。

光、水、土、緑、探《さが》す、見つける……。

自分はなにものなんだろう。なんでここにいるのだろう。これからどうすればよいのだろう。

妖精の目にうっすらと涙《なみだ》が浮かんできました。

どうしていいのかわからないだけではなく、なんだか胸《むね》の奥《おく》がとてもさびしく感じるのです。なにかをすくい取られて、大きな穴《あな》が空いてしまったように、とても不安になるのです。

空にキラリと光るなにかが見えました。なんだろうと妖精《ようせい》が目をこらすと、その光はだんだん近づいてきました。

それは、雪のように白い冬鳥と、その背《せ》に乗った妖精でした。

妖精は氷のような髪《かみ》を持っていました。日差しを浴びて、宝石《ほうせき》のように、キラキラ光っています。

「あ、仲間だ」

冬鳥の背に乗っていた妖精が、うれしそうに言います。

冬鳥は水たまりのそばに降《お》りて、クチバシで水をついばみ始めます。

「はじめまして。ボクはキララ。キミは？」

白い髪の妖精は、生まれたばかりの短い記憶《きおく》をたどり、幼《おさな》い声を思い出します。

「……ユキウサギ」

幼い声がユキウサギと言っていました。

「アタシはユキウサギ」

キララは冬鳥の背から降りて、ユキウサギの隣《となり》に座《すわ》ります。青い瞳《ひとみ》に涙《なみだ》が浮《う》かんでいます。

「どうしたの？」

キララがそっと、ユキウサギの目尻《めじり》にたまった涙をぬぐいます。

「よくわからない。でも、なんか胸《むね》の辺りに穴が空いていて、冷たい風が通っていくような気持ちなの」

「そこにはね、ハーフソウルが入るんだ」

「ハーフソウル？」

「そう。永遠《えいえん》の約束を交《か》わす植物だよ」

ユキウサギは胸に手を当てて、キララの言葉を頭の中でくり返します。くり返しているうちに、頭の中に浮かんでいたバラバラの言葉が、ゆっくりと近寄《ちかよ》ってつな

がっていく気がしました。

ユキウサギがパッと顔を上げて、キララを見ます。

「なんだか、ちょっとわかってきたような気がする。キララは物知りだね」

キララはちょっとだけ胸《むね》を張《は》ります。

「ボクはもうすぐ、季節を一巡《いちじゅん》するからね。でも、イザヨイほどじゃないけれど」

「イザヨイって？」

キララは空を仰《あお》ぎます。

「一緒《いっしょ》に旅をしていた仲間。いろいろなことを教えてくれたんだ」

「旅？」

「うん。永遠《えいえん》の約束を交《か》わす植物を探《さが》す旅さ」

辺りはなにもかも雪におおわれています。人間の家だけが、少し顔を見せているだけで、植物の姿《すがた》は見当たりません。

「すぐに見つかるかな？」

「すぐに見つからなくても大丈夫《だいじょうぶ》だよ」

キララはユキウサギの不安を、笑顔《えがお》でふりはらいます。

「さあ、一緒に旅に出よう」

キララがユキウサギに向かって手を伸《の》ばしました。


キララとユキウサギの旅が始まります。

有間 カオル

『太陽のあくび』で第16回電撃大賞メディアワークス文庫賞を受賞しデビュー。

作品に『魔法使いのハーブティー』、『招き猫神社のテンテコ舞な日々』(KADOKAWA)、わすれな荘シリーズ(角川春樹事務所)、『気まぐれ食堂 神様がくれた休日』(東京創元社)、『氷住灯子教授と僕とYの世界』(二見書房)など。

⁂　⁂　⁂

飯田 愛

イラストレーター。芸術高校非常勤講師。

ターコイズブルーを用いた絵を発表している。Tシャツデザイン、挿絵、イベント参加によるグッズ販売、ライブペイント、展示などで活躍中。

岐阜県在住。

旅する妖精たち

2024年3月31日　初版発行

著　者　有間 カオル
絵　飯田 愛
デザイン　こまゐ図考室（駒井和彬）
発行人　田辺 直正
編集人　山口 郁子
編集担当　郷原 莉緒
発行所　アリス館
東京都文京区小石川5-5-5　〒112-0002
TEL 03-5976-7011　FAX 03-3944-1228
https://www.alicekan.com/
印刷所　株式会社精興社
製本所　株式会社難波製本

ISBN978-4-7520-1088-3　NDC913　189P　20cm